笑う警官

新装版

佐々木 譲

ハルキ文庫

角川春樹事務所

笑う警官

警官はボールペンを手に取ると、日報の日付の下に記した。

「私はうたっていない」

前日までの日報の筆跡と同様の、几帳面《きちようめん》な文字となった。乱れらしき乱れもない。最後のひと文字だけ、いくらか力が抜けたと見える程度か。

ボールペンはいったん紙から離れて、中空で静止した。警官は、もう少し何か付け加えることがあるかどうかを考えたのだ。

何もなかった。いいや、ありすぎた。でも、警官が、それを日報のきょうのページにすべて書き出すことは不可能だ。それにそもそも、それは日報に記すべき内容ではないだろう。かけられた疑惑を否定するのだ。上申書のかたちを取ったほうが、手続き上はすっきりする。

でも、警官はとうに釈明する意欲など失《う》せてしまったのだ。それに、いまさらどんな釈明も弁解も否定も、相手にされないことは承知している。自分はすでに、警察内部で言うところの「ファイル対象者」だ。つまり要注意警察官として、この先もずっと上司の特別監視下に置かれ、冷遇される。それも、単なる素行不良というだけの「ファイル対象」ではないのだ。北海道警察本部の組織に対する裏切り者、のレッテルを貼《は》られてしまった。

となれば、この人事が撤回される可能性もゼロだった。そのレッテルをはがす手立ては、事実上もう何もない。警察機構は無謬《むびゅう》なのだ。いつか過ちを認めて決定を覆すということはありえない。

であれば、もう書くことは何もない、という結論でいい。

警官はボールペンをデスクに転がすと、日報を閉じた。

壁の時計は、午後の九時を指している。北海道本島の西、日本海上に浮かぶ小島の、小さな港だった。この時刻、周辺は静まりかえり、表の通りにも車の通行はほとんどない。町の数軒の酒場は営業しているが、夏の漁期とはちがって、騒ぎが起こることもないだろう。飲酒運転の取り締まりも、駐在の警察官ひとりではできるわけもなく、つまりはきょうこの島は、もうじき何ごともなく眠りに入るのだ。明日の朝まで、島で事件が起こったことを知る者はないにちがいない。

警官は、ちらりと背後を振り返った。駐在所は宿舎と同じ屋根の下だ。この駐在所の事務室は、そのまま自分の宿舎につながっている。家族向けの宿舎だが、自分以外には誰《だれ》も住んではいない空虚な居住空間。流し台のシンクにはいくつかの食器、洗濯機の中にも下着や靴下が少し入っているが、お恥ずかしい生活の垢《あか》というわけでもない。放《ほう》っておいてもかまわない。

警官は右手を腰にまわして、厚い革製のホルスターの蓋《ふた》を開けた。

ホルスターの中に収まっているのは、銃身の短い、回転式の警察庁制式拳銃《けんじゅう》だ。五発入る弾倉には、三十八口径の実弾が四発収まっている。一発分だけ空なのは、暴発事故防止のためだった。それでも四発。十分だった。

警官は拳銃を握って抜き出し、撃鉄を起こして、弾倉を回転させた。空の薬室が移動して、代わりに実弾の装塡《そうてん》された薬室が回ってきた。

警官は、弾倉の状態を確認してから、拳銃の銃口を自分の顎《あご》の下に当てた。ひんやりとした金属が、顎の下の柔らかい肉にめりこんだ。少し考えてから、警官は左手を右手の肘《ひじ》の下に添えた。

警官はいま一度、さっき自分が日報に記した言葉を思い起こした。

「私はうたっていない」

わかるひとにはわかる。想《おも》いは伝わる。

警官はそこで、右手の人指し指に力をこめた。

大脳の真ん中で、何かが激しく弾《はじ》け跳んだ。次の瞬間、警官の意識は暗黒となった。

1

佐伯宏一《さえきこういち》は、ゆっくりと両手を広げて、自分が丸腰であることを示した。

きょうの被疑者逮捕が、このような展開になるとは予想がつかなかった。被疑者の容疑は盗品売買と関税法違反だ。逮捕状はとりあえず盗品等有償譲り受け容疑で取っている。拳銃《けんじゅう》が出てくるような大捕り物になるはずはなかったのだ。

相手は、突き当たりの路地の壁を背にして、若い私服捜査員の首に左腕を巻き付け、右手で拳銃を捜査員の頭に当てている。若い捜査員は、恐怖で顔を引きつらせていた。

被疑者のほうも、目に表れているのは恐怖だった。いまこの瞬間、自分の生命が崖《がけ》っぷちにでもあるというような恐怖だ。反応が異常すぎる。警察が非合法ビジネスの事務所に踏み込んだぐらいで、ふつう犯罪者はこんな反応を見せない。拳銃を持って脱兎《だっと》のごとく逃げ出し、追い詰められて刑事に拳銃を突きつけるような真似《まね》はしない。

佐伯は、相手を刺激せぬよう、できるだけ穏やかな調子の声で言った。

「前島《まえじま》、逃げられない。拳銃を捨てろ」

「うるせえ」前島が怒声を返した。「よけろ。撃つぞ、ふたりとも」

「警官を撃つ気か？　おおごとになるぞ」

「笑わせるな。警官?」

「警官だ。名乗ったろう?」

「知らん。さ、よけろ。よけないと、ふたりとも死ぬぞ」

　何か誤解がある。佐伯は気づいた。前島は、自分の目の前にいる男たちが誰《だれ》であるか、完璧《かんぺき》に勘違いしている。事務所に踏み込んだ第一班の連中は、身分証明書を見せなかったのか? いきなり荒っぽく押し倒して、後ろ手に手錠をかけるつもりだったのか? そいつはテレビカメラの前なら格好いいが、この場合は必要のないことだった。芝居がかったことは、いつだって無用なのだ。

　佐伯は言った。

「おれたちは警察だ。お前は誰を相手にしているつもりなんだ? 何を心配している?」

　前島の顔に、一瞬当惑の色が走った。

「ほんとに警察なのか? 警察なら、どうして事前に連絡がないんだ?」

「連絡って何のことだ? お前は逮捕されるんだぞ。そんなご丁寧なことがあると思っているのか?」

　前島は、いよいよ困惑している。

「ほんとに警察なのか? 道警なのか?」

「札幌《さっぽろ》の大通署《おおどおり》だ。警察手帳を見せるか」

　佐伯が右の手を、スーツの内ポケットに入れようとした。

前島はまた甲高い声を出した。

「手を動かすな！　撃つぞ！」

佐伯は両手を広げ直した。

拳銃を突きつけられている若い刑事は、もう観念したかのように目をつぶっている。

佐伯は、小さく溜《た》め息をついて言った。

「新宮《しんぐう》、目を開け。眠るところじゃない」

新宮と呼びかけられた若い刑事は、びくりと動いて目を開けた。

佐伯は、あらためて穏やかに言った。

「考えろ、前島。容疑は盗品売買と関税法違反だ。求刑は五年か六年で済むぞ。それを、警官殺しにしてしまうのか？」

前島は、疑わしげに佐伯を睨《にら》んで訊《き》いた。

「ほんとうに警察なのか？」

「何をすれば証明できる？」

「本部とは話はついているんだろうな」

「大通署の事件だ。本部は関係ない」

「なら、信用できないな。さ、お前がよけろ。この若いのを撃つぞ」

「よせ」佐伯は辛抱強く言った。「いまのままなら、三年半で出られる。それとも警官を殺して逃げるか。その場合、貴様には裁判はないぞ」

「どういうことだ?」

「警官を殺した男を、道警の警官は黙っていないぞ。裁判なんかにかけない。自首もさせない。貴様は追い詰められて蜂《はち》の巣になる。何十発もの弾を浴びて死ぬことになる」

「撃ち殺すっていうのか」

「確実に殺す。保証する。それでも、撃つか」

前島は、佐伯を凝視している。拳銃の銃口が、かすかに上下しだした。佐伯の言葉を、必死で吟味しているようだ。

「ほんとに警察なんだな?」

「警察以外で、誰がこんなことできる?」

前島はようやくかすかに、怪訝《けげん》な表情を崩した。

「警察とは思わなかった」

「拳銃が出てくるとは思わなかったよ」

「こいつは護身用なんだ。許可をもらっていた」

「誰に?」

「すぐわかるさ。おれの所持品じゃないってことで、始末してくれないか」

佐伯は、右手をゆっくり上げて、手招きするように手首を動かした。

「いいだろう。不法所持は、目をつぶる。だから、馬鹿な真似はやめろ。観念しろ」

前島は言った。

「鈍いぞ。観念するしないの話じゃない。きちんとした筋書きに戻せってことだ」

「いいから、その若いのを放して、マカロフをこっちに渡せ。地面に置け」

前島は、若い新宮を放した。新宮は、一瞬四つんばいになって前島から離れ、佐伯の横に駆けてきた。

前島は腰をかがめ、佐伯に目を向けたまま膝《ひざ》を折って、拳銃を地面に置いた。

佐伯が言った。

「こっちへ蹴飛《けと》ばせ」

前島が、拳銃を軽く蹴った。拳銃は地面を滑ってきて、新宮の身体《からだ》の前で止まった。

佐伯が言った。

「新宮、そいつを拾え」

「はい」

新宮はマカロフを拾い上げた。

佐伯は言った。

「ようし、前島。その壁に両手をつけ。けつを突き出せ」

前島が鈍重そうな動作で、言われたとおりの姿勢をとった。

新宮がもう一度前島のほうへと歩き、前島の後ろから手早く身体検査をした。前島はもう神妙そうだ。

佐伯は手錠を取り出して、前島の右手首に軽く叩《たた》きつけた。カチャリと金属音を立てて手錠の輪が半回転した。

新宮がその手錠を引いて、前島の向きを変えた。前島が振り返ったところで、佐伯は前島の左手首にも手錠をかけた。

佐伯は言った。

「前島博信《ひろのぶ》。盗品等有償譲り受け容疑と、関税法違反容疑で逮捕」

新宮が腕時計を見て言った。

「午前九時三十八分」

前島が言った。

「言ったこと、忘れるな。マカロフのことは、知らんからな」

佐伯は新宮に言った。

「ポケットに収めておけ」

新宮が訊いた。

「どうするんです?」

「記録するなってことだ。おれが指示するまで黙っていろ」

新宮が、言われたとおりマカロフをスーツのポケットに収めた。

佐伯たちの背後、路地の入り口のほうが騒がしくなった。前島を追ってきたほかの捜査員たちが駆けてきたようだ。

佐伯は、振り向いて大声で言った。

「前島博信、確保！」

路地の入り口に、三人の私服捜査員と二人の制服警官が飛び込んできた。捜査員たちはすぐに事態を察して前島に飛びつき、両腕にがっちりとかんぬきをかけた。

佐伯はふっと溜め息をついた。さほど大騒ぎにはなるはずのない被疑者逮捕だったが、妙なことになってしまった。あまり円滑な逮捕劇とはならなかった。しかしなぜまたこんなことに？

いましがたの前島の言葉を思い起こせば、彼の犯罪には何か自分たちの目の届いていない裏と背後関係があるようでもある。でも、それはいったいどんなことなんだ？

ともあれ、札幌から小樽《おたる》まで出張っての容疑者逮捕、とりあえず完了だった。

前島を同僚捜査員たちに引き渡すと、新宮がそばに寄ってきて小声で言った。

「ドジやりました。すみません」

佐伯は新宮を見つめて訊いた。

「逮捕、きょうが初めてか？」

「現行犯逮捕は一回ありますが」

「最初は、みんなこんなようなものだ」

「ほんとにすみません。ありがとうございました」

「いいって」

佐伯は路地を出た。

路地の外は、明るかった。空は晴れている。風が少しあって、まだ冷たいが、それでも十分に北海道の春の息吹を感じられる天気だった。四月第二週、火曜日である。

捜査員たちは、二台の捜査車両で札幌の大通署に戻ることになった。佐伯宏一警部補は、往路と同様、盗犯係の歳上《としうえ》の捜査員、植村辰男《うえむらたつお》巡査部長と一緒のセダンである。運転は、いましがた頭に拳銃を突きつけられた新人捜査員、新宮昌樹《まさき》巡査の役目だ。逮捕した前島容疑者は、ほかの捜査員たちがもう一台の捜査車両で護送する。

佐伯は、小樽港港湾事務所前に停《と》まっている捜査車両に向かった。黒っぽい地味な国産セダンである。すでに新宮が運転席につき、エンジンをかけて待っていた。助手席には植村巡査部長が乗っている。

佐伯宏一は、セダン後部席のドアノブに手をかけた。髪を短く刈った、愛想の悪そうな四十男の顔がガラスに映った。

佐伯宏一は、今年四十四歳になる北海道警察本部の警察官だ。札幌の私立大学を卒業後、道警の採用試験を受け、長万部《おしゃまんべ》署の地域課で警察官人生を始めた。高校時代、吹奏楽団に入っていたこともあって、長万部署の次に本部の広報課に配属され、音楽隊でテナーサックスを受け持った。

その後、釧路《くしろ》署の地域課に異動、昨年四月の大異動で札幌方面大通署刑事課盗犯係のひとつの班をまかされることとなった。ちょうど警部補に昇進したばかりだった。昇進は、同期の警察官と較《くら》べていくらか遅れているかもしれない。警察官としての資質に不足があるわけではない、とは、これまで上司からよく言われてきた。要するに、人柄なのだというう。上意下達の警察機構に、どことなくうまく適合していない男。周囲にはどういうわけか、協調性の足りない警察官だと見られがちなのだ。

もちろん佐伯自身は、何度それを聞かされたところで、自分のキャラクターをいまさら変えようとも思わなかった。そもそも、それが可能とも思えないのだ。

かといって、自分が一匹 狼《おおかみ》とも思わない。吹奏楽部に入っていたせいもあり、アンサンブルが好きだった。ハーモニーの一パートを受け持つことが喜びだった。そしてときにスタンドプレイができるならば、なおのことといい。問題は、いまの北海道警察が、必ずしも吹奏楽団のような組織ではないことだった。自分が、気持ちよい音楽を奏でる楽団の一メンバーと感じられることがほとんどないことだった。

その意味ではたしかに、上司たちの評価は当たっているのかもしれない。佐伯は、いまのところ、道警の中の孤高のプレーヤーだった。唱和してくれるもののいない孤独なテナーだった。

それをとくべつ不幸に感じているわけでもないが。

佐伯は、ウィンドウ・ガラスに映った自分の顔に目を止めて、ふとそんなことを思ったのだった。

セダンの後部席のドアを開けて乗り込むと、助手席から植村が訊いてきた。

「あっちで行くんじゃないのか?」

佐伯は答えた。

「ひとり増えたし、煙草《タバコ》喫《す》うのがいるんですよ。遠慮しました」

植村が言った。

「こっちの新人は、あんたに恩ができたと感謝してたぞ」

佐伯が言った。

「べつに何もしてませんよ」

「先輩には、癇癪《かんしゃく》よりも感謝。いい心がけだ」

植村巡査部長は、駄洒落《だじゃれ》を連発するのが趣味なのだ。今朝の車の中でもずっと聞かされてきた。

彼は五十を過ぎたばかりの警察官で、ごま塩の髪にていねいに櫛《くし》を入れている。去年、佐伯と同じ時期に大通署刑事課に配属になった。その前は帯広《おびひろ》署で地域課勤務だったという男だ。下膨れの顔に垂れ目というせいもあり、あまり刑事らしくは見えない。建売り住宅の営業マンと自己紹介されても信じられそうな雰囲気がある。

運転席で、新宮がバックミラー越しに佐伯に会釈してきた。

「さっきはほんとにありがとうございました」

佐伯は訊いた。

「先月まで、どこにいた?」

「稚内《わっかない》です。地域課」と新宮が車を発進させながら答えた。

「刑事の経験なしに、いきなり大通署か」

「はい」

「まったく」植村が、うんざりといった声で言った。「教育にも段階ってものがあるだろうにな。去年今年とこの人事だ。もう本庁には、まともな頭の幹部は残っていないんじゃないのか」

それは、北海道警察本部始まって以来の大規模な人事異動のことを言っている。一昨年、道警本部生活安全部の郡司《ぐんじ》警部の暴走事件が発覚した。拳銃摘発数では日本一の生活安全部のやり手捜査員が、こともあろうに数多くの拳銃を不法所持し、覚醒剤《かくせいざい》の密売買に手を染めていたのだ。この一大不祥事の発覚に懲りて、道警本部は一昨年、警察官をひとつのセクション、ひとつの地域に長く留《とど》めてはならないとの方針を打ち出した。ひとつのセクションに七年在籍したら配置換え、ひとつの地方に十年居たならばやはりべつの地方への異動が原則となったのである。それは、べつの言い方をするならば、捜査員には専門性を持たせてはならぬということであり、地域の情報に詳しい警察官は要らぬ、ということであった。

昨年の四月、最初の大人事異動があって、北海道の各警察署や方面本部から、ベテランの捜査員はすべて追放された。今年の四月にも、その第二弾があった。佐伯のように刑事事件には素人の警察官が大通署刑事課盗犯係に配属されたのも、その結果だ。今年は今年で、捜査員経験なしの新宮のような新人が、同じ課に配属されてきた。

植村がフロント・ウィンドウの先を顎《あご》で示して言った。

「あっちが出るぞ。行け」

「はい」と新宮が答えて、セダンを発進させた。

佐伯は、ふと新宮に興味を持って訊いた。

「ピカピカの一年生は、なんでまた、道警に入ったんだ?」

新宮が、またバックミラーを見て答えた。

「親爺《おやじ》が、警察官だったんです。だから、自然に」

「親爺さんは、道警か?」

「はい。二年前に退職しましたが」

「新宮って言えば、長万部署にいたとき、新宮ってひとがいたな」

「あ、それはたぶん親爺です。長万部に単身赴任していたことがありますから」

「あの新宮さんか」

「よくご存じなんですか」

「ああ。小さい署だったからな」

「親爺は、どんな警察官でした?」

新宮の質問は率直すぎた。佐伯は少し間を置いてから答えた。

「立派な警官だった。模範的なひとだったな」

「ありがとうございます。わたしも、父を尊敬してるんです。だから、警官の道を選んだんです」

植村が、助手席で苦笑するように言った。

「佐伯は皮肉で言ってるんだよ」

「そうなんですか?」と新宮は訊いた。

「皮肉じゃない」佐伯は言った。「立派な警官だった。素直に言ってる」

植村が言った。

「立派な警官と、いい警官はちがうぞ」

「ちがうんですか」

「ちがうだろう」と植村。「いい警官は、いいやんけいかん」

新宮の顔が、バックミラーの中で不安そうに曇った。

「父は、いい警官じゃなかったんですか」

植村が言った。

「おれは親爺さんを直接知らんよ」

「でも、いい警官って、どんな警官なんです?」

「たとえばひとつはこうだ。学校でもならったと思うが、緊急時には、警職法にも融通をきかせろということだ」

「それは、ある程度までなら、わかります。父だって、犯罪の防止のためなら、それは承知していたはずです」

　佐伯は言った。

「親爺さんは、融通がきかないことでも有名だった。立派な警官だった」

「立派ってのは」と植村が言いかけた。

　佐伯は、新人を相手にその話題を続けたくはなかった。口調を変え、さえぎるように言った。

「そう言えば、植村さん。笠井《かさい》さんが死んだの、知ってますか」

「本部総務の？」

「ええ。こんど羽幌《はぼろ》署に異動になった。例の問題で飛ばされた笠井さん」

「不審死か？」

「焼尻《やぎしり》の駐在所で、昨日の夜、拳銃を握った姿で見つかったそうです」

「自殺？」

「まだわかりませんが」

「彼も単身赴任だったんだろう？」

「中学と高校の娘さんがひとりずついたとか。家を建てたばかりだったそうですよ」

　車は、道央自動車道の入り口に向かう道に入った。

「本部は、リークしたのは笠井さんだと決めてかかったということか」

　佐伯は答えた。

「ご本人は、内部の調べにも、いっさい洩《も》らしてはいない、自分じゃないと言い続けていたと聞きましたよ」

「じゃあ、誰なんだ？」

「本部に不満を持つ警官でしょう。大通署でも、何十人も査問を受けた。今年三月で辞めた警官が三人いるんです。三人とも、査問に怒りまくって、愛想を尽かしたって聞いていますよ」

植村が、小さく溜め息をついて言った。

「ひと昔前なら、想像もできんな。あとあとのことを考えたら、警察にケツをまくって辞めるなんてことは、絶対できなかった」

「できないもんですか？」

「お前さんの歳ならともかく、この歳じゃ、ほかの人生なんて考えられないからな」

前を走るワゴン車が、速度を上げた。新宮が少しだけアクセル・ペダルを踏み込んだ。

セダンが加速して、佐伯も植村も、会話を中断した。

セダンがワゴン車に再び追いついたところで、植村が言った。

「さて、新宮。おれは署に戻るまで寝させてもらう」

「はい」新宮がうなずいた。

佐伯も新宮に言った。

「新宮、おれも音楽を聴かせてもらう。しばらく、返事をしないからな」

佐伯はMDプレーヤーのイヤホンを耳に当てて、スイッチを押した。MDに落としたアート・ブレーキーだ。〃モーニン〃。

新宮が訊いた。

「どんな音楽を聴かれるんですか？」

佐伯は答えなかった。返事をしないと言ったばかりではないか。

植村が佐伯の代わりに答えた。

「佐伯が聴くのは、ジャズだ。本人もラッパをやるんだ。道警音楽隊に所属していたことがある。ラッパは原っぱで吹くんだとよ」

「トランペットですか？」

「さあて。なんて言うんだ？　トロンボーンだったか？」

佐伯はしかたなく目をつぶったまま答えた。

「サックス」

植村が訊いた。

「新宮は、何か楽器はやるのか？」

「いいえ。何もできません。どうしてです？」

「佐伯は、いつかオール道警警察官で、ジャズ・バンドを作るのが夢なのさ。お前さんが楽器をやるなら、引っ張られる」

「ジャズ・バンドって、道警音楽隊とはべつに？」

佐伯は答えた。

「組織とは別にだ。ビッグバンド。北海道コップ・オールスターズ」

「それがバンドの名前なんですか？」

「いや、いま思いついただけさ」

植村が佐伯に言った。

「コーラス・グループのほうが、ひとは簡単に集まるんじゃないか？　シンギング・ポリスメン」

「歌う警官、ってことですか？」

「そうか。あんまりいい名前じゃないな」

佐伯は言った。

「さて、静かにしてもらえるかな」

2

佐伯たちが札幌方面大通警察署に戻ったのは、その日の正午過ぎだった。署に帰って、いったん前島の留置手続きを取った。午後から取り調べにかかる。まずは昼食だった。

札幌方面大通警察署は、札幌の市街地中心部を管轄する所轄警察署である。薄野《すすきの》という日本有数の繁華街を抱えているせいもあり、署員の数はおよそ三百五十人と、全道の警察署で最大の規模だ。

署の庁舎は北一条通りに面している。二本のギリシアふうの円柱の立つ正面玄関は、南東側を向いていた。真正面からは、以前の三階建てのクラシカルな庁舎を模した部分だけしか見えないが、横に回れば、庁舎は六階建てだとわかる。

庁舎一階には、訪れる市民の多い交通課や地域課、生活安全課の一部がある。署長室も一階だ。

佐伯たちが庁舎三階の刑事部屋に戻ると、それを待っていたかのように、刑事課長の溝《みぞ》井《い》が席から立って言った。

「この場にいる者は、ちょっと聞いてくれ」

佐伯は、自分のデスクの脇《わき》に立って、制服姿の課長を見つめた。重大事件か？

ちょうど昼休みどきのこの刑事部屋にいるのは、各係の二十人ほどの捜査員たちだ。全員、視線を課長に向けている。デスクの椅子《いす》に腰を下ろしたまま、身体《からだ》だけ課長に向けた者もいた。

課長の脇には、課長補佐が立った。ふたりとも、妙に表情が沈痛そうである。

黒いセルフレームの眼鏡《めがね》をかけた課長は、室内をざっと見渡してから言った。

「もう耳にしている者もいると思うが、昨日の晩、羽幌町焼尻の駐在所で、笠井寛司《かんじ》巡査部長が死体で発見された。拳銃《けんじゅう》操作中の暴発事故と思われるが、詳細は羽幌署が捜査中だ。時期が時期だから、いろいろ噂《うわさ》も出るだろうが、軽々な発言は慎むように」

刑事部屋の中がざわついた。

すぐに課長補佐が引き取った。

「去年から、マスコミは、道警の内部の話を面白おかしく書き立てたり、無責任にテレビで流している。課長が言われるのは、そういう興味本意の報道には関《かか》わるな、ということだ。ああしろこうしろと指示はしないが、道警の警察官として自覚を持って対処するように。いいな」

そのとき、壁のスピーカーに、短くノイズが入った。通信室から、何かアナウンスがあるときの前触れだ。刑事部屋にいた者全員が、壁にかかったスピーカーを見つめた。

女性の声でアナウンスが入った。

「本部より受信です。中央区南四条西二十四丁目の集合住宅、カーサ・ビアンカ円山《まるやま》で、女性の変死体発見。管理人より通報。被害者は二十代の女性。殺人事件の可能性とのことで、関係署員は現場に向かってください」

スピーカーはまた短くノイズを立ててから沈黙した。刑事部屋の奥、強行犯係の捜査員たちが、私語を始めている。コートを羽織る者もいた。

課長と課長補佐は顔を見合わせた。自分たちの訓示が部下の耳に届いたのかどうか、案じているかのような表情だった。

植村が、新人の新宮に指示している。

「飯を食っておけ。お前さんには、昼から証拠品の目録作りをやってもらうぞ」

いま同僚たちも、大半が部屋を出てゆこうとしている。強行犯係以外はみな、昼食に出かけるところのようだ。植村自身は、弁当箱を広げている。

近所の食堂にでも行くか。

佐伯はコートを手にとって立ち上がった。

佐伯が裏手の通用口に出ると、強行犯係の捜査員たちが六、七人、警察車で敷地を飛び出してゆくところだった。先頭の警察車は、赤い回転灯を回し、警報音を鳴らし出した。

大通署刑事課強行犯係の捜査員、町田《まちだ》光芳《みつよし》警部補は、きっかり六分でその現場に到着した。同僚の捜査員、それに鑑識員と一緒だった。

現場は札幌中心部から見て西方向、円山公園に近い閑静な住宅街の一角だった。周囲にはかなり集合住宅が建ってきているとはいえ、まだまだ一戸建ての住宅も多いエリアだ。中心街に近いということもあって、札幌でもわりあい人気のある住宅地である。

現場であるカーサ・ビアンカ円山は、外壁を一見漆喰《しっくい》壁ふうに化粧した八階建ての集合分譲住宅だった。

その建物の玄関前に捜査車両を停車させた直後、パトロール・カーも到着した。パトロール・カーからふたりの地域課の制服警察官が飛び下りてきた。道警本部の機動捜査隊はまだ着いていなかった。ならばとりあえず所轄署の自分が現場に入らねばならなかった。

町田は、通報者である管理人と並んで廊下を歩きながら、この集合住宅の規模と性格を聞いていた。戸数は全部で四十二だという。間取りは二LDKと三LDKが中心で、一LDKの住戸も少し。ワンルーム・タイプはない。つまり大部分家族向きの集合住宅ということになる。学生や独身者向けではなかった。また地域柄、薄野で働くホステスや酒場従業員も少ないらしい。堅気の多い集合住宅、とのことだった。

エレベーターには、町田と管理人のほか、同じ車で到着したふたりの同僚たちも乗り込んだ。部下である岩井《いわい》と、鑑識員の永末《ながすえ》である。永末は紺色の大きなショルダーバッグを肩から提げている。制服警官たちは、次の箱に乗ってくることになった。

管理人は、ＪＲを退職して五年という初老の男だ。太田《おおた》という苗字《みょうじ》だ。グレーの作業着の着こなしから、几帳面《きちょうめん》な性格であることが見て取れた。

太田は、階床表示を見上げたまま言った。

「下の階から電話があったのは、十一時半過ぎですわ。洗面所の天井から、いきなり水が漏れ出したってね。あ、その上の階でトラブルだなとすぐにわかって、すぐに六一一に電話したんです。だけど誰《だれ》も出なかった」

町田は訊《き》いた。

「被害者が、その部屋の住人なんですね？」

「いや、あそこに女のひとがいるとは知らなかった。あそこを使っていたのは、もっぱら男です。それもほんのときたま」

「男？　名前は？」

「よく知りません」

「管理人なら、借り主は把握してるでしょう？」

「会社名義の借り上げなんですよ。実際になんて名前のひとが使ってるのかは、よくわからなかった。何人も出入りしてましたからね」

「事務所ってことか？」

「いや、借り上げ社宅だって聞いてます。このマンション、事務所に使うのは禁止なんですよ」

「借りてた会社の名前は？」

「札幌調査なんとか。あとで、書類を見てみますが」

「そこと連絡は取れるの？」

「たぶん、取れますよ。書類がでたらめじゃなければ」

六階でエレベーターは止まった。ドアが開いて、管理人の太田がまず箱から降りた。続いて町田。岩井。それから永末だ。

太田が町田たちの先に立って、廊下を歩き出した。そのカーペットを敷いた廊下を進んで、六一一号のドアの前まできた。

太田はドアにキーを差し込みながら言った。

「チャイムを鳴らしたけど返事がない。それでも三分ぐらい、鳴らしたり、返事を待ったりしていましたかね。最後には、水漏れなので、入らせてもらいますよって大声で言ってから、ドアを開けたんです」

「ロックされてました？」

「ええ」

ドアが開いた。

使われているのは、ミワのごくポピュラーなタイプのシリンダー錠だ。

「ロックは内側から？」

「ええと、外からかけたようでしたね」太田は、キーを持って確かめるように左右にひねった。「そう、外からだね」

　玄関口の先に短い廊下があった。死体は、真正面のリビングルームだという。ダイニングキッチンを兼ねた部屋だ。この住戸は一ＬＤＫタイプ。リビング＆ダイニングキッチンの左奥に、もう一室ある。

「お先に」と、永末が町田よりも先に部屋に入っていった。彼による最初の現場検証が終わるまで、原則としてほかの捜査員は部屋の中に入れない。しかし、のぞくだけはのぞいておきたかった。

　制服警官がやってきた。町田は彼らに現場保存を指示すると、持参の手袋をはめた。合成ゴム製の薄手の手袋だ。それから靴を脱いで、壁にも柱にも触らぬように注意しながら、住戸の中に入った。

　短い廊下の左手が洗面所だった。ドアが開いている。見ると、バスタブは空だった。

　後ろから太田が言った。

「そこのドアは開いていて、洗面台の水がチョロチョロ出っぱなしだった。止めますよ、と大声で言いながら、まず栓を止めたんです。顔でも洗って、きちんと閉めなかったんですな」

　町田はそのまま短い廊下を進んで、リビングルームの入り口に立った。正面の窓のカーテンは閉められたままで、窓の下に小さなチェストが置かれている。室内には天井灯がついていた。

右手にソファがあって、その前のシャギー・カーペットの上に、女の死体があった。俯《うつぶ》せで、着衣姿だ。顔は右側を向いている。

永末が、死体の脇にしゃがみこんでいる。彼は、一昨年まで機動隊員だったという三十代の巡査だ。

町田は部屋の中に一歩だけ足を入れた。

死体の目は半開きだ。死体を見たことがない者でも、すぐにこれは死んでいるとわかる。両手は顔の脇まで持ち上がり、拳《こぶし》を作っていた。首のあたりに鬱血《うつけつ》らしきものが見える。首の曲がり具合が、どことなく不自然に見えた。

着衣は、模造革らしきジャケットに、ピンクのセーター。ゆったりしたスカートだ。裾《すそ》がまくれて脛《すね》が見えているが、着衣の乱れ、と呼べる状態ではない。これから外出するか、あるいは外から入ってきたばかりと見える。

ガラスのテーブルの上には、革のハンドバッグが横になっている。中のものがガラスの上に散らばっていた。化粧品やら装身具やら手帳やらだ。カーペットの上にも小物が落ちているところをみると、ハンドバッグの中身は何者かにぶちまけられたのだろう。

太田と岩井が、そっと廊下を歩いてきた。町田は振り返って太田に訊いた。

「電灯は、あんたがつけたの?」

太田は答えた。

「いや。ついていた。スイッチには触ってない」

「カーテンもこのまま？」

「そのままだね」

町田は死体の脇まで歩いてしゃがみこんだ。年齢は二十代前半というところか。背は高いようだ。短めの髪だが、染めてはいない。ピアスもなかった。わりあい堅い仕事に就いている女と見える。着ている物の趣味はよいように見えた。かなりお洒落《しゃれ》な女なのだろう。

町田は、死体の周囲に目をやりながら、廊下に立ったままの管理人に訊いた。

「まったく見たことのない女なんですね？」

「いや」管理人は言った。「名前は知らないし、この部屋にきてるとも知らなかったけれど、何度か見かけたことはあるな」

「朝？」

「夜。夜の点検をしているときに」

町田はその場に立ち上がった。永末も死体の脇から立ち上がって、隣室に目を向けた。ドアが開け放たれている。奥はカーペット敷きの部屋で、ベッドが見えた。スチールパイプ製の簡素なベッドだ。古い病院などが使っているベッドのように見えた。

永末が、その寝室に入った。町田も続いた。

ベッドは、セミダブルのサイズだった。その脇に、安物のサイドテーブルがある。窓の下には、四段の整理タンス。タンスの引き出しは閉じている。

ほかには何もない部屋だ。およそ生活感がない。奥のほうに襖《ふすま》があるが、そこはたぶん押し入れなのだろう。

永末が寝室でぐるりと身体を一回転させた。

「荒らされた様子には見えません。物盗《と》りじゃありませんね」

町田は、リビングルームにいる岩井に言った。

「ハンドバッグの様子、物盗りだろう」

岩井が言った。

「財布だけ狙《ねら》って、ということですか？」

彼も今年三月まで、ずっと地方の地域課勤務だった警官だ。殺人事件捜査の経験はないはずである。

町田は言った。

「パンストもはいたままだ。強姦《ごうかん》目的じゃない」

「じゃあ、顔見知りってことになりますかね」

「鍵《かぎ》をかけていった。鍵を持っている男だ」

「男と断定できますか？」

町田は思った。おれも殺人事件には不慣れだが、こいつはおれの上手をゆく素人だ。

町田はその思いを口には出さずに言った。

「女なら、殺すには刃物を使ったろう。首の鬱血を見ろ。頸部《けいぶ》圧迫だけじゃない。首も絞めたが、頸椎《けいつい》が折れているんだ。男だ」

「この部屋の住人ってことかな」

「そいつを洗い出そう」

町田は、その場からリビングルームの入り口にいる太田に訊いた。

「その会社は、毎日ここを使っていたの?」

太田は答えた。

「いや、毎日じゃないと思いますね。毎日なら、わたしも名前ぐらい覚えたから」

岩井が言った。

「誰かが毎日住んでるような部屋には見えませんね。料理道具はほとんどないし、家具が少なすぎる」

永末が町田の脇を通ってリビングルームに戻った。

町田は、襖に近づいて右手に開いた。ハンガーがかかっていた。何枚かの衣類がかかっている。ひとつは男ものの濃紺のジャンパー。もうひとつは女ものらしいフリースのジャケットだ。そのうしろに、町田には見慣れた色のスーツのような衣類が下がっていた。フリースのジャケットをよけてみると、そのスーツは北海道警察本部の婦人警官の制服だった。

町田は、その制服に手をかけたまま言った。

「永末、見てくれ」

永末も言った。

「町田さん、こっちも見てください」

「何だ?」

リビングルームに戻ると、永末は名刺のようなものを手渡してきた。

「女のバッグから。手帳のあいだにありました」

こう書かれていた。

「北海道警察本部　生活安全部　防犯総務課
巡査　水村朝美《みずむらあさみ》」

町田は驚いて、もう一度死体に目をやった。

ちょっとお洒落な女に見える死体。スタイルも顔立ちも悪くない。生きているなら、ぜひお近づきになりたいタイプの女だ。それが、婦人警官?

町田は永末に言った。

「押し入れの中を見てみろ」

「なんです?」

「見てこい」

永末と岩井が寝室に入り、すぐにリビングルームに戻ってきた。

永末の顔は青ざめている。

「やっぱ、婦人警官殺しですか」

岩井が、町田の持つ名刺をのぞきこんで言った。

「ミス道警ですよ。水村って」

町田は岩井の顔を見つめた。

岩井は町田の視線を受け止めてうなずいた。

「水村朝美。一昨年採用組の中で一番人気の婦人警官ですよ」

「顔を知ってるのか？」

「いや、評判しか知りませんが」

管理人の太田が、信じられないという表情で言った。

「いまどきの婦人警官って、こんなにお洒落なのかい」

町田は道警本部の生活安全部・防犯総務課に携帯電話から電話を入れた。婦人警官が出たので、名乗ってから、水村朝美という婦人警官がいるかどうかを訊《たず》ねた。

課長だという男が電話口に出た。

「水村は、たしかにうちの職員だ」

町田はもう一度名乗ってから訊いた。

「きょうは出勤していますか？」

「待て」相手は、部下か誰かに確認したようだ。「欠勤してる。いまのところ、連絡なしだ。何か」

「いま、中央区の殺しの現場にいるんですが、被害者が水村朝美という名刺を持っているんです」

「水村が、被害者《マルガイ》ってことか?」

「その可能性があります。水村朝美と連絡は取れますか?」

「取らせよう。場所をもう一度言ってくれ」

町田は、この集合住宅の所在地と部屋番号を告げてから訊いた。

「この部屋、水村の住所になってますか?」

「それも調べさせる」

電話を切ると、永末がビニール袋に入った証拠品をいくつか見せてくれた。

「ぶちまけられていたものです。化粧道具、手帳、ボールペン、ピルケース、キーホルダー、ヘアバンドなんてものがありました」

「財布は?」

「ありません」

「携帯も?」

「見当たりませんね」

「携帯まで盗むってのは、どういうことだ? 捌《さば》けないし、使うこともできない」

岩井が言った。

「きっと、記録ですよ」

「何?」

「発着信の記録。残しておきたくなかったんだ」

「だったら、被疑者は知り合いか。強盗じゃなく」町田はもう一度永末に顔を向けて訊いた。「手帳には、運転免許か何か、身分証明書代わりになるものは?」

「ありませんでした。レンタル・ビデオ屋のカードがありましたが」

「名義は?」

「水村朝美」

「じゃあ、ミス道警にまちがいないんだろうな」

「あの名刺が、勝手に作られたものでないなら」

町田の胸ポケットで、セレコールが鳴り出した。新しいタイプの受令器なので、ほんとうはPチャネル・イヤホンと呼ぶべきなのだろうが、旧式の「セレコール」の名で呼ぶ者が多い。道警本部からの指令を聞くための装備である。

イヤホンを耳に当てると、交換手が言った。

「大通署、町田警部補、本部防犯総務課長に電話願います」

すぐに道警本部に電話し、生活安全部の防犯総務課長に、と告げた。

相手が出た。

「町田くんか?」

「はい。先ほどは。いかがでした?」

「水村朝美は、出勤していない。連絡が取れない。無断欠勤だ」

「住所は?」

「西区の琴似《ことに》だ」

「ひとり暮らしですか」

「民間のマンション」

「ひとをやって、所在を確認させてもらえますか」

「もうやった。機動捜査隊と一緒に親しい同僚をやる。顔を確認させる。何かわかっていることは?」

「まだ、全然。その同僚さんの到着を待ちます」

警察無線を切ったところで、町田は隣室に入った。永末がタンスの前にしゃがんでいる。

町田は永末に指示した。

「そっちのタンスをひとつひとつ開けてみてくれ」

永末が、タンスの最下段の引き出しを開けた。バスタオルやシーツらしきものが畳んで収まっている。

その上の段には、女ものの下着類が収められている。それも、黒やレースのあるものばかりだ。ただし、数量はさほどでもなかった。ほんの四、五組だろう。最上段の引き出しには、ティッシュペーパーとコンドームの箱が入っていた。

永末が言った。

「男が、ここによくきていたようですね」

町田は言った。

「男がここの住人で、女が通っていたようだぞ」

「男ものの下着は、見当たりませんよ。下の引き出しにも」

そう言えば、と町田も思い出した。洗面所の洗濯機置き場にも、洗濯機はなかった。そもそもここは、生活の場ではないようなのだ。逢《あ》い引《び》きの場か？　管理人の太田は、社宅扱いの部屋らしいと言っていたが。

町田は振り返って、もう一度死体に目を向けた。あれが名刺どおりの婦人警官だとして、彼女がひそかにここで会っていた相手はどんな男だったのだろう。堅気ではないのか？　婦人警官がつきあうべき職業の男ではないのだろうか。

岩井も腕を組んでいる。

町田は考え込んだ。経験不足の自分たちには、この現場から知り得ることはいくつもない。経験豊かなベテラン捜査員が欲しいところだった。町田は、あの郡司警部事件の結果としての、二年続きの大人事異動を恨んだ。あんな馬鹿な異動さえなければ、札幌大通署には、強行犯係十年以上というベテランが四人もいたのだ。あの四人が手がけてきた殺人事件の数は、たぶん五十を下るまい。なのにいま係を任されている自分は、殺人事件と言えば前の所轄署で担当した女房殺しの捜査の経験があるだけだ。

くそっ、と町田は胸のうちで悪態をついた。おれには、この現場から読み取れるものがろくにないんだぞ。

永末が脇に移って呼んだ。

「町田さん、ちょっと」

町田が顔を向けると、永末が押し入れの前で膝《ひざ》をついている。ジュラルミン製のカメラケースのようなものが膝の前にあった。一見カメラバッグのように見えるケースだ。蓋《ふた》はロックされているらしい。

永末が専用の解錠道具で蓋を開けた。中はクッションつきの仕切りでいくつかに分けられていた。小型の双眼鏡や、ICレコーダー、電工ナイフ、ソフトケースに入った精密工具セットのようなものがあった。目出し帽。それにアイマスク。イヤホンと、小型ラジオのようなもののセットもある。

岩井がうしろからのぞきこんで言った。

「それ、盗聴器じゃないですか?」

「ほんとに?」

「FMの電波使うやつだと思いますよ」

ということは、ここを使っているのは、犯罪者ということになるのか? いや、それとも警察か。

押し入れの奥にはさらに、丸められたシュラフザックがふたつあった。エアクッションも二枚、ていねいに丸められている。

永末は、押し入れの奥からもうひとつジュラルミン・ケースを取り出した。これはいま開けたものよりもひとまわり小さい。

永末がこれも解錠して蓋を開けた。

岩井が小さく、あっと声を上げた。

中に入っていたのは、警察官の装備のいくつかだった。手錠が二個、伸縮型の警棒。鎖付きの警笛が数個。捕縄が四本。革ベルトが二本。

町田はようやく思い至った。

ここは、警察官が使っていた部屋だ。警察のアジトのようだ。

3

新宮昌樹は、駅前通りのビルの蕎麦《そば》屋で昼食を食べると、北一条通りを歩いて、札幌大通署に戻った。

正面玄関を抜けようとしたとき、制服姿の婦人警官と並ぶ格好となった。一階の生活安全課総務係にいる職員だ。落とし物、拾い物の届けを受け付け、照会し、また丹念にデータベースを作るという仕事だという。名前は、小島百合《こじまゆり》と言ったろうか。

機嫌を損ねるなよと、異動早々に植村が教えてくれた。お局《つぼね》さま、という意味なのかもしれない。婦人警官なので、異動の範囲も狭い。道警の新しい異動の原則も適用されなかった。もう七年、この大通署にいるとのことだ。歳《とし》は三十前後と教えられた。小柄だが、頭が小さいせいか、プロポーションはけっして子供っぽくはなかった。切れ長の目の、やや古風な顔立ちの女性だった。

道警の婦人警官の中では珍しく、離婚歴があるという。警察官に採用になって三年後、北海道警同期の警察官と結婚したのだが、二年後には離婚した。剣道の強豪高校の出身で、彼女自身は三段。インターハイ出場の経験があるという。全体にきりりとした印象があるのは、そのせいかもしれない。

「こんにちは」と、新宮は小島百合にあいさつした。敬礼はせず、民間人が相手であるかのように。

「こんにちは」と、小島百合は意外そうな表情を見せて応《こた》えた。新宮にあいさつされるとは思っていなかったようだ。「新人くんね?」

「盗犯係」

「稚内署で、通り魔逮捕のひとね」

「はい」

それは、新宮にとってたったひとつ誇り得る手柄だ。覚醒剤《かくせいざい》中毒の男が包丁を振り回して目抜き通りをパニックに陥れたとき、新宮は応援を待つことなく捨て身でこの男に体当たりし、手錠をかけたのだ。旭川《あさひかわ》方面本部長表彰をもらっている。この札幌大通署でも、異動直後は何人もの同僚から、そのことを話題にされた。得意でもあり、少々面はゆい話題でもあった。

ビルの廊下に入って、歩きながら小島百合が言った。

「大捕り物があったんですって?」

「ええ。小樽で」

「骨折り損だったわね」

「え?」

「知らないの?」

「小樽から戻って、すぐ昼飯に行ってたものですから」

「じゃあ、部屋に戻ればわかるわ」

小島百合は、生活安全課受付のカウンターのあいだを通って、自分のデスクへと向かっていった。

「骨折り損?」

意味がわからないまま、新宮は新館へと向かった。

三階で降りて洗面所に向かい、ドアを開けた。そのとき、男の声が耳に入った。

「じゃあ、ツクイがうたったってことに」

その言葉の最後は、唐突に途切れたように聞こえた。しゃべっていた誰《だれ》かが、ドアが開いたことに驚いて、ふいに口をつぐんだようだった。洗面所の中に、一瞬激しい緊張が走ったようにさえ感じられた。

新宮は洗面所の中をそのまま前へと歩いた。左手、男性用の朝顔の並ぶ空間に、ふたりの男がいた。きょう小樽での被疑者逮捕のときに一緒だったふたりの先輩捜査員たちだった。佐伯警部補と植村巡査部長だ。

いまの声は佐伯とわかった。並んで小用を足しながら、何ごとか話題にしていたようだ。新宮が入ってきたので、その話題を打ち切ったのだろう。佐伯がちらりと振り返って、新宮を見つめてきた。新宮がどの程度会話を聞いていたのか、それを探っているような目だった。

新宮が空いている便器の前に立つと、佐伯が、ズボンのファスナーを上げながら言った。

「きょうは勉強になったか？」

新宮は素直に答えた。

「はい。午後の取り調べは、わたしも見学していてかまいませんか」

「それは、どうなるかな」

「と言いますと？」

佐伯が便器から離れ、ついで植村も離れた。佐伯と植村は、入り口の右手の洗面台へと移動した。

佐伯が、手を洗いながら言った。

「本部から、茶々が入った」

新宮は便器に向かったまま訊《き》いた。

「どういうことです？」

「あれだけの事件、所轄が勝手に動いて欲しくなかったと」

「向こうも追っかけていたんですか」

「さあな」

佐伯が洗面台の前から離れながら言った。

「とにかく、調整がつくまで、取り調べは始まらない」

これが、小島百合の言っていた「骨折り損」のことなのだろうか。

佐伯が、温風機に手を入れた。モーターの音が大きく洗面所の中に響いた。

佐伯は、そのモーターの音に負けぬような大声で言った。

「お前さんは、いちおう、証拠品目録作り、やっておいてくれ。全部持ってゆかれることになると思うが」

「はい」

ふたりは洗面所を出ていった。

新宮はいま聞いた言葉を思い起こした。

じゃあ、ツクイがうたったってことに。

その名前は、聞いたことがあるような気がする。どこでだったろう。

ふいに、ツクイという音が漢字でイメージされた。津久井。もしかしていま話されていたのは、道警本部の津久井巡査部長のことか？　郡司事件のとき、同じ銃器対策課で郡司警部の部下だったという若手の刑事。あの津久井巡査部長のことなのか。


廊下のほうが騒がしくなった。

町田光芳警部補は、振り返ってドアが開くのを待った。

道警本部の機動捜査隊が到着したようだ。被害者の身元確認のために、彼女の同僚も一緒のはずである。

　玄関のドアがいきなり開いた。私服だが、ひと目で刑事たちとわかる男が二人。その後ろに、紺の作業衣姿の鑑識班員が三人、外にきている。

　濃紺のスーツを着た男が玄関口に身を入れてきた。硬そうな髪を伸ばした、四十年配の男だ。頬《ほお》にも脂肪が少ない。一重瞼《まぶた》の目は冷やかで、見るからにタフな刑事とわかる男だった。

　その紺のスーツの男は、胸ポケットから警察手帳を取り出し、身分証明書を提示しながら、町田に向けて言った。

「機動捜査隊の長正寺《ちようしようじ》だ。被害者を見せてくれ」

　身分証明書の階級に目がいった。警部だ。

　町田は言った。

「大通署の町田です。どうぞ」

　長正寺が靴を脱いで室内に入ってきた。

　そのあとから、もうひとりの捜査員が続いて上がってきた。

　彼らは、リビングルームで死体のそばにかがみこんだ。

　長正寺は、白いゴム手袋をはめて死体の顔を確かめてから、若い捜査員に訊いた。

「秋山《あきやま》、まちがいないか」

「彼女ですよ」秋山と呼ばれた若い捜査員は言った。「水村です」

長正寺は立ち上がって、町田に訊いてきた。

「何かわかったことは?」

町田は答えた。

「発見は午前十一時四十分頃です。管理人が、階下の水漏れの通報で中に入って発見しました。殺害の時刻は不明。彼女がいつからここにいたのかもわかっていません」

「強盗か?」

「まだ判断できません。財布はなくなっています。腕時計はありませんが、これは最初からしていないのかどうかわかりません。着衣の乱れはなし。大きな外傷らしきものも見当たりません」

「玄関のロックは?」

「外から施錠されていました」

「外から? 確かか?」

「ミワのシリンダー錠です。外からロックした場合、解錠のときキーを回す方向がちがいます。管理人が確認しています」

長正寺は部屋に視線をめぐらしてから訊いた。

「この部屋の住人の、目星は?」

「まだです。名義上の借り主とはまだ連絡が取れていません。ただ」

「何だ?」

「もしかしたら、警察関係者かもしれません」

町田は長正寺に隣室の押し入れの中のものを見せた。長正寺の顔から、すっと血の気が引いたように見えた。

「まだ断定はできない」長正寺は、言葉を選ぶように言った。「水村の所持品かもしれない。ほかに何か気づいたことは?」

町田は、鑑識員の永末がまとめたビニール袋を示して言った。

「財布が見つかっていません。たぶんクレジット・カードとか、キャッシュ・カードも一緒でしょう。携帯電話も見当たりませんが、これについては、もともと持っていなかったのかもしれません」

長正寺は、秋山に顔を向けた。

彼は言った。

「持ち歩いてましたよ。いまどき、本部でも携帯を持ち歩かない婦人警官はいません」

長正寺は、さきほど岩井が考えたのと同じことを思いついたようだ。

「発着信記録を消そうとしたってことだな」

町田は言った。

「被害者の交遊関係を洗うべきでしょうね。本部に出向いて、親しかった同僚さんたちから事情を聞こうと思いますが」

「ちょっと待て」

長正寺はスーツのポケットを探りながら、部屋を出ていった。電話をする様子だった。

町田は、部屋に残った秋山に訊いた。

「ミス道警って呼ばれていた子なんだそうですね」

秋山は頰をゆるめた。

「アイドルみたいな顔で、婦人警官の制服を着てるんですよ。大人気でした。そのうち、化粧が濃くなって、ファンも減りましたけど」

「男ができた？」

「あのルックスなら、当然でしょうけど」

恋人がいると周囲に把握されているなら、もう被疑者は特定されたも同然だろうか。

いや、と町田は自分の思いを打ち消した。

この現場の様子、強盗殺人の典型的な情景とはちがっているにせよ、まだその可能性も否定しきれないのだ。痴情のもつれ、と断定するのは早過ぎる。

三分ほどしたところで、長正寺が部屋に戻ってきた。

いましがたよりも顔には緊張が表れている。電話の相手から、何か重大な指示でも受けたかのようだ。それはつまり、道警本部の上司から、ということだろうが。

長正寺は町田に言った。

「この事件、本部が引き継ぐ。大通署は、現場を引き渡して出てくれ」

意味がわからなかったので、町田は確認した。

「捜査本部設置、という意味ですね？」

「ちがう。引き継ぐんだ。うちの鑑識があらためて検証する」

「うちの管内の事件ですよ」

「殺されたのは、うちの所属だ」

「だからといって、所轄をはずして？」

「はずさん。協力はしてもらう。ただ、いまは現場を引き渡せということだ。不満か？」

たしかにこのような殺人事件の場合、本部の機動捜査隊の捜査員が現場の指揮を執るのは、決して異例ではない。おおむね所轄の捜査員よりも、機動捜査隊のほうにベテランが配置されているからだ。しかし、捜査全体の責任者は所轄署の署長であり、刑事課長である。ということはつまり、所轄署の捜査員が現場で機動捜査隊の捜査員の指示を受けることはあるにしても、その場から所轄署捜査員が追い出されることはない。

町田は、言葉を変えて確認した。

「現場を引き渡して、わたしらは周辺の聞き込みということでしょうか」

「ちがう。ここにはもういてくれるなということだ」

「どうしても引き渡せってことであれば、わたしは上司の指示を待ちますが」

「問い合わせてくれ。あんたのところの署長と、刑事課長に。もう本部から指示が行ってるはずだ」

長正寺は、鑑識員たちに向かって、パチリと手を叩《たた》いた。出てゆけ、という合図のようだ。

町田は、いぶかしく思いながらも、いったん部屋を出るしかなかった。

町田が岩井や永末と共に廊下に出ると、外で待機していた本部の鑑識員たちが、入れ代わりで部屋に入っていった。ドアは町田が見ている前で、ぴたりと閉ざされた。

エレベーター・ホールの前に数人のひとが集まっている。この集合住宅の住人なのだろう。大通署の制服警官がふたり、彼らの前に立って廊下の通行を制限していた。

町田はエレベーターに乗って、階床ボタンを押した。

岩井が訊いた。

「所轄抜きでやるなんて、こんなことありですか」

「ないわけじゃないが」

「殺人事件ですよ」

「それでも、たまにはあるさ」

「そういえば、あの警部、顔が青ざめてましたね」

「そうだったか?」

「ええ。電話しに部屋を出たでしょう。帰ってきたときは、いまお化けに会ってきたというような顔だった」

「たしかに、緊張はしていたな。同じ本部の同僚が殺されたせいかと思ったけど」

「被疑者《マルヒ》の目処《めど》があるということじゃないでしょうか」

「だとしたら」町田は、嫌なことを想像した。「やっぱり同僚かよ。被疑者は、警官なのか？」

「そうならば、捜査は本部が引き継ぐって理由もわかりますが」

一階に降りて、捜査車両に戻ってから、町田は所属長に警察無線を入れた。

刑事課長が出たので、町田は事情を説明しようとした。

課長はそれを遮って言った。

「たったいま本部から連絡があった。その件、本部に引き継ぎして、大通署は現場から退去してくれとのことだ」

町田は訊いた。

「正規の手続きですか」

「そうだ」刑事課長は言った。「ご苦労だった。本部の担当が着いたら、引き継いで戻ってきてくれ」

「いま、機動捜査隊の長正寺警部に現場を引き渡しました」

「ああ、それでいい」

「でも」

「言われた通りにやってくれ。いいな」

町田は警察無線を切ってから、岩井に言った。

「お前、誰か本部に知り合いはいないか。水村を知ってるやつ」

「電話してみますか?」

「ああ。本部が水村が殺されたのを知って、何を考えたか知りたい」

「知ってる奴《やつ》は、部署はちがうんですが」

そう言いながら、岩井は携帯電話のボタンを押していた。

岩井は言った。

「おれ、岩井。どうしてる?」

相手の声は聞こえない。町田は、岩井の言葉に意識を集中した。

「そうか。慣れない職場で、とまどってるよ。お前は?」

「……いや、ところでさ、お前、本部のミス道警って呼ばれてる婦人警官を知ってるか?」

「……そうそう、水村」

「……どんな評判? いや、ちょっとおれが扱ってる事件で名前が出てきた」

「……え」

岩井が一瞬絶句した。

「……ほんとに?」

町田は岩井を見つめた。岩井が、ちょっと待ってくれ、とでも言うように町田を見つめ返してくる。このまま話をさせてくれ、と言っているようでもあった。

岩井は、電話の相手に言った。

「……いや、じつは、殺しだ」

「……そうなんだ。被害者が名刺を持っていた。水村朝美っていう」

「……ああ。もう機捜がきた。うん、サンキュー」

岩井は携帯電話をオフにしてから、町田に顔を向けて言った。

「水村がつきあっていた相手、有名らしいです」

町田は訊いた。

「警官か？」

「本部の生活安全部」

「誰だ？」

「津久井」

「津久井！」

それは、一昨年以来、道警全体を揺るがした郡司警部事件に関して、ときおり出てきた名だ。

そもそも郡司事件に関しては、北海道警察の警察官たちの多くが、事件の処理の仕方に不審を抱いている。一番大きな疑問点は、それはほんとうに郡司警部個人の犯罪だったのか、ということだ。事件の発覚直後、郡司の直接の上司であった幹部警察官が自殺しているという事実は、それが一個人の「暴走」として片づけられる問題ではなかったことを示唆している。

また、郡司警部が自分で覚醒剤の密売まで手を染めていた理由のひとつとして、拳銃《けんじゅう》摘発の協力者に対する謝礼経費が足りなかったのではないか、ともささやかれていた。本来捜査員に渡るべき、あるいは経費として処理されるべき報償費や捜査費が、実際には捜査員に渡っておらず、幹部のポケットマネーになっている。それは北海道警察の誰もが知っている公然の秘密だ。だから郡司は、協力者に支払うべき金を工面すべく、覚醒剤の売買に手を染めたのではないか、というのが、ベテラン警察官たちの想像である。

それにもうひとつ、郡司警部のあのめざましい実績には、同僚や部下の協力がなかったわけがない、とも言われている。その部下のひとりとして、津久井卓《すぐる》という巡査部長がいたのだ。

津久井は、郡司警部が逮捕される年の四月に、旭川中央署から本部の生活安全部銃器対策課に異動してきた警察官だった。郡司警部が逮捕されるまで、およそ半年間、名目上は郡司警部の部下として拳銃摘発任務に就いていた。

津久井巡査部長は、いわば郡司警部事件を最も身近に見てきた警官のひとりだった。本部としては、郡司事件の発覚後も、そんな警官をいまさら野放しにするような真似《まね》はできなかった。津久井が去年、今年の大異動を免れて道警本部に残ったのも、本部が手元で監視し、行動を制約する必要からだ、と言われていた。

銃器対策課は、郡司事件の後、銃器薬物対策課として組織替えとなり、捜査員もこの二年間で総入れ換えとなった。しかし、まったく未経験者だけのセクションにするわけにはゆかなかった。その意味でも、郡司がいた当時の最年少の刑事、津久井だけは、銃器薬物対策課に残さざるを得なかったのだ。

ただし、さすがにセクションの空気は変わった。新組織はその後、郡司事件の後始末が主任務となったし、郡司警部がいたころの無法地帯めいた活気もなくなった。むしろ道警本部のほかのどのセクションよりも地味で退屈なセクションに変わったのだ。

その津久井が、郡司事件以後も札幌市内の一級の住宅地に秘密の隠れ家を持ち、同僚警官との逢《あ》い引《び》きに利用していた？　そういうことなのだろうか。

町田は、岩井に言った。

「津久井が、重要参考人ってことになるのか。だとしたら、本部も所轄には渡せないだろうな。何が飛び出してくるかわからない」

岩井も、合点がゆかぬという顔でうなずいた。

「でも、いくらなんでも、現職の警察官が、同僚の婦人警官を殺しますか」

「津久井は、独身だったか？」

「よく知りませんが」

「いくつだっけ？」

「三十をいくつか過ぎたあたりのはずです」

「独身なら、同僚とのつきあいを隠す必要もないし、隠れ家を持つ理由もないな」

岩井は、目の前に建つその集合住宅を見上げて言った。

「巡査部長の給料で、ここに部屋を借りることもできないでしょう。津久井も、郡司さんと同じようなことをやっていたってことでしょうか。郡司さんの事件が発覚したあとも」

「まさか。賃貸名義人の会社、何か裏があるんじゃないのか」

町田たちが捜査車両に分乗したとき、乗用車が二台、あらたに現場に到着した。

降りてきたのは、スーツ姿の男がひとり、それに制服姿の警察官が三人である。彼らはちらりと町田たちを見てから、小走りにエントランスに駆け込んでいった。


玄関口が騒がしくなった。

長正寺武史《たけし》が振り返ると、姿を見せたのは道警本部の幹部クラスの警察官たちだった。生活安全部防犯総務課長の高橋《たかはし》、同じく生活安全部で銃器薬物対策課長の須藤《すどう》、生活安全部長の石岡《いしおか》、それに刑事部捜査一課長の吉村《よしむら》、の四人だ。

高橋は、被害者の婦人警官の上司として、須藤は被疑者とみられる警察官の上司として、ここに急行してきたというわけだろう。石岡は、被害者と被疑者それぞれが所属する部門の責任者という理由でやってきたのか。

四人の中で、石岡だけはスーツ姿だ。郡司警部の不祥事に対して、警察庁が昨年直々に道警本部に送り込んだエリート警察官である。まだ四十歳という警視長だ。生活安全部長として、とくに銃器薬物対策課の綱紀粛正を直接指揮していた。

部長の石岡が、玄関から真っ先にリビングルームに入ってきた。

「やっぱりこの部屋か」と、石岡は室内を見渡して言った。

長正寺は訊いた。

「ご存じだったんですか？」

「ああ」石岡は、端整な横顔を長正寺に見せてうなずいた。「アジトはすべてこの目で見せてもらった」

「ここは、アジトだったんですか。道理で、盗聴器なんかが出てくるわけだ」

「郡司とは無関係のアジトだ。そのまま使うことを許してた」

石岡のうしろで、銃器薬物対策課長の須藤が、いまいましげに言った。

「家賃はうちから出てるわけじゃなかったからな。それにしてもあの馬鹿野郎、トチ狂ったんじゃないのか」

長正寺は訊いた。

「津久井のことですか？」

「ああ。トラブルメーカーだ」

「ほかにも何か？」

防犯総務課長の高橋が、ぴしゃりと長正寺に言った。

「いいんだ。関係ない」

石岡は、壁に触れながらリビングルームに入ってきて、横たわる水村朝美の死体にちらりと目をやった。

「彼女は知ってる。親爺《おやじ》さんも警官だったよな」

長正寺は言った。

「今年から足寄《あしよろ》署で、地域課長のはずです。津久井との関係、知りませんでした」

高橋が言った。

「彼女は秘密にもしていなかった。うちじゃ、誰もが知ってた」

須藤が言った。

「水村のほうが、昨日は津久井とどこに行った、何をしたとしゃべってるのに、津久井本人は、そんなことはないととぼけるんだ。津久井は秘密にしていたつもりなのかもしれんが」

石岡がガラス・テーブルの脇《わき》にしゃがむと、テーブルの上のバッグに手を伸ばした。

機動捜査隊の鑑識員があわてて言った。

「あ、部長、まだ作業中なんです」

「わかってる」石岡はかまわずにバッグを持ち上げた。「津久井の遺留品でも出たか」

長正寺は答えた。

「まだ調べが済んでいません」

須藤が言った。

「対策課がここを使うことは、了解事項だった。捜査用のツール類も、ここに一式置いてあったはずです」

長正寺は、隣室の押し入れの中から出てきたジュラルミン・ケースを思い出して言った。

「たしかにありました。双眼鏡とか、盗聴器とか」

石岡が立ち上がって須藤に言った。

「郡司の事件から二年しかたっていないのに、どうしてまたこんなことになったんだ？」

須藤は、首を縮めて言った。

「まことにわたしの監督不行き届きで」

「津久井も、四月で飛ばせと勧めたじゃないか。滞留が腐敗を生んだんだ」

「は、後始末が。あ、いえ、そのとおりです」

「危機管理の原則はシンプルなものだ。問題は、発生した瞬間に解決せよってことでね。ずるずると引き延ばすべきじゃない。問題が明らかになったときは、解決したときだ」

須藤ほか、道警本部の幹部たちはうなずいた。


新宮昌樹は、刑事部屋に強行犯係の面々が戻ってきたのを見た。

たしか中央区の円山で殺人事件があったのではなかったか？　なのに、もう戻ってきた？

新宮は腕時計を見た。

午後の一時を五分ほど回っただけだ。飛び出して行ってから、一時間ほどしかたっていない。いくらなんでも、戻りが早すぎるように思った。

係長の町田という警部補が、首を傾《かし》げたまま、コートを自分の席の椅子《いす》に放《ほう》った。その部下の岩井という捜査官も、何か疑問を抱えている、という顔だ。そして彼らの部下たちも。

何があったのだろう。

横を見ると、佐伯も怪訝《けげん》そうに町田たちを見つめている。

新宮は佐伯に訊いた。

「殺しがあったんでしょう？　どうしてこんなに早く戻ってきたんでしょう」

佐伯は、ちらりと新宮に目を向けて言った。

「さあてな。単純に解決したのかもしれん」

「被疑者の身柄確保という様子でもありませんけど」

見ていると、町田や岩井は課長補佐のデスクに寄り、課長補佐と何ごとか小声で話し始めた。課長補佐の表情は、次第に怪訝そうになっていった。

三時を過ぎたころだ。刑事部屋の盗犯係や強行犯係の巡査部長以上の者に招集がかかった。会議室に集まれという。佐伯や植村、町田たちが席を立っていった。中堅以上の捜査員に、指示か通達があるのだろう。

新宮は、目録作りの手を止め、椅子から立ち上がって、一階の生活安全課総務係のカウンターへと向かった。

夕刊の早版がそろそろ署に届く時刻なのだ。

総務係のカウンターには、地元ブロック紙と、全国紙が一紙、それにタブロイド紙が二紙、ホルダーに挟んで並べてあった。

新宮は総務係のカウンターに並んだその早版のひとつに目を留めた。このところ、道警不正経理問題でスクープを飛ばしているブロック紙だ。

大きな見出しで、こう記されている。

「道議会百条委、現職警察官二名を証人招致決定」

気になって、見出しに続くリード部分まで素早く読んだ。

「北海道警察本部の不正経理問題を追及中の道議会各会派は、きょうの特別委員会で、十二日に開催される百条委員会では、道警現職警察官二名を証人として次の委員会に招致することを決めた。先日警察庁が、各警察本部は現職警察官の証人招致に対して、特別な場合を除き拒まないよう通達を出したことを受けての決定。これまで捜査上の秘密を理由に現職警察官の証人招致を拒んできた道警は、苦しい対応を迫られることになる。議運はきょう、喚問する証人のうちひとりの名を明らかにし、道警本部に正式に要請した。もうひとりの証人については、各会派で調整中である」

正式に北海道議会の百条委員会で現職警察官が証人として出席となれば、これまで明かされることのなかった事実も飛び出してくることだろう。地方自治法第百条の規定により設置される委員会では、地方公務員の守秘義務が免責されるのだ。

こうなると、報償費の不正流用については、もう道警本部はしらを切ることはできなくなるのではないか。もっとも、いくら免責が約束された百条委員会とはいえ、現職警察官が真実を証言するには、かなりの心理的なバリアを乗り越えねばならない。問われるがまま屈託なく答えていては、事実上、警察官としてのキャリアは終わる。警察庁がたとえ、証人となった警察官の人事や昇進昇任について不利な取り扱いはするなと通達していたとしてもだ。たぶん証人として組織の不正を明らかにしてしまった警察官は、周囲から「うたった」、つまり組織を売ったと見なされるのだ。その視線に耐えてその後の警察官人生で職務を遂行してゆくのは、容易なことではないはずである。だからといって、中途退職しても、警察官OB組織に再就職することは難しい。たぶんその警察官は、完全に警察官社会から村八分にされるだろう。

その不利益を覚悟して証言する警察官が、どれほどいるか。証人招致は、かたちだけのもので終わるのではないか。

「どうしました?」と、総務係カウンターの後ろで、小島百合が訊いた。

新宮は小島百合を見つめ返して、首を振った。

「いや、なんでも」

そのとき、視界の隅で、副署長と生活安全課の課長が一階のフロアに入ってきた。ふたりとも、どことなく憮然《ぶぜん》としているように見える。彼らも、会議室に招集されていたようだ。

話題はあの円山の殺人事件の問題だな、と、新宮は根拠なく思った。その件で何か面白くないことが起きているのだ。さっきの町田たちの表情と、副署長たちのこの表情は、ひとつながりのことのはずだ。新宮は総務係のカウンターを離れ、階段へと向かった。

刑事課のある三階の給湯室の脇には、コーヒーの自動販売機が置いてある。新宮はその自動販売機の前まで行くと、コインを入れて、ホット、ブラックのボタンを押した。機械の中で紙コップが降りてきて、ほどなくして抽出が始まった。

抽出が終わったところで、新宮は受け口のガラス扉を開けて、紙コップを取り出した。そこに、強行犯係の岩井がやってきた。短髪で、格闘技選手のように筋肉質の体の警官だ。新宮は場所を開けて、コーヒーをひと口すった。

岩井が自動販売機にコインを入れた。

新宮は先輩捜査員にあたる岩井に訊《たず》ねた。

「円山で殺人事件があったんですよね。あれは、たちまち解決だったたんですか？」

岩井は、コップを取り出してから、新宮に顔を向けてきた。

「あれは本部扱いの事件になった。だから現場から帰ってきたんだ」

「本部扱い？　そんな重大事件だったんですか」

「被害者は本部の婦人警官」

新宮はまばたきして、オウム返しに言った。

「婦人警官？」

「そう。警官殺しだ」

「じゃあ、全道の警官がいきり立ちますね。被疑者は特定されたんですか？」

岩井はうなずいた。

「いま、署長から通達があった」

きょう中央区の集合住宅で、死体で発見された女性は、北海道警察本部生活安全部に勤務する婦人警官、水村朝美だとわかったという。水村朝美の交遊関係が洗われたが、その結果、被疑者は水村の同僚にあたる現職警察官、津久井卓巡査部長だと断定された。現場からは、被疑者のものと思われる指紋、遺留品等が多数発見された。

そこまで聞いて、新宮は思わず声を出していた。

「津久井って、あの津久井ですか。津久井巡査部長？」

「そうだ」岩井はうなずいた。「耳にしてるだろうが、前は郡司と同じ部屋だ。短い期間しか一緒じゃなかったようだが」

新宮は、岩井を見つめた。冗談を言われたかと思い直したのだ。しかし岩井は真顔だ。署長はさらに言ったという。

現場からは、拳銃の実弾のほか、少量の覚醒剤も発見された。被疑者の津久井は拳銃を所持している可能性がある。また津久井は、覚醒剤の常習者であって、水村殺害は覚醒剤吸引が遠因とも考えられる。事件の重大性に鑑《かんが》み、捜査は道警本部刑事部が、所轄署と分担することなく直接担当する。

また、本部は、津久井卓巡査部長を本部内手配とした上で、こう指示してきたという。それぞれの所轄署に於《お》いては、被疑者が覚醒剤吸引と拳銃の所持の可能性大であることを現場警察官に伝え、被疑者を発見した場合、わずかでも抵抗の素振りを見せたならば躊《ちゅう》躇《ちょ》せずに拳銃を使用してよいと周知せしむること。

新宮は、ぽかりと開けた口を一回軽く結んでから言った。

「それは、津久井巡査部長を撃っていいと？」

「そうだ。同僚の婦人警官を隠れ家で殺したんだ。シャブの幻覚症状が出てるから、何をしでかすかわからん、ということだろう」

驚きが収まったところで、新宮は岩井に訊いた。

「岩井さんは、なんか納得していないように見えますが」

岩井は視線をそらし、もうひと口コーヒーをすすってから言った。

「現場の印象は、シャブ中にやられたようには見えなかった。物盗《と》りじゃないかと思ったくらいだ」

そこに、佐伯がやってきた。彼も、小銭入れを手にしている。

新宮は佐伯に言った。

「すごいことになりましたね。婦人警官殺し」

佐伯は、不服そうな表情でうなずくと、岩井に訊いた。

「現場、署長が言うとおりのものだったのか？」

岩井が答えた。

「シャブ中の殺しの現場には、見えなかったんですがね。切れてた男がやったんなら、現場はもっとひっちゃかめっちゃかだったと思うんですが」

「ほんとに？」

「ええ。ただ、被害者が確認されるとすぐに、本部が引き継ぐと言ってきた。現場検証もまだ途中っていうのに、しかも妙に早過ぎるってタイミングでしたよ」

佐伯は紙コップを取り出すと、つぶやくように言った。

「変だな」

岩井が佐伯に訊いた。

「佐伯さんは、津久井をご存じなんですか？」

「知ってる」と佐伯が答えた。「前に、一度一緒に組んだことがある」

「どちらの署で？」

「どこでもない」

「どこの署でもないのに一緒？」新宮は佐伯の言葉の意味がわからなかった。「そんなことがあるんですか？」

「あったのさ」

佐伯は、その件は詮索《せんさく》しないでくれと言っているようだった。

そこに町田が現れた。町田は、強行犯係の捜査員ではあるが、けっしてこわもてには見えなかった。むしろ、高校の化学の教師といった印象がある。容疑者を理詰めで落とすタイプなのかもしれない。薄くなりかけた髪を気にしているのか、頭からは整髪料が匂《にお》った。彼もまた、腑《ふ》に落ちない、という表情だ。

佐伯が町田に顔を向けて訊いた。

「署長が言ったとおりの現場だったのか？」

町田も自動販売機にコインを入れながら言った。

「荒らされてはいなかった」

「実弾やら覚醒剤の件は？」

「おれたちは、見つけてない。あとからきた本部の連中が見つけたんだろう。もう少し調べれば、おれたちも発見できたかもしれない」

岩井が言った。

「追い出されたのは、たいして時間もたっていないときですからね。念入りに調べれば、その可能性もあるかなとは思いますが」

町田が言った。

「おれなんぞ、殺人事件の現場なんて、これでふたつ目なんだ。どう判断していいのか、よくわからないままに現場を引き渡してきたんだ」

佐伯が真顔で町田に訊いた。

「津久井、って話をどう思う?」

町田が答えた。

「耳にしたことが全部ほんとうなら、そうかもしれないとは思いますがね」

「納得してる顔じゃないぞ」

「覚醒剤中毒で、幻覚で恋人を殺したって話になるとね。そこまでひどい警官がいたのか、と感じてしまうから」

新宮は先輩たちの会話に割って入った。

「でも、逮捕に抵抗したら撃てと指示出たんでしょう? 本部には何か確信があるんでしょうか」

佐伯が、皮肉っぽい調子で言った。

「確信というよりは、そうしなきゃあならない理由があるんだろう」

そこに植村がやってきた。

植村は言った。

「いま、電話をくれた男がいるんだが、本部は、特殊急襲部隊を出動させたそうだ」

「特急を!」と、その場がざわついた。

特殊急襲部隊とは、警視庁をはじめ大きな警察本部がこのところ設置するようになった特殊任務専門のチームのことだ。関係者はSATと自称することもある。アメリカの警察が持っているSWATのような、特別の武器を持ち、特別の訓練を受けた部隊である。北海道警察本部の場合、機動隊の中に編成されている。ハイジャックや人質事件、銃器を持った凶悪犯などに対処するのが主任務とされている。全員が射撃一級の腕前以上で、狙撃《そげき》手《しゅ》まで配されているという。もちろん道警本部は、そのような特殊チームの存在を公表していない。

町田が言った。

「じゃあ、道警本部は」

植村は言った。

「津久井を射殺する腹だろう」

「逮捕じゃなくて?」

「逮捕する腹なら、特急を出動させない」

「出動と言ったって、どこにです。居場所の目処《めど》がついているんですか」

「目処なんて、あるめいど、だよ。そこまではわからん。立ち回りの可能性のあるところには全部張り付けたのかもしれん」

佐伯が上着のポケットに手を入れ、携帯電話を取り出した。新宮が見ていると、顔色が一瞬変わった。しかしすぐにその表情は打ち消された。佐伯は、新宮らにくるりと背を向けてその場を離れていった。

町田と岩井も、自動販売機の前から去っていった。続いて植村も、踵《きびす》を返して、廊下へと出ていった。自動販売機の前から、新宮以外の警官はいなくなった。


佐伯宏一は、階段室へと歩きながら、携帯電話のオンボタンを押した。

「佐伯」と短く名乗った。

相手は言った。

「津久井です。いま、いいですか」

かなりの緊張を感じさせる声だ。

佐伯は声をひそめ、周囲にひとがいないことを確かめながら言った。

「知ってるか。お前、部内手配されたぞ」

「知っています。いましがた、同僚から電話をもらった」

「やったのか?」

「まさか。驚いているんです。ぼくじゃない」

「ほんとだな」

相手は、微塵《みじん》も不実さを感じさせない声で言った。

「やっていません」

「電話、まずいぞ。どこか有線からかけなおせないか?」

「あ、有線から?　五分後ぐらいに」

「そうしろ。切れ」

「ええ」

オフとなった。佐伯は携帯電話を畳むと、階段を駆け降りた。どこかまわりに警官のいないところに行かねばならない。北海道庁の前庭に行くか。それとも大通公園に歩くか。わずかに近いのは、道庁の前庭のほうだ。署の裏手に出て、北二条の通りを一本渡ればよい。大通公園のほうは、道路を二本渡る。佐伯は一階に降りると、通用口から西五丁目通りに出た。

電話してきた津久井は、一度だけ、特別な任務で組んだことがある仲だ。一度も本部や署では同僚だったことはないが、その任務に携わった三ヵ月だけ、文字通り、生死を分かち合ったことがあったのだ。

それは警察庁が主導して実施した大がかりな人身売買組織摘発のおとり捜査だった。日本国内には、組織暴力団が関係して、主にタイやフィリピンから娼婦《しょうふ》を不法入国させ、全国の風俗店に一人三百万円から四百五十万円で「卸して」いる組織がいくつも存在する。六年ほど前、そのような組織の手で日本に連れてこられたタイ人娼婦がふたり、続けて殺された事件が起こった。タイ政府は日本政府に対して、事件の真相究明と人身売買組織の撲滅を強く求めた。国連や世界人権機構でも、タイ政府はこの問題を取り上げ、日本政府の弱腰を非難した。

　最初、日本政府は、娼婦たちは自由意志で日本に不法入国しているという態度を取ったが、国際的な非難にさらされたことで、ようやく対策に乗り出した。警察庁が主導して、こうした組織のうち、最も悪質とみられる新興の組織に対して、実態解明と摘発の捜査が行われることになったのだ。

　組織に接触するおとりの捜査員がふたり、選び出された。佐伯と、津久井のふたりだ。佐伯は当時、釧路署の地域課員だった。津久井は旭川中央署の地域課に勤務していた。

　一般に、おとり捜査の潜入捜査員を選ぶのは、警察庁の組織全体を使うにしても、容易なことではない。相手はたいがい組織暴力団であり、彼らもまた接触してくる者には神経質になる。捜査員が暴力団員や前科者を名乗ろうものなら、徹底して身元が洗われる。ほんとうにその組織の構成員か、その捜査員が口にしたとおりの刑務所に服役していたか、必要とあらばひそかに面通しまでして、身元を洗う。いや、そこの段階まで行ければよいほうだ。多くの場合、警官が暴力団員を装うと、ほとんどの場合はごく初期の段階でばれる。

　たとえば、耳の形が、警察官であることを証明してしまうのだ。警官は格闘技か武道の習得が義務づけられているし、たいがいの場合、その格闘技とは柔道となる。柔道を長くやっていれば、耳が内出血を繰り返して収縮し、餃子耳《ギョーザ》と呼ばれる独特のかたちになる。

暴力団員には格闘技をまじめに習った者など少ないから、耳のつぶれた堅気ではない男が現れたら、暴力団員はすぐ警官だと見抜く。潜入捜査員の選抜は、それほどに容易ではないのだ。

そのおとり捜査のとき、警察庁は警官の匂いがしないだけではなく、およそ警官らしくない技術を持つか、できるだけ軟派な雰囲気の捜査員を必要とした。警察庁は、札幌で風俗営業に乗り出そうとしているスナック経営者と、その従業員というふたりの軟派な男が、外国人娼婦の斡旋《あっせん》を求めて問題の人身売買組織に接触する、というストーリーを作ったのだ。となると、こわもての警官では、この任務は務まらなかったのだ。

警察庁のこの捜査に北海道警察本部が協力、ふたりの警官をおとり捜査員として選び出した。

佐伯は、一時道警音楽隊でサックスを吹いていたこともあって、警官臭さの少ない警察官だった。柔道は警察官となってから始めたため、耳はつぶれていない。スナック経営者を装うには好都合だった。北海道警察の警官だから、関東の暴力団に面が割れている心配はまずない。

それでまず、佐伯が警察庁のこの捜査に抜擢《ばってき》されたのだった。

ついで、その相棒となる男が決まった。同じ北海道警察から、やはり餃子耳ではなくて、物腰が軟派な若い男、という条件で、津久井が選ばれたのだ。津久井は、警察官としては珍しく、多少ピアノも弾いた。

選抜されたふたりは、まず札幌市内にそれぞれアパートを借り、薄野で多少名前を流して、本人たちが実在するという事実をでっち上げてから、東京に向かったのだった。北海道では道警本部の郡司警部が、地検と組んだおとり捜査で、華々しく拳銃摘発の実績を増やしていたころだ。

……津久井は、ただの同僚以上のものだ。

佐伯は、声には出さずに、そのことを自分に言い聞かせた。

佐伯は携帯電話を握ったまま、北二条通りを渡り、道庁前庭に入った。夏であれば緑濃いその庭も、四月のいまはまだ木々は芽さえ出してはいない。全体に木々の肌も枝も芝生も、無彩色のままだった。

北海道議会のビルの前まできたとき、携帯電話が鳴り出した。

表示を確かめた。非通知設定だ。たぶんどこかの有線電話ということだ。

佐伯はオンボタンを押して、携帯電話を耳に当てた。

「津久井です」

佐伯は確認した。

「有線だな？」

「ええ」

「こっちは、まわりにひとはいない。話せ」

「さっき、おれが水村朝美殺しで指名手配されたと聞きました。生活安全部の同僚がこっそり教えてくれた。おれ、きょうは有休取っていて、本部に出ていないんです」

「お前、その水村って女とは？」

「つきあってました。でも、半年ぐらい前から、もうただのオトモダチです。深いつきあいじゃありません。たぶん彼女は、いまは別の男とつきあってるはずです。誰なのかは知りませんが」

「円山のマンションが現場だと訊いた。そこはいったい何だ？」

「銃器対策課の捜査拠点のひとつです。家賃は、OB会から出ていたようです。おれ」津久井は口ごもってから言った。「水村朝美と会うのに、何回かその部屋を使ったことがあります」

「殺しは、やっていないんだな？」

「いない。いません。なのに、おれが手配されたと聞いて、どういうことかと。大通署の管轄事件ですから、佐伯さん、何か情報を聞いていないでしょうか」

「事件は本部に引き取られた。うちは、何も知らないんだ」

「何が決定的な証拠だったんでしょう？」

「わからんが、指紋とか、目撃者か」

「アジトでしたから、おれの私物も置いてあるし、指紋も出るでしょう。だけど、おれは最後にあの部屋に行ったのは、半年ぐらい前です。しばらく行っていないし、ましてや昨日も、水村朝美とは会ってないんです」

「お前が覚醒剤をやってる、という話だ。拳銃も持っているのか?」

「やってませんし、持っていません」

「お前さん、郡司の部下だった時期があるんだ。その件、道警の警官はみな疑っていないぞ」

「どうしてそんな話になるのか、自分には見当もつかないです。郡司警部は一匹狼《おおかみ》でした。同じ課でしたが、おれは直接の部下というわけじゃなかった」

「本部は、お前がシャブ中で拳銃を持っているから、射殺してかまわないと指示してるんだ」

「聞きました。おれは、出頭もできないってことなんでしょうね。出頭したら、そこでズドンだ」

佐伯は、自分のほうの気がかりを口にした。

「この事件の前に、ひとつ気になる話を耳にしてる。本部の裏金マニュアル問題で、新聞《ぶん》屋《や》にうたったのがお前だと言うんだ。監察を受けることになっていたか?」

「監察の件も、きょうになって聞きました。笠井巡査部長が自殺したんで、次におれが疑われたんだとか」

「ほんとうなのか?」

沈黙があった。佐伯がもう一度質問を繰り返そうとすると、津久井は答えた。

「部分的にはイエスです」

「多少はうたったってことだな？」

「釈明はできます。ちょっと複雑ですが」

「まだうたう予定はあるのか？」

「どうしてです？」

「濡《ぬ》れ衣《ぎぬ》を着せたことに加えて、発砲許可だ。ただごとじゃない。本部も、組織を賭《か》けてるように感じるからだ」

また沈黙があった。佐伯は、質問を繰り返さなかった。答を待ったままでいた。ある意味では、この沈黙が答なのだろう。

やがて、津久井が言った。

「おれ、明日、道議会の百条委員会に呼ばれているんです。委員会はまだおれの名前を発表していませんが」

佐伯は驚いた。そこまでは想像していなかった。津久井は、百条委員会でうたう予定だったのか。それならば、道警本部が津久井の射殺を指示したのも無理はない。郡司事件の ときも、口塞《ふさ》ぎが本気で検討されたと噂《うわさ》されている。そのため郡司事件では、裁判所は被告人席と証人席を防弾ガラスで囲って、公判を進めねばならなかったのだ。

佐伯は確認した。

「お前がうたうのは、裏金問題か。郡司事件の背景か？」

「両方でしょう。百条委員会は、郡司警部の暴走は、捜査費が上に吸い上げられて、現場には捜査費用が足りなかったせいだと結論づけたいようです」

「本部は、お前が百条委員会に呼ばれていることを、もう摑《つか》んだということだな」

「たぶん、議員の誰かの線から洩《も》れたんだと思います」

ということは、道警本部は、明日の朝、道議会百条委員会が始まるまでに、なんとしてでも津久井を消すつもりでいるということだ。逆に言うなら、津久井はなんとかそれまでに、自分の姿をさらせるよう、無実を証明しなければならないということでもある。

津久井が、すがるように言った。

「おれ、どうしたらいいでしょう。おれはやっていないんです。時間さえあれば、無実の証拠だって揃《そろ》えられる」

佐伯は、心を決めた。

やつはおれに嘘《うそ》は言っていない。やつは水村朝美殺しには無関係だ。おれは、やつの言葉を信じることができる。彼が覚醒剤もやっていなければ拳銃も持っていないとなれば、手配自体が何か裏のあることなのだ。不正は、その手配自体だ。ましてや射殺許可など。

いつかの義理を、返さなければならない。

佐伯は言った。

「本部に知られていないアジトはあるか。明日の朝まで、身を隠していられるか」

「いいえ。いまいるところも、あとせいぜい三、四時間です。夜には移らなければならない」

「なんとかする。じっと隠れていろ」

「なんとかというのは？」

「水村の事件、本部が取り上げた。だけど、大通署の警官が、きちんと解決してみせる。お前が明日の朝、堂々と胸張って、百条委員会に出られるようにな」

「大通署の警官全部が動いてくれますか？」

「骨のある警官はいるさ。これから何度か連絡する。お前は、お前からはもう携帯を使うなよ」

「はい」

「夕方、八時前後に、有線から電話しろ。それから、変装しろ」

「はい」

電話が切れた。

佐伯は、ひとつ大きく息を吐きだしてから思った。

明日の朝までに、水村朝美殺しを解決して津久井卓の無実を証明する。

警察組織としてやるわけではないのだ。大口を叩いてしまったが、これは決して容易なことではないぞ。いや、はっきり言えばかなりの難事だ。

しかし、津久井の手配の事情がわかった以上は、絶対にやり切らねばならぬことであるのも確かだ。

佐伯は携帯電話を上着のポケットに収めると、署に戻るため、道庁前庭を歩き出した。

右手に、北海道議会の無骨なビルが建っている。その隣りの道庁赤レンガ庁舎と較《くら》べるなら、まったく何のセンスも感じられない建物だ。たぶんコスト以外の配慮はなされなかった建物なのだろう。

佐伯は歩きながらそのビルに目を向けて思った。

しかし、自分は明日の朝、この糞《くそ》面白みもない建物に、津久井を無事に送り込んでやらねばならない。送り込んだ後、そこで津久井が証言する内容次第では、この建物もいくらかは美しいものに見えるようになるかもしれない。その道議会の建物の背後に高々とそびえ立つ、超近代的な道警本部ビルよりも。輝くような意匠の内側で魑魅魍魎《ちみもうりよう》がうごめくあの道警本部ビルよりも。

午後の五時には、円山の婦人警官殺人事件について、さまざまな情報や噂が署内を飛び交っていた。

新宮昌樹は、噂話はひとつも聞き逃すことなく、事情や背景を知ろうと努めた。どっちみち、今朝の中古車不正輸出事件の容疑者逮捕については、本部から横槍《よこやり》が入ったのだ。取り調べには待ったがかかっている。いまのところ、証拠品目録作りという退屈な仕事しか、することはなかった。

被害者の水村朝美は、道警本部勤務三年目の婦人警官だった。短大を卒業して道警に入った二十二歳。父親も道警本部の警察官で、いま釧路方面足寄署勤務だ。警察官の社会では、子供が警察官となった場合、その親の評価は高くなるし、子供のほうも何かにつけ、周囲から敬意を払われる。大きな家族の中でも、特別に強い絆《きずな》を持った親子同士と見られるのだ。ましてや子供のほうが婦人警官となれば、それは警察のファミリー全体の娘である。無条件で大事にされるべき女性だった。

被疑者として指名手配されたのは、津久井卓という被害者の同僚だった。三十四歳の巡査部長だ。二年前に旭川中央署から道警本部に転属となり、生活安全部銃器対策課の郡司徹《とおる》警部と同じ係で、銃器摘発の実績を挙げた。

郡司事件発覚のときは、監察官から厳しい取り調べを受けた。郡司警部の違法行為に関《かか》わっていなかったか、徹底して調べられたのだ。けっきょく関わっていないと判断されて、処分は受けていない。地検の取り調べも受けることはなかった。その後、銃器対策課のメンバーは全員が散り散りに異動となったが、このセクションを未経験者だけで構成するわけにもゆかなかった。最年少の津久井だけは、そのまま銃器対策課、新しい機構名で言えば、銃器薬物対策課勤務を続けることとなった。

津久井は、旭川《あさひかわ》市出身で、高校時代、アイスホッケー部だった。独身だ。目下所在不明。

同い年の内勤警察官からは、こんなことも教えられた。

道警本部は、津久井を内部文書を持ち出した疑いで調べることに決めていたという。羽幌署の駐在警官である笠井巡査部長が自殺したあの一件だ。道警本部が所轄署に出したという裏金作りのマニュアルと、証拠隠滅を指示する指示書が、一週間ほど前、ブロック紙に持ち込まれたのだ。最初は道警本部総務部会計課勤務であった笠井巡査部長が疑われ、厳しい内部調査の対象となった。その結果が、昨夜の笠井巡査部長の自殺である。彼は、死をもって自分が内部告発者ではないことを訴えたのだ。

内勤の警官は言った。

「そこで次にうたった警官として急浮上したのが、津久井さ。津久井は郡司事件の処理について、あれは郡司警部個人の犯罪ではない、と常日頃洩らしていたって言うんだ。道警本部の組織についても、このところずいぶん批判的なことを言っていたらしいぜ」

羽幌署の笠井巡査部長が札幌の本部に呼ばれて厳しい調べを受けたのが一昨日のことだ。彼が内部告発者だという確信を得られなかった本部はとりあえず笠井を帰した。次の容疑者として津久井が浮上し、明日には津久井巡査部長を調べることにしていたという。銃器薬物対策課の津久井には、裏帳簿や裏マニュアルに触れる権限はないが、このところ挙動不審であり、うたう動機もあり得たからだ。

ところが、彼は今朝になって電話で有給休暇を申請、本部には姿を見せなかった。

そこに、水村朝美の殺害死体発見である。そこは生活安全部が捜査の拠点用に確保していた部屋で、ふたりはそこを逢い引きの場に使っていたらしい。死体発見時、部屋は外から施錠されていた。殺害犯はキーを持っていたのだ。本部は津久井卓巡査部長を水村朝美巡査の殺害犯と断定、本部内手配とした……。

現場からは、拳銃の実弾がひと箱と、少量の覚醒剤が発見された。郡司警部と同じセクションにいた刑事である。津久井が郡司同様に拳銃を不法所持し、しかも覚醒剤の常習者であった疑いはきわめて濃い。つぎに何をしでかすかわからない……。

新宮は思った。

ほんとうに、すごい、と言いたくなるような事件だ。警察官が関わった事件とは思えないくらいに、ひとつひとつの要素が派手だ。

津久井っていう巡査部長は、ほんとうにそんなことをする警官なのだろうか。すでに北海道警察には、郡司という警部が出ている。ありえない話ではないのだが。

そのことを口にしたくて、新宮は刑事部屋を見渡した。

午後の六時を少し回ったところだった。いま席にいるのは、刑事課四十人ほどの捜査員のうち、このまま夜勤となる当番勤務者を含めて七、八人だ。様子を見ると、たいがいが報告書作りに没頭しているようである。

佐伯もいない。植村もいない。しかしふたりとも、デスクの上が片づいていないところを見ると、まだ退庁してはいないように見える。それとも、いつもふたりのデスクは、こんな散らかり具合なのだろうか。

水村朝美の殺害現場に最初に駆けつけた強行犯係の町田や岩井たちもいない。

新宮は立ち上がって、刑事部屋を出た。ちょうど夕刻のニュースの時間だ。地下の更衣室にはテレビがあるから、そこに行っているのかもしれない。

ところが更衣室に行ってみると、いるのは三人の地域課の制服警官だけだった。弁当を食べているところだ。

ひとりが言っていた。

「可愛《かわい》い子だったぞ。とくにあの口にはそそられた。彼女がしゃぶってくれるって言うんなら、おれならたいがいのことをやるね」

これに応えるように、べつの警官が言った。

「それをやらせてた、ってだけで、撃ち殺す理由になるな。殺していなくたってよ」

もうひとりが言った。

「水村にもシャブを打ってたんじゃないのか。シャブ中にして、言いなりにさせていたのよ。欲しけりゃ言いなりになれってよ」

相手が、野卑な声を上げて笑った。

水村朝美と津久井のことが話題になっているようだ。現場の制服警官たちのあいだで、もはやこれだけの認識ができているという事実が、新宮には驚きだった。まさかいま道警の警察官の多くが、津久井の射殺を楽しみにしているとまでは思いたくないが。

男性用の更衣室を出たところで、小島百合と出くわした。私服に着替えている。制服を着ていたときはひっつめにしていた髪を、いまは解いて垂らしている。肩までの長さだった。私服を着ていても、小島百合の印象は制服を着ているときと、さほど変わっていない。相変わらず、女性剣士らしく凛《りん》としていた。

　小島百合が訊いた。

「誰か探してる?」

　新宮は答えた。

「佐伯さん。署内にいるようなんですが」

「あのひとなら、さっき出てゆくのを見たけど」

「そうですか。どうも」

　フロアの隅でテレビがつけられている。その前に、夜勤となる警察官が何人か固まっていた。ローカル・ニュースが始まるようだ。新宮はテレビ前に歩いた。

　アナウンサーが原稿を読み始めた。

「道警不正経理問題を追及している道議会調査特別委員会は、明日の百条委員会で現職警察官二名を参考人として招致することを決定しました」

　三時間ほど前、新宮が早版の夕刊で見た記事と同じ内容だ。

　アナウンサーは続けている。

「このうち一名の証人については、道警本部からの有形無形の圧力を避けるため、委員会はその名前を明らかにしておりません。道警本部は回答の準備のため、道議会に対して、事前の連絡を求めました」

道警本部の幹部の顔が画面に出てきた。このところ、よくニュースに登場する総務部長だ。彼はカメラの前で言っていた。

「圧力をかけるだなんてとんでもない。きちんとした回答をするために準備が必要なんです。誰が出ても、真実を証言するのは確かなんですから」

再び画面はアナウンサーを映した。

「道議会自民党の一部には、道警本部の言い分に同調する声もありましたが、特別委員会としては、明日朝まで証人のうちのひとりの名は明かさないことでまとまっています」

いつのまにか、小島百合が新宮の横にきていた。彼女は、ひとりごとのように言った。

「つまり、明日、爆弾証言が出てくるってことね」

新宮は小島百合に顔を向けて言った。

「婦人警官殺し、まだテレビニュースにはなっていないんですね。でもみんな、何かもっと知ってるような雰囲気です。水村朝美事件とこのニュースについて、署長通達やニュースで流れる話以上のことがあるようですけど」

小島百合が新宮を見つめて訊いた。

「興味あるの？」

「もちろんです。捜査員になりたてですから。もっと勉強したいんです。先輩たちにいろいろ指導してもらいたいんだけど。もうさっさと帰ってしまったのかな」

小島百合は少しのあいだ新宮をまっすぐに見つめていたが、やがて言った。

「携帯を持ってるわね」

「ええ」

「番号、教えて」

「何か？」

「先輩たちが、あんたを指導する気になるかもしれないから」

「電話で？」

「ちがうわ。バンドのことを思い出したの」

「バンドって何です？」

「いいから、電話番号教えて」

新宮は、自分の携帯電話の番号を百合に伝えた。

小島百合は慣れた手つきで自分の携帯電話に入力してから言った。

「きょうは、まだ帰らないの？」

「いや、もう切り上げるつもりです」

「佐伯さんにも植村さんにも、残業は指示されていないんでしょう？　片づけて、帰り支度しなさい」

新宮は素直にうなずいた。

「そうします」

小島百合は、携帯電話を持った手を振ると、通用口へと向かって歩み去っていった。

新宮の携帯電話が鳴ったのは、それから十分後である。誰からの電話か、表示されていない。まったく新しい相手からの電話だ。

「新宮です」

相手は、佐伯だった。

「いま、どこだ?」

「刑事部屋です」

「まわりに、誰かいるか?」

「ええ。夜勤のひとたちが何人か」

「お前さんの声が聞こえる範囲か」

「いいえ。たぶん、聞こえないでしょう」

「こんどの事件、興味あるんだな?」

「小樽のですか?」訊いてから、馬鹿な質問だと思った。「婦人警官殺しですね。ええ」

「ちょっと手伝うか」

「手伝うって、何をですか」

「おれたちのやること」

「何かされてるんですか」

「ひっかかっている部分をクリアにしてやろうと思ってる」

「婦人警官殺しの?」

「そうだ。ただし、公務じゃない。おれたちの個人的な調べだ。それを手伝う気はあるか」

「おれたちって、誰のことなんです?」

「バンドのメンバーさ」

「楽団があるんですか?」

「そんなようなものがな。手伝うか」

新宮は、今朝がたの小樽での捕り物劇を思い出した。相手が拳銃を持ち出したというのに、佐伯は動揺することもなく冷静に対処して、中古車不正輸出事件容疑者を逮捕したのだった。すっかり憧《あこが》れてしまうような先輩警察官の姿だった。

その佐伯が、何か始めているのだ。それが公務ではないとしても、何か彼を手伝えるならやってみたかった。それが非合法なことでない限りは。

新宮は言った。

「やらせてください。何でもやります」

「これから言う番地までできてくれ。ひとりで、どこに行くとも誰にも言わずに」

「はい」

佐伯が、札幌市内のアドレスを口にした。この大通署の所在地からわりあい近いところのようだ。歩いて十五分ぐらいだろうか。

新宮が所番地を暗記すると、佐伯は言った。

「その通りの入り口まできたら、電話をくれ」

「はい」

「ひとりで。誰にも言わずにくるんだぞ」

「わかりました」

電話が切れた。

新宮はもう一度刑事部屋を見渡した。植村も、佐伯もいない。町田も岩井もいない部屋だ。当番ではないのでもう退庁したのだ、と考えるのが自然だろうが、しかしあの自動販売機の前でのやりとりと目配せ。何か始まっているのだ。それが何であれ、佐伯ひとりでやりだしたことじゃない。チームが組まれているようである。

時計を見た。

午後の六時二十分だった。

4

新宮昌樹が佐伯から指定された場所は、大通公園南側に広がる札幌中心部の商業エリアのはずれだった。狸小路《たぬきこうじ》八丁目、と呼ばれる通りの中ほどだ。

狸小路というのは、札幌の古くからの庶民的な商店街で、一丁目から十丁目まであることになっている。しかしじっさいは一丁目から七丁目までがアーケードのある商店街で、歩行者優先の通りだ。八丁目から十丁目まではアーケードはなく、終日、車も通行できる。つまり八丁目は、狸小路商店街というのは名前だけの、札幌市街地ではありふれた中通りなのだ。

新宮昌樹は、その中通りの入り口まできて立ち止まった。時計を見ると、大通署を出てからちょうど十五分たっていた。

七丁目側は、アーケードの照明が通りを照らしているが、八丁目は街路灯だけだ。商店の数も少なく、時代に取り残された印象のある商店街だった。

新宮が携帯電話を取り出そうとしたとき、通りの少し先に、小島百合がいることに気づいた。彼女はコート姿で、周囲のビルを見渡している。彼女も佐伯に呼ばれたのだろうか。

新宮は小島百合に声をかけた。

小島百合は振り返って、微笑を向けてきた。

「わたしも引っ張られてしまったわ」

新宮は訊《き》いた。

「佐伯さんに?」

「あなたが探していると教えてあげたら、わたしにもバンドに入れって」

「バンドって何のことなのか、ぼくはまだよくわかっていないんですが」

「説明があるでしょう。場所はこのあたりじゃなかった?」

「ここで電話しろと」

新宮はあらためて携帯電話を持ち直し、佐伯に電話を入れた。

つながったところで、新宮は言った。

「着きました。ひとりで来ましたが、小島さんもここにいます」

佐伯が短く言った。

「通りの南側に駐車場がある。その並びに、小さなビルがふたつ並んで建っている。わかるか」

新宮は、行く手右側にそのビル群を見た。

「あります」

「その東側のビルだ。三階建ての古いビル。一階の店はブラックバードって看板を出している」

「あります」

「その店に入れ」

「はい」

　小島百合を促して、そのビルの前まで進んだ。ビルは、大正時代ふうのレトロな雰囲気のある建物だ。その時代、オフィスビルとして建てられたものなのだろう。間口は三間ほどで、一階正面に玄関が突き出ている。左右対称のファサードだ。古い映画に出てくる銀行か郵便局といった趣がある。街灯の明かりで見る限り、コンクリートの壁の表面には、薄い青の塗料が塗られているようだった。

　ビルの前に、自立型の看板が置かれている。明かりが入っていた。白地に大きな黒い鳥のシルエット。ローマ字が書かれている。

「JAZZ&BAR　BLACK　BIRD」

　小島百合が言った。

「ここだったのね。名前は聞いたことがある」

「どういうお店なんです?」

「退職警察官がやってるって店」

「定年退職したひとが?」

「ううん。不祥事を起こして辞めたひと。この店には近づくな、って偉いさんから言われたことがあるわ」

「どんな不祥事だったんです?」

小島百合は言った。

「暴力団員の女に手をつけたのよ」

「それって、不祥事なんですか」

小島百合は答えなかった。

新宮は、重そうな木製のドアのノブに手をかけ、ドアを押し開けた。コーヒーの香ばしい香がすぐに漂ってきた。

奥行きは六間ほどあるだろうか。左手奥にカウンターがあり、その向かい側にアップライト・ピアノが置かれている。ライブもあるのだろう。

床は硬い板張りだ。そのフロアに丸テーブルが七つ並んでいる。その一番奥から、佐伯警部補が顔を向けてきた。ほかにもう三人いる。ひとりは、植村巡査部長だった。強行犯係の町田警部補と岩井巡査もいた。四人とも、いまこの瞬間まで、何か深刻な話題を語っていたかのような雰囲気だった。

まさか佐伯たちは、これからここで演奏を始めるというわけではないだろう。いくら彼が、道警音楽隊でサックスを吹いていたという経歴の持ち主であるにしてもだ。

新宮は佐伯たちのテーブルに近づいて言った。

「ぼくは、楽器は何もできませんよ」

佐伯がにこりともせずに言った。

「できるさ。呼吸を合わせろ。適当に腰掛けてくれ」

新宮は、植村たちに黙礼しながら椅子《いす》に腰を下ろした。小島百合も、新宮の隣りの椅子に遠慮がちに腰掛けた。

テーブルの上には、大皿が二枚置いてある。皿の上には、食べかけのサンドイッチが残っていた。それに、マグカップが四つ。

新宮は店の中を見渡した。不祥事を起こして道警を辞めた店主の顔を見たかったのだ。しかし、カウンターの中にもいない。奥に調理場でもあって、そちらに引っ込んでいるのだろうか。

佐伯が、椅子の上で姿勢を変え、テーブルの上に上体を倒して、新宮をまっすぐに見つめてきた。かなり不機嫌そうな顔だ。その不機嫌が、自分に向けられたものなのかどうか、新宮は不安になった。

佐伯が言った。

「お前さんも知っての通り、きょう、おかしな事件がふたつ続いた」

ふだんよりは、低い声だ。

「ひとつは小樽の中古車密輸業者の件だ。容疑者を逮捕したとたんに、本部から茶々が入った。取り調べは待てということになり、そのうち身柄まで持って行かれそうだ」

その件は、新宮にも不可解だった。そもそも容疑者の反応が想像外のものだったし、容疑者逮捕のあとで本部が口を出してくる。たぶん大通署が読んでいた以上に奥の深い事件なのだろう。同じ容疑者を対象に本部もひそかに内偵を進めていたか、逮捕の時期を見計らっていたのだ。なのに所轄署が事前の摺《す》りあわせなしに飛び出した。それで本部はあわてて介入してきたのだ。

佐伯は続けた。

「もうひとつは、水村朝美という婦人警官殺しだ。これも、被害者の身元がわかったとたんに本部が割り込んできて、二時間後には、被疑者特定。本部の津久井巡査部長が部内手配された。しかも現場の警官には、拳銃《けんじゅう》所持の可能性ありということで、口頭で発砲許可まで出た。いや、許可が出たというよりは、射殺が指示された」

小島百合の顔が、不快そうに歪《ゆが》んだ。

佐伯が言った。

「問題はそこだけじゃない。道警本部は、裏金作りのマニュアルが洩《も》れた件で、津久井を査問にかける予定だったらしい。笠井巡査部長を洗ったがシロだったんで、津久井が疑われることになったんだ。ところが、奴《やっこ》さんは今朝所属長に有休願いを出して、本部に出ていない」

新宮と小島百合は、目を丸くして佐伯を見つめた。

佐伯は同じ調子で続けた。

「もうひとつ、津久井は、明日の道議会の百条委員会に、証人として出ることになっている。道警本部の裏金作りの実態と、郡司警部事件の背後の事情について、委員から質問があるらしい。百条委員会では、守秘義務が免除される。津久井は、訊かれたことには正直に答えなけりゃならない」

小島百合が訊いた。

「証人の件と、水村朝美殺しが、どう関係するんですか？」

「タイミングがよすぎる。これがおかしく思えなければ、刑事をやってる意味がない」

新宮は混乱して訊いた。

「水村朝美殺しの真犯人は別にいるということですか。鍵《かぎ》のかかった部屋で殺されていたのに」

「本部発表を鵜呑《うの》みにするわけにはゆかんだろう」

「でも、いくらなんでも、証言させないために、本部が警官に殺人の濡《ぬ》れ衣《ぎぬ》を着せて射殺なんてことをやりますか」

「郡司の裁判のときのことを知らないのか。やつが出廷するときは、防弾ガラスの衝立《ついたて》がまわりに立てられた。ヒットマンに口を塞《ふさ》がれることを、地裁は本気で心配したんだ。あの場合、郡司の口を塞ごうとするのは誰《だれ》だ？　地裁は何を心配したと思う？」

なるほどあのとき、道警本部は、郡司には絶対に彼の犯罪が組織の了解のもとに行われたことを証言して欲しくはなかったのだ。彼個人の犯罪として処理することが、本部の期待だった。しかし、郡司がひとりで罪を引っ被《かぶ》ってくれるか、確信はなかったはずである。だから道警本部は、地裁が口封じを心配して防弾ガラスの衝立を用意するほどに、ナーバスな動きを見せたのだ。

　でもあの裁判では、郡司はけっきょく公判の最後まで、道警の組織の関与については語らず、触れなかった。自分が罪をすべて背負って組織を守ってやる、とでも気負っていたのかもしれない。しかし公判はあまりにも一方的に、郡司個人を責めるかたちで進んだ。だから郡司は、公判の最後に被告人陳述が許されたときに初めて、組織は知っていた、と口にしたのだ。しかしそのときはもう、公判の行方は決していた。裁判長も郡司のその命がけの発言を取り上げて問題にすることはなかった。

　道警本部は、組織防衛のためなら、その程度のことはやるか。

　新宮はもう、それはありえないと言い切れるほど、初々しい警察官ではなかった。やるだろう。少なくともそれは、まったく荒唐無稽《こうとうむけい》というレベルの話ではない。現実味のある選択肢のひとつだ。

　つまりこんどの件でも、津久井が明日の百条委員会で北海道警察の恥部をさらすことがわかっているなら、道警本部は当然その前になんとか津久井を説得しようとするだろう。そして説得に失敗した場合は……。

　佐伯が言った。

「もちろん無茶な話だ。津久井を射殺しても、真犯人につながる証拠は後からゴロゴロ出てくるだろう。だけど警察は、一度津久井真犯人のストーリーで結着したことは、最後までそれで押し通す」

町田が言った。

「おれは何より、この事件を横からひっさらわれたのが気に入らない。何か裏があるのは確実だと思う」

新宮は佐伯に顔を向けて言った。

「だいたいのことがわかってきました。でも、ここでこのメンバーは何をしようということなんです？　津久井さんを助けるということですか」

佐伯が逆に訊いた。

「お前さんは、津久井が証言することをどう思う？　うたうことだと思うか？　道警の警官としてもってのほかのことか？　許せないか？」

テストされているようだ。新宮は言葉を選びながら答えた。

「この二年間、あの郡司警部事件以来、組織は変わるべきだと思うようになりました。裏金作り、報償費の不正流用問題は、すっきりさせるべきです」

佐伯が訊いた。

「釧路方面本部長だった原田《はらだ》さんの告発はどう思う？　あれは『うたった』ことになるか。それとも、警官としてとるべき正しい態度か」

「正しいことだと思います」

「おれも、そう思う」

町田が言った。

「現場の警官で、原田さんを悪く言うひとはいないでしょう」

新宮は、植村を見た。彼も当然、そう判断しているにちがいない。植村はコーヒーカップを口に運ぶところだった。

佐伯が言った。

「だからおれたちは、津久井にかかった容疑を晴らし、明日、あいつがきちんと百条委員会に出るのを見届ける。このふたつは、組織をこれ以上腐らせないための、ちょっとした切開手術だ。多少痛いかもしれないが、早めに膿《うみ》を出せば、組織は壊死《えし》せずにすむ」

小島百合が口を開いた。

「ちょっと待って。佐伯さんも、町田さんも、こんどの婦人警官殺しについて、ろくに材料もないのに、津久井さんじゃないと信じて疑っていない。それは、直感だけなんですか？　もっと何か根拠があるんですか？　あたしをチームに引っ張りこむだけの根拠はあるんでしょうか？」

佐伯は、小島百合に言った。

「じつは、ある」

「どんな？」

「さっき、津久井から電話をもらったんだ」

小島百合が大きく目を見開いた。新宮も驚いて、佐伯を見つめた。

町田も岩井も、初めて聞くことだったようだ。ぽかりと口を開けた。植村だけは驚いていない。あらかじめ佐伯から知らされていたのだろう。

佐伯は言った。

「津久井本人から電話をもらった。自分は、やっていない、と言っていた」

町田が訊いた。

「それは、いつ？」

「三時過ぎだ。津久井だと断定されて、手配が回った直後だ」

「どこにいるんだ？」

「それは言えないと言っていた。だけど、札幌市内だろう」

「自宅も、立ち回り先も、固められているぞ。特急も出ている」

「潜んでいるのさ」

「やつは、自分に逮捕状が出たことを承知しているんだな？」

「本部の同僚から連絡があったと言っていた」

「へたをすると、撃ち殺されることも知っているのか」

「知っている。これが、明日の証言封じのためだ、ということもわかっていた」

小島百合が訊いた。

「津久井さんのその言葉、信じるんですか？」

佐伯は小島百合をまっすぐに見つめて言った。

「信じる」

「やつを知っている。おれはやつと一時期、たいへんな事件でパートナー同士だった」

小島百合は、そのまま佐伯を見つめ続けていた。言葉に何か裏がないか、ひとかけらでも不誠実な部分がないか、それを吟味しているかのような顔だった。佐伯は、小島百合の視線を受け止めたまま、逸《そ》らさなかった。

やがて小島百合が言った。

「あの事件のことですね」

「そう」と佐伯が短く答えた。

小島百合は納得したかのようにうなずいて言った。

「わたしも混ぜてもらいます。この二年ぐらい、自分が婦人警官だってことがずっと恥ずかしかった。もしかしたら、これで何かすっきりできるかもしれない。津久井さんを知ってるわけじゃないけど、佐伯さんがそう信じるなら、わたしも信じます」

「入ってもらうつもりで、ここにきてもらったんだ」

新宮は、佐伯と植村を交互に見ながら訊いた。

「津久井さんを守るために、具体的にはぼくらは何をするんです？」

「どうしてです？」

佐伯が言った。

「津久井を隠し通す。明日の朝まで、津久井が道議会の百条委員会の部屋に入るまで。そのあいだに、水村朝美殺しの真犯人を挙げる」

小島百合が言った。

「真犯人を挙げるためには、ずいぶん短いし、津久井さんを守り通すには、けっこう長い時間ですね」

町田が言った。

「しかも、道警の組織全体を向こうに回して、それをやらなきゃならないんだ」

佐伯が言った。

「いいや。道警はいまガタがきてるんだ。現場の警官の大半は、味方ではないにせよ、ゴリゴリの敵ってわけでもない。協力してくれる警官は期待できる」

町田が言った。

「おれも、この件については佐伯さんと同じレベルで考えたい。津久井は無実だと、おれも確信を持ちたいんだけど、なんとかならないかな」

「たとえば？」

「津久井に、おれたちの前に出てきてもらって、無実だと言ってもらう。それならおれは、百パーセント納得して、津久井の容疑を晴らすために全力を上げる」

佐伯は、椅子の上で脚を組み替えてから言った。

「本人と会えたら、確信できるか？」

「目を見れば、肝心の部分はわかる」

「それが必要だって言うんなら、なんとかしてみよう」

　そこに、奥から初老の男が歩いてきた。トレイにコーヒーカップをふたつ載せている。白いシャツにタイを結び、黒っぽいベストを着ていた。白いものの混じった口髭《くちひげ》を生やしている。ここのマスターなのだろう。不祥事を起こして道警を辞めたという男。新宮は素早くそのマスターの顔を観察した。

　歳《とし》のせいもあるのか、かつて警察官であった男とはとても見えなかった。最初からずっと軟派に生きてきたような柔らかさがある顔だ。おそらくピアノぐらいは弾くのではないだろうか。

「マスターだ」と佐伯が言った。「安田《やすだ》さん」

　安田と紹介された初老の男は、微笑しながら言った。

「深刻なお話のようですね。これからぼちぼちお客もやってきますが、お話、続けられますか」

「すまない」佐伯が言った。「長居することになる」

「もしなんでしたら、二階が空いていますよ。テナントが出ていって、三カ月空き家のままだ。キーはわたしが預かってますが」

「使えるんですか？」

「二、三日なら、大丈夫でしょう。折り畳みのテーブルとか椅子も、少しなら用意できますよ。店の奥からも上がれますが、横手に通用口があるんです」

　ちょうどそのときドアが開いて、客が入ってきた。若いカップルだ。

「いらっしゃいませ」

　安田は新宮たちのテーブルから離れていった。

　佐伯が言った。

「安田さんの好意に甘えよう。おれたちには、裏の捜査本部が必要だ。署内では何もできないし、こういう店でも無理だ」

　新宮は訊いた。

「この面子《メンツ》が、佐伯さんの言うバンドなんですね？」

　佐伯の代わりに、植村が答えた。

「シンギング・ポリスメン」

　佐伯が首を振った。

「ビッグバンドだ。道警コップ・オールスターズ」

　小島百合が笑った。

「どっちかって言えば、ボーイスカウトみたい」

　佐伯が小島百合に言った。

「あんたも入ってる。ボーイスカウト、じゃない」

「要するに、チームね。大通署ファイターズ」

　佐伯は、にこりともせずに言う。

「J2の二軍かもしれん」

新宮は訊いた。

「ぼくの分担は?」

佐伯が言った。

「いろいろ手伝いが欲しい。動いてもらうぞ」

小島百合が訊いた。

「わたしは何をやることになってるんだろう?」

佐伯は、小島百合に目を向けた。

「パソコンが得意だよな。私物のノートを持っていたろう」

「ええ。支給品は、いまだにウィンドウズ98だから」

「やってもらいたいのは、情報収集。それに交通整理なんだ」

「交通整理?」

「おれたちは、パソコンも携帯メールも苦手だ。必要な情報はあんたに集約する。データベースと、交換台の役を、あんたにやってもらいたい」

「大勢が関《かか》わりそうですね」

「何人になるかわからんが、署内でおおっぴらに電話してできるようなことじゃないからな。パソコン、携帯。あんたにまかせる」

「携帯は、その気になれば盗聴できる。津久井さんが使えば、居場所も特定されます。携帯で連絡を取り合って大丈夫ですか?」

「なんとかする。それに本部は、おれたちがこんなことを始めたとは知っちゃいない。おれたちの携帯は、いまのところ安全だ」

町田が言った。

「よし、二階のその空き部屋に移ろう」

佐伯が、ジャケットのポケットから千円札を取り出し、テーブルの上に置いた。町田も同じように千円札を一枚出して重ねた。小島百合も五百円コインをテーブルの上に置いた。

新宮は、律儀なひとたちだな、と思いつつも自分も五百円玉を取り出してテーブルに置いた。これが薄野であれば、警察官からはお代は取らないという店も多かろうに。

マスターの安田が、後ろから声をかけてきた。

「すぐにご案内します」

壁のスピーカーから、ジャズの音色が響いてきた。金管楽器だ。新宮には、誰のなんという曲なのかわからない。ジャズは特別に好みというわけではないのだ。佐伯が、流れてきた音に合わせて、鼻唄《はなうた》をうたいだした。

その曲を背中に聞きながら、新宮はほかの面々と一緒に店を出た。

5

佐伯宏一は、マスターの安田に案内されて、ビルの外へと出た。いまチーム結成となったばかりの面々も、佐伯たちの後ろからついてくる。

捜査員一年生の新宮は、初めて博物館にやってきた小学生という顔だ。いまふうの顔立ちの、紅顔の青年刑事だが、ひょろりとした体型はまるでダンサーのように見える。今朝のこともあり、頼りないと言えば頼りないが、自分だって新人のときはあんなものだったろう。温かく見守ってやるさ、と佐伯は思った。それにこのプロジェクトでは、若くて元気な男は重宝する武器なのだ。

二階への入り口はビルの横手にあった。通用口があって、中に入るとすぐに階段室である。奥にスチールの扉があったが、このドアはブラックバードの店につながっているのだろう。新宮たちは、安田のあとに続いて階段を上がった。

案内されたのは、細長い空っぽの部屋だった。薄いベージュの壁は汚れ、ロッカーとかキャビネットを置いた跡が残っている。床はグレーのカーペットふうの床材が敷きつめられていた。窓にはブラインド・シャッターが掛かっている。

安田が、佐伯たちをその部屋に入れてから言った。

「裏手の物置に、折り畳みのテーブルとか椅子《いす》がいくつかありますよ」

佐伯は安田に顔を向けて言った。

「助かります、安田さん。明日の朝まで、お借りします」

「管理会社には内緒にしますので、部屋から光が漏れないように頼みます」

安田が佐伯にキーを預けて出て行ってから、佐伯は新宮たちに言った。

「ここはいまから、津久井巡査部長事件の裏捜査本部だ。みんなには、役目を割り振りたいが、いいか」

全員が佐伯を見つめた。

「小島さん」と、佐伯はまず小島百合に呼びかけた。「あんたは、模造紙とか、サインペンとか、テープとか、ここを捜査本部にするために必要な文具類を買い出しに行ってくれないか。東急ハンズで全部揃《そろ》うだろう。必要最小限のものでいい」

「ホワイトボードは要りますか？」

「いや、それだけの金はない」

「でも、パソコンは持ってきたほうがいいでしょうね。署まで取りに行きます」

「この部屋は、電話はつながってないと思うが」

「なしでも、つながる。ＰＨＳカードも使ってる」

「そっちのほうは、言われてもチンプンカンプンだ」

「文具を買うお金は、わたしの立て替え？　あまりお金に余裕はないんですが」

「先月、前の事件の捜査報償費が出た」佐伯は財布を取り出して言った。「郡司事件以来のいい変化のひとつだな。きちんと現場にも、本来の捜査報償費が下りてくるようになった」

小島百合は、愉快そうに言った。

「きちんと領収書は書きました?」

「本名も、金額も、正確に」

「いくら?」

「二万円」

「文具を揃えるなら十分」

佐伯は金を小島百合に渡してから、町田に顔を向けた。

「町田さん、あんたは、本部に誰か知り合いはないか。きょうの機動捜査隊の鑑識班のレポート、中身を知りたいんだ」

町田は、考える様子を見せて言った。

「当たってみよう」

次に佐伯は、新宮に顔を向けて言った。

「お前さんは、この部屋にテーブルと椅子を運び込んでくれ。ここが捜査本部になるんだ」

「はい」

「それと、車は持っているか?」

「ええ。いまアパートの駐車場ですが」

「使わせてくれ。隣りの駐車場に、入れっぱなしにしておくんだ」

「はい、いったん取りに戻りますが」

植村が言った。

「おれも、本部の情報を集めよう。いま何がどうなっているのか、本部の心当たりにあたってみる。心当たりは、ここらあたり、だってな」

誰もその駄洒落《だじゃれ》に反応しなかった。植村は、へこんだ表情で首をすくめた。

岩井が言った。

「おれは何をします?」

佐伯は言った。

「町田さんを手伝ってくれ。本部がどれだけの証拠を集めて、津久井と断定したか知りたい。あの部屋から、ほかに何が出てきたかも」

「本部の捜査一課と接触する必要がありますね。いや、機動捜査隊もか」

「それとなく。こっちが何をやっているか、気づかれることなく」

「わかりました」

「ようし」と佐伯は言った。「動いてくれ。一時間後にここにもう一度集まるんだ。おれは、いくつか電話をかける。ひとを呼ぶ」

町田が訊《き》いた。

「おれも、誰かをチームに誘っていいか。信用できるやつを」

佐伯は首を振った。

「あんたの眼力を信用しないわけじゃないが、メンバーを集めるのはおれの仕事にさせてくれ。津久井の命がかかってる。チームの誰かにチクられるんじゃないかと、あれこれ心配したくない。おれが呼んだ人間にチクられるんなら、諦《あきら》めもつく」

「津久井の件では、力を貸すっていう警官も、けっして少なくないと思うがな」

「わかってる。そういうやつは、自分で津久井を救う算段をしてもらうさ。それだけの人間なら、独自にもう動き出してる。おれたちにも内緒にな」

佐伯はぽんと手を叩《たた》いた。さあ、動け、という合図のようだ。新宮は、町田や小島百合と一緒に、その部屋を出た。


佐伯は、窓際に寄って、ブラインドの隙間《すきま》からチームの面々が狸小路八丁目に出てゆくのを見送った。

かすかに床を伝って、階下でかけるジャズCDの音が伝わってくる。

自分がかつて津久井卓と一緒に仕事をしたときも、ジャズのライブハウスが舞台のひとつとなったのだった。警察庁第五百二十二号事件。新興の人身売買組織に対するおとり捜査。自分と津久井が、警官の匂《にお》いがせず、面が割れておらず、しかもそこそこヤクザな水商売関係者を装える警官ということで、選抜されたのだった。

あのころ自分は、釧路警察署の地域課にいた。

津久井のほうも、旭川中央署の地域課勤務。まだ警察学校を出て五年という、初々しさえ残った警察官だった。

札幌のホテルの一室で警察庁幹部による面接があり、その日、初めて津久井を紹介されたのだ。

頼りになるのか、というのが、正直なところ、津久井を見た瞬間に思ったことだった。一時期のバレーボールの選手のようなハンサムな顔立ちで、体格こそいいが、必要なときに腹を決めることができる青年かどうか、見極めがつかなかったのだ。

もっとも自分だって、暴力団員相手にやりあってきたわけではない。修羅場ばかり見てきたわけでもなかった。ただ、船員や漁船員を相手にしている間に多少は鍛えられた。多少は場数を踏んだぜと、同僚の前で胸を張れる程度には、経験は積んでいた。

その日から、佐伯は津久井と一緒に札幌郊外の温泉地にある道警の保養施設に泊まりこんだ。警察庁の幹部と一緒にだ。缶詰状態になって、警察庁が作ったおとり捜査のシナリオを覚えるためだ。

一週間後に、新しい名前と人生をかぶって札幌に戻った。佐伯は札幌のスナック経営者、津久井はその従業員という設定だった。札幌には、それぞれのアパートが用意されていた。名目上の職場も。

札幌では、風俗業の関係者のあいだに名前を売ることが任務だった。素人が風俗店を始めようとしている、という噂《うわさ》を広めねばならなかったのだ。不動産屋や、風俗情報誌の関係者と接触し、名前と顔を売った。それから二週間後、佐伯と津久井は、上京した。何人か女を引き取りに行く、という理由が、さりげなく札幌の風俗営業関係者たちに伝わるよう工作した。

新宿のビジネス・ホテルに泊まり、六本木を遊びまわった。一週間後、ようやく狙《ねら》いの組織と接触できることになった。相手はもともと関東の博徒系列の一グループだったが、中国人からコロンビア人まで含んだ新しいタイプの裏社会勢力として、急速に力を伸ばしているようだった。他の犯罪組織と目立った抗争は起こしていないが、東京の盛り場では武闘派の組織として名を売っているという。密入国した外国人を、鉄砲玉用に数多く抱えているというのだ。未解決のタイ人娼婦《しょうふ》殺害事件に関《かか》わっているのも、この組織だろうと推測されていた。警視庁が内部に確保した協力者は、いつのまにか消息不明になっているという。

佐伯たちは、組織につながっていると思える酒場で、それとなく希望を伝えた。金は用意するので、なんとか自分たちの商売に使える女を斡旋《あっせん》して欲しいと。

相手からは、早い段階で身元調べがあったようだ。札幌にも、当然調べが入っていた。期待どおり札幌の業界関係者たちは、馬鹿なスナック経営者たちが風俗業に手を出そうとしている、と伝えてくれたらしい。人相風体、耳にしている身元はこうこうこういうものだ、とも。

　東京に入って十一日目、六本木のライブハウスで組織との接触を待っているとき、その店のマスターが、津久井を促したことがあった。

「一曲弾いてよ。弾けるんだろう？　聴きたいなあ」

　佐伯はすぐに察した。客の中に、組織の人間がいるのだ。いま、佐伯たちの軟派な水商売関係者だという自己申告がほんとうかどうか、試されている。

　その可能性を考慮に入れての佐伯たちの人選だった。しかし、ふたりで演奏を練習したことはない。ジャズ・バンドを組んでいるふたり、という設定ではないのだ。

　津久井は一瞬緊張した面持ちを見せたが、ぐずぐずせずにピアノの前に立った。

「もう五年くらい弾いてないよ」津久井はアップライト・ピアノの蓋《ふた》を開けながら、軽い調子で言った。「六本木で恥さらしやりたくないなあ」

　マスターは佐伯にも言った。

「あんたも、サックス借りてみたら」

「おれは駄目だよ。バンドやってるわけじゃない」

「サックスやってるって言わなかったかい？」

「いいや」

「そう聞いたような気がするな」

　佐伯は混乱した。単にこのマスターの勘違いか。それとも、札幌での身元でっちあげの際に、そういう情報が流れてしまったのか。たしかに佐伯自身は、道警音楽隊でサックスを吹いていたことがあるのだ。

もしサックスを吹く男として、身元がでっちあげられていたなら、ここで拒み通すことはできない。その身元が確かであることを証明するために、吹いてみせる必要があった。

どうするか。

客がみな、成り行きを注目している。佐伯は、客の中にいる組織の男が音痴であることを祈りつつ、立ち上がった。ここで下手な演奏をしてしまったら、自分たちの任務はおしまいだ。二度と密売組織には接触できない。

津久井はいかにも北海道の安酒場では人気だったのだとでも言うように、気取ったあいさつをしてから、ピアノを弾き出した。

「バイバイ・ブラックバード」だ。

それは、こんなに達者だったのか、と佐伯が驚くような演奏だった。

津久井が、弾きながら佐伯を見つめてくる。さあ、いつもの調子でやってください、と言っているような目。しかし、本心のところはちがう。失敗しないでください。なんとかごまかしてください。この捜査が成功するかどうかは、ただ佐伯さんの演奏にかかっているんです。

佐伯は、それまでの人生で経験したことがないほどの緊張を感じつつ、リードに唇をあてた。ちらりと上目づかいに客席を見渡したが、もちろん誰が組織の人間かはわからない。

テストしている目がどこにあるかもわからなかった。

津久井を見つめ、きっかけを摑《つか》んで入った。単純なメロディラインの追っかけ。行けそうか、と多少の確信ができたところで、長めのフレーズ。調子に乗るなと言い聞かせて、津久井を見た。津久井はうなずいてもうワンフレーズ。

マスターを見た。意外にやるじゃないかという顔だ。かすかに、落胆しているようにも見えた。正体がばれることを期待していたのかもしれない。

佐伯と津久井は、テストには十分だろうと思えるところまで演奏してから、ぴたりと止めた。少なくとも、ときどきお遊びでライブをやっている程度のジャズ好きには見えたろう。

マスターが肩をすくめてから、CDプレーヤーのほうに寄った。

席に戻ると、喉《のど》がカラカラに渇いていた。佐伯はビールをもう一杯注文し、ほとんどひと息で空けた。

津久井が隣りで言った。

「お恥ずかしいところ聞かせてしまいましたね。出ましょう」

佐伯は席を立った。

店の外に出てから、津久井が訊いた。

「信用してもらえたでしょうかね」

佐伯は言った。

「どうかな。プロには聞こえなかったろうけど」

「プロとは名乗ってませんからね。薄野の遊び人だって言うだけで」

「明日、もう一回あの店に行けば、結果が出ている」

翌日行ってみると、身元審査には合格だった。若い男が、話しかけてきたのだ。

「何か欲しいものがあるって？」

すぐにその日のうちに、車で組織のアジトに案内された。西船橋のキャバクラである。営業前の店の中には、八人の男たちがいた。四人は日本人だったが、あとの四人は国籍もわからない。アジア系がふたり、中南米系と見える男がふたりだった。

営業前のそのキャバクラの店内で、その場で一番粗暴そうに見えた男が、佐伯の風体をねめまわしてから言った。

「こいつ、警官《マッポ》だ」

若い男たちがたちまち佐伯をはがい締めにした。ひとりが拳銃を抜き出し、佐伯の頭に銃口を突きつけた。津久井の胸にも、ナイフが突きつけられた。

佐伯は恐怖のあまり、小便をちびった。恐怖で失禁するというのはこれかと、初めて知った。ズボンに染みが出るほどではないが、まちがいなくブリーフは濡《ぬ》れた。

津久井が、佐伯の脇《わき》で必死の形相で言った。

「ちがう。ちがう。誤解だ。なんでも調《つ》べてくれ。おれたちは警官なんかじゃない。なんで警官だなんて言い出すんだ？　値段吊り上げるためか？　ちがうって」

津久井は、この絶体絶命の場で、軽くて軟派な青年を見事に演じた。命乞《いのちご》いそれ自体が演技だった。この軽さなら警官のはずはあるまいと、相手かたの誰もが信じこむようなお芝居だった。

けっきょく粗暴そうな男は拳銃《けんじゅう》を引っ込めた。翌日、東京・蒲田《かまた》のフィリピン・パブで取り引きということになった。相手の組織が入国したばかりのタイ人女性四人を連れてきて引き渡す、ということになったのだ。この組織は、女性たちがトラブルを起こした場合は、責任を持って処理する、とも約束した。それはつまり、その女性を殺し、新しい女性を補充する、という意味だったろう。佐伯たちは、女の代金として、一千五百万の現金を持参すると決まった。

場所については多少駆け引きがあった。相手は、自分のテリトリーのうちでと主張し、佐伯たちはパブリックな場所でと言い張った。けっきょく佐伯たちが折れたのだ。

この取り引きは、おとり捜査の第一段階でしかなかった。相手を信用させたところで、もっと内部の事情を探り、組織摘発の十分な証拠を揃えること。それが、佐伯たちに命じられていた任務だった。

相手の組織が、佐伯たちふたりを車に乗せた。新宿まで送ってやる、とは言われたが、途中で殺されるかもしれないと、半分覚悟を決めた。

佐伯は、正直なところ、拳銃を突きつけられた時点で、完全に任務遂行の意志は消えていた。身元はばれた、殺されるという想《おも》いにとらわれ、脅《おび》えきっていた。

さいわい、ふたりは新宿の大ガードのそばで解放された。

車を降りてから、佐伯は津久井に言った。

「駄目だ。もうばれてる。これ以上は無理だ。電話しよう。このおとり捜査は中止だ。管理官を呼び出して、事情を説明する」

津久井はうなずいた。

「ええ。そう進言しましょう。でも、今夜は呼び出すのはやめたほうがいい。電話も、ホテルに帰ってからにしましょう」

「何か?」

「おれたちはいま、後をつけられてます」

振り返ろうとすると、津久井は言った。

「後ろを見ないでください。おれたちがここでどう動くか、見守ってるんです。中止が決まるまでは、なんとか引きつけておいたほうがいいでしょう」

そのときの津久井は、癪《しゃく》に障るぐらいに落ち着いていた。いや、高揚していたのかもしれない。アドレナリンがドクドクと体内に分泌されていたのだ。怖いものなど何もなしという興奮状態だったのかもしれない。

「少し遊んでから、ホテルに戻りましょう」

佐伯は津久井と一緒に歌舞伎《かぶき》町に入り、いかにもお上りさんふうに通りを歩いてから、終夜営業の蕎麦《そば》屋に入った。佐伯は盛り蕎麦を注文したが、まったく口に入らなかった。

先ほどの恐怖のせいで、胃がすっかり収縮してしまっているのだ。ビールだけをちびりちびりと飲んだ。

ラブホテル街のはずれにある小さなビジネス・ホテルに戻ったのは、深夜一時過ぎだ。たぶんふたりがホテルに入るまで、尾行はついていたことだろう。

ホテルの部屋に入ってから、佐伯は津久井を自分の部屋に呼び、部屋の電話で管理官に電話をかけた。緊急の場合は何時に電話してもよいと指示されていた番号だ。

相手が眠そうに出たところで、佐伯は言った。

「身元はばれています。中止したほうがいい」

それからこの日の接触の様子をすべて報告した。管理官は、身元がばれたという点を信用しなかった。パブでの取り引きという話になったのだったら大丈夫だ、安心しろと言うばかりだ。

「ばれちゃいない。もしばれていたとして、警官を殺すような真似《まね》はしない」

「連中は疑っています。おれたち、警察の協力者と思われているかもしれない。やつらは、協力者なら、殺しますよ」

「取り引きの話はまとまったんだろう?」

「罠《わな》かもしれない。わたしは頭に拳銃を突きつけられたんです。明日、取り引きの場に出て行けば危ない。金だけ奪われて殺されるかもしれない。これ以上は無理です」

管理官は、不機嫌そうに言った。

「ここで逃げるな。そうそう簡単にひとを撃ったりしない」

「タイ人女性を何人も簡単に殺しているから、捜査対象なんでしょう?」

「心配するなって。もしものときのために、捜査員も周辺に張り込む。安心して、取り引きしてこい」

押し問答したが、管理官は捜査の中止を断固として突っぱねた。

溜《た》め息をついて受話器を置くと、津久井が不安そうに佐伯を見つめている。

「佐伯さん」と津久井は言った。いましがたまでのテンションの高さはもうなかった。

「何なら、明日は、おれひとりで出向きます」

佐伯は首を振った。

「中止か、ふたりで行くか、どっちかだ。お前ひとりでなんて、論外だ」

「中止にはならないんでしょう?」

「駄目だ」

「じゃあ、一緒です。おれは、佐伯さんの横にいますから。何かあるときは一緒です」

「殺《や》られるかもしれないんだぞ」

「いよいよそのときは、警官だと名乗りましょう。警官を殺したらどうなるか、連中だってわかっているはずだ」

「頭に血が上っているときだ。その判断ができるか」

「ギリギリまでやってみる価値はある。明日、おれも一緒ですから」

津久井に見つめられてそう言われると、少し恐怖も消えた。

佐伯は言った。

「一緒に、行ってくれ」

「最初からそのつもりですって」

津久井は、精神安定剤を二錠置いて、自分の部屋に戻っていった。

翌日、午後の六時に、指定された店に出向くと、店は開いていなかった。しばらくその場で待っていると、携帯電話に連絡があり、場所を変えるという。相手は、川崎の駅近くのキャバレーにこいと指示してきた。

相手も警戒している。それがわかった。昨日の疑念を、連中は完全に拭《ぬぐ》いさることができなかったのだ。

佐伯たちが場所を移動して二時間待っても、とうとうそのキャバレーは開店せず、相手も現れなかった。

佐伯たちの行動は、近くで監視班がすべて把握していた。捜査車両の一台では、管理官たちが、このまま捜査を続けるかどうか検討したらしい。しかし監視班の撮っていたビデオに、相手かたが佐伯たちを監視する様子も映っていた。もうこれがおとり捜査であることは勘づかれたのだ。佐伯たちにそれ以上、娼婦を買いにきた男たちを演じさせても無意味だった。接触指令は、そこで撤回された。さらに二週間後、佐伯たちには捜査の終了が伝えられた。もとの名と身分とに戻ってよいと。

六年前のことだ。

佐伯の警察官人生で、最も激しい緊張を感じた任務。殺されるかどうかの瀬戸際までいった一件だった。そしてあのとき、自分の横にいたのが、津久井巡査だったのだ。津久井はまた、言わば命を賭《か》けてプレイした仲でもあった。

おとり捜査が終わり、旭川に帰ったあと、津久井は重度のPTSDとなって、ほぼ一年、病院通いを続けることになった。佐伯よりも気丈に見えていたが、受けた精神的な傷は、彼のほうがはるかに深かったのだ。佐伯のほうは、捜査終了後、人格の崩壊を起こした。荒《すさ》んだ酒を飲むようになり、一年後に妻と別れた。

いま、まったく何もない三十畳ほどの広さの空間は、折り畳みの会議用デスクが入れられ、壁には模造紙が貼《は》られて、町会議員選挙の選対本部か、という趣に変わっていた。

壁に貼られた模造紙の上に、小島百合がサインペンで数字やアルファベットを書き込んでいる。ここにいる六人の携帯電話の番号と、メールアドレスを記しているのだ。全員が携帯電話を持っており、誰の機種にもすべてメール機能がついていた。

その壁の前、折り畳みの会議用テーブルの上には、ノートパソコンが置かれていた。小島百合の私物だ。彼女が、署から運び込んだのだ。PHSカードを使うことで、電話回線のきていないこの部屋でも、ネットに接続している。

小島百合の横では、町田と岩井が、やはり模造紙に書き込みの作業中だ。水村朝美殺害現場の見取り図のようである。

部屋の道路側には、三つの窓があるが、いまどれもブラインド・シャッターがおろされ、外には明かりもほとんど漏れないようになっている。

佐伯は、パイプ椅子に腰を下ろし、腕を組んで、町田と岩井が書いている途中の現場見取り図をずっと見つめていた。

小島百合が言った。

「さあ、みなさん、全員の電話番号とメールアドレス、登録したでしょうね」

佐伯は、自分の携帯電話を小島百合に突き出して言った。

「メールアドレスってやつ、全部入れてくれ」

小島百合は携帯電話を受け取って訊いた。

「メール、使えますよね」

佐伯は首を振った。

「苦手だ」

「携帯で連絡を取り合う、って言ったのは、佐伯さんですよ」

「それが使える技術だってことは知ってる」

ドアがノックされた。全員がドアを注視した。

佐伯は立ち上がってドアを内側から開けた。

入ってきたのは、ダスターコートを着た初老の男だった。頭は職人のような角刈りである。やせていて、顔には深い皺《しわ》が刻まれている。苦労人、という印象の男だ。

男はテーブルの前まで進んで周囲を見渡してから言った。

「大通署の精鋭たちか？」

佐伯は首を振った。

「大通署の堅物たちですよ」

「全部で六人とは、少数だな」

「無闇《むやみ》に多くても、と思いまして。秘密保持のためにも」佐伯は、新宮と町田を見てから言った。「紹介しよう。大通署で十五年盗犯係だった諸橋大悟《もろはしだいご》警部補だ。今年の大異動で、千歳《ちとせ》署の総務課に移った」

諸橋が、そばのパイプ椅子に腰を下ろしてから言った。

「札幌の街なか、やたらに警官の姿が目立つぞ。機動隊まで出てるんだな」

「特急まで含めてですよ。紹介します。植村さんは紹介することはないか」佐伯は町田をてのひらで示して言った。「強行犯係の町田警部補。先月までは、釧路中央署の交通課です」

町田が黙礼し、諸橋も応《こた》えるように頭を小さく下げた。

「その隣りは、町田と同じ強行犯係の岩井巡査」

岩井も頭を下げた。

「こっちは、うちの新宮昌樹巡査。こないだまで稚内署の地域課」

新宮も頭を下げた。

諸橋はうなずいてから佐伯に言った。

「まず、話を詳しく聞かせてくれ。婦人警官殺し、津久井がやっていないってのはどういう根拠だって？」

「時間を追って話しますと」

佐伯は諸橋に、さきほどみなに伝えたものと同じ話を繰り返した。

聞き終えると、諸橋は言った。

「おれは、一切先入観なしに協力したい。最初に津久井の無実ありきじゃないぞ」

「わかっています」と佐伯はうなずいた。

「まず現場を見てください」

内ポケットで携帯電話が震えた。

「ちょっと失礼」

佐伯は携帯電話を取り出しながら、部屋を出た。

階段の脇で、携帯電話を耳に当てた。

相手は津久井だ。

「電話しろということだったので。これは公衆電話です」

佐伯は言った。

「お前、警官たちの前に出てこれないか。お前が自分たちの前で無実を誓うなら、みんな信用すると言ってる。みなお前の無実は確信してるが、最後のだめ押しが欲しいんだ」

津久井は、少しの間のあとに答えた。

「立場が逆でも、同じことを言うでしょうね。これからどこにでも出向きますよ」

「狸小路八丁目」

「安田さんの店?」

「あのビルの二階だ。六人集まっている」佐伯は、津久井を救おうとしているメンバーの名を告げた。「いい面子だろう?」

津久井は言った。

「心強いです。これからタクシーに乗ります」

「変装してこい」

「警官には見えない格好で行きます」

携帯電話を切ると、佐伯は部屋に戻った。部屋の面々が佐伯を見つめてくるが、佐伯はいまの電話には触れずに、模造紙の貼られた壁の前まで歩いた。

「町田さん、諸橋さんに現場を説明してやってくれませんか」

町田と岩井が、手帳を取り出しながら模造紙の前に進んだ。

ひと通り聞き終えると、諸橋は椅子から立ち上がり、腕を組んだまま模造紙の前に立った。

　難しい顔だ。

　植村は町田に顔を向けて訊いた。

「この部屋、津久井がプライベートに借りていたわけじゃないんだろう?」

「ええ」町田は手帳に目を落として言った。

「生活安全部の銃器薬物対策課が確保している捜査拠点のひとつだそうです。ただし、家賃を出しているのは、札幌総合調査事務所ってとこです」

「OB組織だな」

「津久井も含め、銃対の関係者がかなり出入りしていたんでしょう」

　諸橋が町田に訊いた。

「本部では、どれだけの証拠を採っているか、承知しているのか?」

　町田は、手にしていた手帳を開いて言った。

「本部捜査一課の筋に聞きました。まず、室内から津久井の指紋がたしかに出ているそうです」

「実弾と、覚醒剤《かくせいざい》の件は?」

「これは、そう発表された、というだけかもしれません。わたしが訊いた相手は、実物を確認していません」

「誰が発見したことになってるんだ?」

「機動捜査隊。長正寺警部たちということでしょう」

「あいつか」

佐伯は訊いた。

「知っている男ですか?」

「知ってる。郡司と同期だ。旭川で、強行犯係が長かったはずだ」

「どんな男です?」

「模範的な警官だ。A区分採用の王道を歩いてる。退職前には、どこかの署長になるだろうな」

諸橋がまた訊いた。

「水村朝美と津久井がつきあっているというのは、ほんとのことか?」

岩井が答えた。

「水村は、本部の生活安全部防犯総務課です。札幌の短大を卒業後、警察官に。二年前の採用で、親爺《おやじ》さんが警察官だからでしょうか、最初から本部配属。津久井とは任官直後からつきあうようになったらしいです」

「歳が離れていないか?」

「十二歳。だけど津久井は、若い女の子にはけっこう人気のあるイケメン警官なんだそうです」

「イケメン？　どういう顔なんだ？」

岩井は、ある映画俳優の名を挙げた。現代もののテレビドラマで主役を演じた男優だ。甘い美形というよりは、清潔感があって、しかも男っぽい顔立ちということになる。

佐伯は言った。

「津久井も、以前つきあっているのは認めた。ただ、もう終わったような状態だったとか。昨日もまったく会う予定じゃなかったそうだ。部屋には、半年ぐらい前に行ったのが最後。それ以来、あの部屋を使ってはいないと」

小島百合が言った。

「女のあいだの噂を言っていいかしら」

全員が小島百合を見つめた。

小島百合は、諸橋と佐伯を交互に見ながら言った。

「あの子が津久井さんとつきあっているということは、大通署の給湯室でもよく噂になっていた」

佐伯は訊いた。

「いまは、ちがう噂ということか？」

「いまは彼女は、乗り換えたという話よ。ほんとかどうかはわからないけど」

「津久井は、ふた股《また》かけられているのか？」

「たぶんね。津久井さんは以前は銃器対策課。ずいぶん格好いい刑事に見えたでしょう。

でも、いまは厳重監視下の銃器薬物対策課だもの。若い女の子には退屈に見えてもおかしくはない」

「乗り換えた男は、本部の中の誰かか？」

「誰かってことまでは、大通署の婦人警官の耳には入っていません」

「津久井はそれを知らないのか」

「薄々は気づいているかもしれないけど」

植村が言った。

「じゃあ、真犯人は、津久井以外の警察関係者ということになるのか。銃器薬物対策課の誰かか？」

諸橋は首を振った。

「本部は、部屋を誰が使っていたかを把握してるだろう。その上で、津久井を手配した」

小島百合が言った。

「もう少し、水村の交遊関係を探ってみましょう。本部の知り合いに聞く、ってことしかできませんが」

諸橋がうなずいてから町田に言った。

「現場にあったもの、なくなったものを、ひとつひとつ思いつくかぎり挙げてみてくれ」

町田は、もう一度模造紙の前に立ち、見取り図を指差しながら言った。

「うちの鑑識から聞き出したことも含まれていますが、まず靴は女ものが一足。海老茶《えびちゃ》の本革です。靴箱の中身は確かめていませんが、ここに靴べらがかかっていたのは記憶しています。洗面所の洗濯機置き場には、洗濯機はありませんでした。最初から置いていなかったのでしょう。リビングルームはカーペット敷きで、こちらがわにソファ。その前にガラスのテーブル。テーブルの上にはハンドバッグがあって、中身が散らばっていました」

町田は、手帳を見ながら、散らばっていた品々の名を読み上げた。

リップスティック二種、コンパクト、ヘアブラシ、チューブ入りのハンドクリーム、デンタルフロス、キーホルダー、手帳、MDが二枚、消費者金融が配っているポケット・ティッシュがふたつ。革ケース入りのメンソール煙草《タバコ》、百円ライター、取れたボタンがひとつ。ボールペン、ピルケース、ヘアバンド。

諸橋が確かめた。

「財布と携帯電話はなかったんだな?」

「はい。手帳のほうに、名刺やレンタル・ビデオ屋のカードがはさまってましたが」

「財布がないのは、腑《ふ》に落ちないな。津久井が持ってゆく理由はないだろう。本部が、金融機関に手配していれば、ATMの前で暗証番号がわからずに手間取る誰かさんの姿が映るはずだが」

佐伯が言った。

「本部は津久井と決め込んでいるんですから、手配はしていないでしょう」

「ほかには?」

町田は再び見取り図を示しながら、現場の状況を説明した。

「ここに洋式のタンスがありました。その横の壁には、カレンダーがピンで止められていた。とくに書き込みのようなものはありませんでした」

「カレンダーは、今月のものか?」

「はい。四月のものでしたね」

続けて町田は、隣室の様子を描写した。

こちらも、鑑識の永末の見たところ、荒らされた様子はなかったという。

鉄パイプ製のベッド、整理タンス、女ものの下着とコンドームの箱。押し入れには、婦人警官の制服ひと揃い。ジャケットが男女用一枚ずつ。ジュラルミン・ケースに入った捜査用具一式。もうひとつのジュラルミン・ケースには、手錠など警官用の装備がいろいろ。

諸橋はすべて聞き終えてから、不思議そうに言った。

「テレビはなかったのか?」

「ありませんでしたね」と町田。

「テレビがあった跡は? 埃《ほこり》が残っているとか?」

「いえ、気がつかなかった」

「リモコンもなかったか?」

「見当たらなかった」

「いまどき、アジトだとしても、テレビのないというのは妙だな」

「物盗《と》りだとしたら、そんなに大きなものを持ってゆきますかね」

諸橋は、町田の質問には答えず、さらに訊いた。

「ハンドバッグの中に、MDが二枚と言っていたな。あの小さな丸いやつのことだな」

「ええ。音楽を録音するものです」

「そのプレーヤーは？」

「そういえば、ありませんでしたね」

「新品で、いくらくらいするものだ？」

「さあて、三万か四万でしょうか」

諸橋は、顎《あご》に手を当てて考え込んだ。

そのとき、ドアがノックされた。部屋にいる全員がドアを注視した。

佐伯は立ち上がって、ドアを開けた。

津久井だ。長いコートを着込んでいる。ニットのウォッチキャップをかぶり、眼鏡《めがね》をかけていた。一見、ジャズ・クラブによくいる種類の客と見えないこともない。少なくとも警官には見えない。

津久井は、照れくさそうに、同時に申し訳なさそうに、佐伯に黙礼してきた。

佐伯は津久井を招じ入れると、振り向いてみなに紹介した。

「津久井巡査部長だ」

津久井がみなに小さく頭を下げた。

津久井は、以前は周囲の誰もがさわやかと評するようなタイプの若手警察官だった。体育会系の男らしい目鼻だちで、体格もよかったけれども、表情は鋭敏で豊かだった。好奇心いっぱいの中学生がそのまま大人になったような印象さえあった。脂気のない髪がいつもさわさわと風になびいていた。

でもいまの津久井の容貌《ようぼう》は、どこか弛緩《しかん》している。身体《からだ》全体がかすかに鈍重そうだ。髪もどういうわけか脂っぽく感じられる。銃器対策課という花形職場が粛清を受けたせいかもしれない。郡司事件の跡始末が主任務という退屈な職場では、所属する捜査員の印象も変わらざるを得ないのだろうか。

その想いは口に出さず、佐伯は津久井に言った。

「危ないところ、呼び出してすまなかった。お前さんの容疑を晴らすために、お前さんをこの面々に直接会わせたかったんだ」

津久井は、椅子に腰掛けながら言った。

「わかってます。知らないひとにまで信じてもらうには、姿を現すことが必要だったんでしょう」

町田が津久井に、厳しい口調で訊いた。

「やってないんだな。水村殺し、やってないと誓えるんだな」

津久井は町田に顔を向けて答えた。

「誓えと言うなら誓います。おれはやっていない」

植村が訊いた。

「水村っていう婦人警官とつきあっているのは事実か？」

津久井は植村に顔を向けた。

「つきあっていました。一昨年、彼女が本部に配属されてきて、すぐにつきあいが始まった」

「ずっと続いていたのか？」

「ええ。最近までは」

「いまは終わったって意味か？」

「たぶん。たぶん終わったんだと思います」

「はっきり言え」

「終わったんでしょう。この半年、ぼくらはプラトニックなおつきあいしかしていない」

「トラブルでもあったのか？」

「いいえ。ただ、このところは、彼女はぼくを避けていました。何か事情があるんでしょうが」

「事情って何だ？」

「ほかに男ができたんじゃないか、って思うんですが」

「ほんとうはどうなんだ？」

津久井は、椅子の上で居心地が悪そうに尻《しり》を動かした。

「わかりません。彼女は、はっきり言っていない」

「新しい相手はわかるか」

「ですから、教えてはくれません。いや、ふた股かけていることさえ認めていない」

「プラトニックなおつきあいになる前は、寝てたってことだな」

津久井は、ひと呼吸置いてからうなずいた。

「ええ」

「最後に寝たのは？」

津久井はちらりと小島百合のほうを見て、言いにくそうに答えた。

「去年の九月、かな」

「そのころ、終わったということか」

「そうですね。去年の秋からは、はっきり避けられるようになった」

「あの部屋、生安のアジトだって？」

「銃器対策課のです。郡司事件が発覚する前から、使われていた。発覚後も、郡司警部とは関係がなかったんで、そのまま対策課は使っていたんです」

「具体的には、誰が使ってた？　お前さんのほかには」

「一昨年ごろは、課の面々がそれぞれ使ってましたよ。ぼくは、ときどき掃除に行ったり、郵便物を回収に行ったりしていた。協力者《エス》を泊めることもあった。郡司事件のあと、何回かあの部屋で会議をやったことがあります」

「ということは、銃対課の誰もが出入りできた、ということになるのか。鍵はその都度、施設課あたりから借り出すのか？」

「ええ。ぼくは一個、ずっと持っていました」

「お前さんは、逢《あ》い引《び》きにもその部屋を使っていたんだな」

津久井は、また苦しそうな顔になった。

「部屋に用事で行くついでに、ときどき」

「どのくらい？」

「ひと月に一回ぐらい。いや、それ以下。全部でも、十回以内でしょう。金がないときだけでした」

「お前、まだ独身寮だったか？」

「ええ」

植村は、処置なしとでも言うように顔をしかめて言った。

「郡司事件のあとも、まだ銃対は治外法権だったのか。放《ほう》ってホーケンぞ」

佐伯は植村に顔を向けて首を振った。

「わたしたちのおとり捜査のときも、当時の生安が持っていたアパートを拠点に使ったんです。身元をでっちあげるためにね。必ずしもまずいことでもないでしょう」

植村が言った。

「こいつは、アジトをラブホテル代わりにしたんだ」

津久井がうつむいた。

佐伯は訊いた。

「同僚と出くわすかもしれないとは思わなかったのか」

津久井は目を伏せたまま答えた。

「仕事の分担から、それはありえなかったんです」

町田が、厳しく訊いた。

「お前さん、そこに覚醒剤や拳銃を持ち込んだか？」

「いいえ。まさか」

「最近、その部屋に行ったのはいつだ？」

津久井は顔を上げ、またちらりと小島百合に目をやってから答えた。

「去年の十月です。それ以降は行っていない。鍵を課長に取り上げられたし、郵便物回収も命じられていませんから」

「ということは、部屋の鍵は、一時期はお前と彼女と、ふたりがそれぞれ持っていたんだな？」

「ええ。一昨年の暮れころ、自分も鍵が欲しいというので、彼女用の合鍵を作った。ところが、彼女が一度なくしたことがあって、それでもう一回、合鍵を作った」

「ということは、鍵の数は全部でいくつだ？」

「課長のデスクにひとつあるはずです。それに、ぼくが返した一個。水村が持っている合鍵が一個」

「課長は、水村が持っていた鍵のことは知っているのか？」

「ええと、いえ。ぼくは水村に鍵を渡したとは報告できず、そのままにしておいた」

「それだけか？」

「名義上の借り主のところにもあるかもしれません」

町田がつけ加えた。

「管理人室にもマスターキーがある」

佐伯はまた訊いた。

「水村が、あの部屋で発見された。どう思う？」

津久井は、訳がわからないと言うように首を振った。

「わかりません。ひとりで、何をしに行ったんでしょう」

「会う約束じゃなかったのか？」

「いや、約束はしていない。正直に言えば、このところずっと、ふたりで会うこともなかったんです。職場の連中はまだひやかしてきたりしてますが、もうそういう仲じゃないんです」

「その部屋で、水村がほかの男と会ってたと思うか」

津久井は、かすかに苦しげな顔になって言った。

「わかりません。鍵は持っていたはずだから、できないことはないでしょうが」

「昨日のアリバイはあるか？　非番じゃないよな？」

「日勤です。六時過ぎまでは本部にいました」

「水村が殺されたのは、昨日の夕方から深夜ぐらいまでのあいだだ」

「ぼくは、あの部屋には行っていない」

「だから、アリバイは？」

津久井は黙したままだ。佐伯は驚いて津久井を凝視した。彼には、アリバイがないのか。

答えられないのか？

部屋の中に緊張が満ちた。

津久井はけっきょく言った。

「アリバイはないんです」

「退庁したあと、どこに行ったのかも言えないのか？」

「言えません」

「どうしてもか？」

津久井は、その場のひとりひとりの顔を見渡してきた。苦しげに唇が歪んだ。

「言えません。ただ、あの部屋には行っていない。いまはそれしか言えない」

植村が言った。

「それを言わないで、信じろというのは、虫がいい話だぞ。ムシできん」

「わかっています。でも、やってはいないんです。犯人はほかにいる」

佐伯は、チームの面々の表情を窺《うかが》った。みんなは、この津久井の言葉をどう受け止めているだろう。アリバイはない。言えない。でも無実だから信じてくれ、という言葉を。それならば信じるわけにはゆかないと思っているか。それとも、無茶な言いぐさだけれど信じる、という立場に立とうとしているか。

佐伯には、この場のほかの面々の表情が読めなかった。津久井の言葉を百パーセント信じたようでもないが、かといって嘘《うそ》だと決めつけた顔でもないのだ。みな葛藤《かっとう》している。真実か嘘かを見極めようと、必死になっている。

沈黙を破って、植村が口を開いた。

「もうひとつ聞いておきたい。お前さんが、明日、道議会の百条委員会でうたうという話を聞いたけど、ほんとうなのか？」

津久井は、ひと呼吸置いてから答えた。

「ええ。百条委員会は、ぼくを招喚するそうです」

「どういう事情なんだ？」

「よくわかりませんが、三日前、道議会のほうから打診がありました。一昨日、委員たちとも会った」

「上は、了解してるのか？」

「いいえ。委員会は、明日の朝、百条委員会が開会したところで、証人としてぼくの名前を発表することになっている。そこでぼくの名前が出たら、いまは警察庁の新しい通達がありますから、道警本部は拒否できません」

植村は首を傾けた。

「いつ発表しても、拒否できないのは同じだろう?」

津久井は首を振った。

「途中に時間の余裕があれば、本部はぼくを説得することができます」

津久井は、説得、という部分を強調するように言った。口裏合わせ、という意味だろう。委員会は、それを懸念しているのだ。

植村は確認した。

「裏金作りの件、証言するつもりなんだな?」

「報償費だけの質問になるのかどうかわかりませんが、質問されれば、知っていることを答えますよ」

「もうひとつ聞かせてくれ。昨夜、羽幌署の笠井が拳銃自殺した。暴発と発表されたけど、自殺はまちがいないだろう。裏マニュアルが流れた件で、疑いをかけられたせいだ」

植村はそこで言葉を切った。津久井の反応を見ているようだ。

津久井はうなずいた。

「死んだことは、知っています」

「本部は、やつがうたって資料を流したんじゃないとしたら、あんたじゃないかと疑い出していると聞いた。お前さん、マニュアルを手にできるんだよな」

「いえ。そんな立場じゃない」

「疑われているのは承知なのか」

「承知しています。郡司さんの事件のころ、人目を気にせずにぶうぶう言いましたからね。新聞記者と接触していないか、尾行がついた時期もあった」

植村は、念を押すような調子でもう一回訊いた。

「裏マニュアル流出、お前さんかい。裏金作りの件、うたったか？」

「ぼくじゃない。ぼくに新聞記者から接触があったとき、向こうさんはかなり詳しく事情も知っていたし、裏マニュアルのコピーも手にしていた」

「あんたは、コピーは渡していない？」

「やっていません。でも、そのマニュアルが本物であることはわかったし、認めましたよ」

「とにかく、お前さんもうたったひとりなんだな？」

「向こうが調べ上げていたことについて、そのとおりだと確認はしました。領収書の偽造とか、出張経費の水増し請求とか、そういう手口についてです。マニュアルにあるとおり、たしかに行われていることだと」

「そのせいで、笠井が内部監察を受けて自殺だ」

「笠井巡査部長のことは、驚きでした。でも、直接ぼくのせいなんでしょうか。うちの役所の不正は、郡司事件の発覚以前にすでに常軌を逸していたという評判でした。いつかうたってやる、と思っていた警官は、けっしてひとりふたりのことじゃなかったはずです。マニュアルは総務部で作られたものですが、流出したのは、所轄からかもしれません」

諸橋が横から言った。

「札幌には、定年したあとに競走馬を買った署長がいたな。どこかの署長は、歴代、定年後は必ず札幌に御殿みたいなうちを建てている。いくらなんでもひどすぎないかという話は、方々で出ていた。警察庁に戻ったとき、こっちで作った女に銀座で店をやらせたのは誰だった？」

植村は深く溜め息をつき、大きく首を振った。

「それにしても、お前さんは本部の裏金作りの件、うたっていたことを認めるんだな」

津久井は言った。

「知っている範囲で、これは事実だと認めるのがうたったってことなら、はい、です。そんなことはでたらめだとは、否定しなかった」

町田が言った。

「津久井には、そろそろ隠れてもらったほうがよくないか。街の中心部は警官だらけというのだから」

佐伯は、津久井を真正面から見据えて言った。

「津久井。アリバイの件、いまここで、きちんと言え。あんな話じゃ、みんなお前を信用する気にはなれないぞ」

津久井は佐伯を見つめ返してきた。そのことを口にしてよいものかどうか、かなり迷っているようだった。口にすることが自分に不利になるかもしれないと、承知しているような表情と見えた。

けっきょく津久井は言った。

「道議会の議員と会っていたんです」

「百条委員会の委員ってことだな?」

「それは、一昨日です。四人の議員と会った。昨日は、じつは、裏金問題を追及している弁護士から接触があった。ぼくが証人になることが、洩《も》れてたんでしょう。ぜひ会いたいということになって、JRタワーのレストランに行ったら、共産党の議員もきていた」

植村と諸橋が同時に呻《うめ》いた。

「共産党!」

佐伯も溜め息をついた。警察官は、警察学校で徹底した反共教育を受ける。共産主義者と労働組合こそが社会の最大の敵と教え込まれる。とくに年配の警察官には、その教育が身にしみこんでいる。共産党という言葉は、警察官にとって、なにより嫌悪すべきものなのだ。

たしかに、その時間のアリバイとして、共産党員と会っていた、と供述するなら、逆に捜査員の心証をはなはだ悪くすることだろう。さきほど津久井が言い渋った理由もわからないではない。

佐伯は立ち上がって津久井の前に歩くと、津久井の頬《ほお》を張り飛ばした。

あっ、とその場が緊張した。

佐伯は津久井に言った。

「馬鹿野郎！　甘いぞ」

津久井は、佐伯を見つめてきた。恐縮しきっている目の色だった。

「すいません。不用意でした」

「それで済むか。そういうことだから、お前は」

もう一度手を出そうとした。

そこに新宮が飛びかかってきた。後ろから、佐伯の手を摑んだ。二発目は、未遂に終わった。

諸橋が、こほんと咳《せき》をして言った。

「やっちまったことは仕方がない。聞こえは悪いが、アリバイがあることはわかった」

植村が言った。

「お前さん、ほんとのアカじゃないよな」

諸橋が言った。

「そいつはアカんぞ」

植村は、ルール違反だとでも言うように諸橋を睨《にら》んだ。

町田が佐伯に言った。

「もういいよ、佐伯さん。わかった」

　佐伯が腕から力を抜いたので、新宮も佐伯から手を離した。その場の緊張が、すっと解けていった。

町田が津久井に訊いた。

「隠れていられる場所はあるのか？」

津久井は首を振った。

「札幌市内にはありません。堅気のひとを巻き込みたくはないし、おれが立ち寄るような場所は全部把握されてるだろうから」

小島百合が言った。

「手配になってから、携帯を何度も使っているでしょう？　もうあなたの行動範囲はかなり絞られている。あまり動き回らないほうがいい」

佐伯は自分の椅子に戻って言った。

「ホテルは駄目。本部が把握している範囲も不可だ。かといって、明日の百条委員会に出るなら、札幌から離れることもできない」

小島百合が言った。

「津久井さんとわたしの接点なら、本部には把握されていない」

「当てがあるのか？」

「ええ。琴似に弟が住んでる。ひとり暮らしなの。明日の朝まで、隠れていることはできるわ。巻き込むことは心配しなくていい。その前に解決すればいいんだから」

佐伯は新宮に顔を向けた。

「お前さん、津久井とお姐《ねえ》さんを乗せて送ってやってくれ」

「はい」と新宮は立ち上がった。「車を回します」

そのとき、ふいに岩井も椅子から立ち上がった。頬をこわばらせている。

佐伯は岩井を見上げて訊いた。

「どうした？」

岩井は、津久井を不愉快そうに見つめてから言った。

「やっぱ、おれは降ります。降ろしてもらいます」

「どうして？」

「どうしてもこうもないでしょう」

「津久井が気に入らないか？」

「ええ。はっきり言えばね」

「さっきまでは、津久井の無実を晴らそうとしていただろう」

「さっきまでです。このひとは、百条委員会にも出る。いや、それはいいんです。百条委員会で質問されて答えるならしょうがないでしょう。だけど、共産党やら新聞屋《ぶんや》に会ってべらべらしゃべるのは、警官としてやっちゃならないことですよ。一介の刑事が、役所全体のことまで偉そうに話すべきじゃない。ましてや共産党にまで。少なくとも、おれはそう思う」

「奴さんだけが、うたったわけじゃない」

「津久井さんもうたったことで、笠井巡査部長は自殺してるんですよ。警官がひとり、死んでるんですよ」

　津久井が言った。

「警務の調べが、厳しすぎたんですよ」

　岩井はもう一度言った。

「さっきまでは、嫌疑を晴らしてやろうという気持ちでしたけど、うたった警官には協力できません。降ろしてもらいます」

　町田が立ち上がり、岩井の前に立ちはだかるような姿勢を取って言った。

「ここまできてるんだぞ」

　岩井は町田に顔を向けて言った。

「安心してください。このチームのことは何も言いません。おれはちくりません」

「そういうことじゃない」

「とにかく、おれは降ります」

　岩井は町田の脇を抜けて足早にドアに歩くと、振り返りもせずにドアを開けて出ていった。

植村と諸橋が顔を見合わせた。

しかたがない。佐伯は言った。

「残った者は、津久井を信じるということでいいんだな」

小島百合が言った。

「岩井さんは、すぐ署に報告を入れます。三分でパトカーがくる」

佐伯は首を振った。

「やつは、うたわないと言って出ていった。大丈夫だ」

「その言葉を信じるんですか？」

佐伯はうなずいて小島百合を見つめた。

「ああ。やつは、うたうことが嫌なんだ。ちくるってことが好きになれないんだ。だからといって、警察の不正に味方しようとしてるわけじゃない」

「そんなこと、わかりますか？」

「やつがもしうたう気なら、いま出ていかなかった。本心を隠して、そのままここに残っていたはずだ。そのほうが確実だ」

小島百合は、納得したかのようにうなずいた。

新宮が佐伯に訊いてきた。

「行きますか」

佐伯は言った。

「送ってやってくれ」

「はい」

新宮が津久井に目を向けた。津久井は目にかすかに乞うような色を浮かべて立ち上がった。頼りにしています、という意味の目の色だった。

6

新宮が車を中通りに出して停《と》めると、まず小島百合が助手席のドアを開けて、身体《からだ》を滑りこませてきた。

ついで後部席のドアが開いて、津久井が身体を入れた。またニットのキャップをかぶっている。長いコートは、ボタンをかけないままだ。

小島百合が、赤い携帯電話で誰《だれ》かと話し始めた。相手は彼女の弟のようだ。

「聞いて。あなたのところに、男のひとを泊めてやって欲しいの。部屋はひとつあるでしょう。明日の朝まで。訳があるんだけど、詳しくは話せない」

「……そう、警官よ。だけど、道警がどういうわけかこのひとを追っているの。濡《ぬ》れ衣《ぎぬ》を着せられてね。いま姉さんたちは、真犯人を見つけようと躍起になっている。たぶん、見つけることができるわ」

「……いいえ、恋人じゃない。そういう仲じゃない。さっきまで、口を聞いたこともなかった。でも、助けてあげたいの」

新宮はちらりと小島百合を横目で見た。小島百合は、何か？　とでも言うような目で新宮を見つめ返しながら、携帯電話を切った。

「オーケーよ。隠れ家確保」

津久井が、後部席から訊《き》いた。

「弟さんは、何をやってるひとなんです？　その程度の説明で、納得したんですか？」

小島百合が答えた。

「堅気よ。姉が大通署勤務ってことで、大きな得をしたことが何回かあるの。わたしには頭が上がらない」

新宮は不思議に思って訊いた。

「だって、堅気のひとなんでしょう？」

小島百合は言った。

「あんまり堅気なんで、軽犯罪すら犯すことができないのよ」

それ以上訊くなという調子が感じ取れた。新宮は詮索《せんさく》しないことにした。いまこのような状況では、お互いがお互いの事情を何もかも知っている必要はないのだ。信頼できるかどうかだけ、判断できればよい。

小島百合が、シートベルトをしながら言った。

「琴似八軒なの。四階建ての小さめのマンションに住んでる。北一条通りと環状通りは避けて。検問が確実だわ」

新宮は言った。

「札幌はまだ十日なんです。指示してください」

「そのナビゲーター、使えないの?」

新宮は、入れたばかりのナビゲーターをちらりと見て言った。

「生身のナビゲーターのほうが確実ですから」

「いいわ。次の通りを右折、南一条通りに出てから、西へ行って」

津久井が、後部席から言った。

「小島さん、弟さん、おれが転がりこんで、迷惑にならないですか」

「迷惑とは言わせないわ」

「犯罪者隠匿ということになる」

「あんたがほんとに水村朝美殺しの犯人ならね」

西八丁目の通りに出たところで、新宮は車を右折させた。南一条通りは、一ブロック半先だ。

小島百合が、自分の携帯電話を取り出した。弟のところに電話しようとしているのだろう。

新宮の胸ポケットでも携帯電話が鈍いモーター音を立てて震動を始めた。手に取ると、先ほど登録したばかりの佐伯の携帯電話からだった。運転を続けながら携帯電話のオンボタンを押して、耳に当てた。

「おれだ。聞こえるか」

佐伯の言葉には、ジャズがかぶさっている。あの裏捜査本部となった部屋からではなく、階下の店からかけているようだ。
「聞こえてます」新宮は答えた。
佐伯は言った。
「返事をしなくていいから、そのまま聞け。まずお前さんたち、南一条の西十二丁目、ボ
ーダフォンの特約店に行け。赤城無線という店だ。通りの北向きだ。店を明るくしている
からすぐわかる。そこで、お前さんが津久井の分のプリペイド携帯を買え。渡して、おれ
の番号をすぐ登録させろ。津久井には、いま持っている携帯は、電源を切って使わないよ
うに言うんだ」
電話はそこで切れた。
新宮は小島百合と津久井に言った。
「佐伯さんからの指示です。津久井さん、携帯電話をプリペイド携帯に変えろと。いまの
携帯は電源を切って、絶対に使うなという指示でした」
小島百合が後部席に顔を向けて言った。
「津久井さん、佐伯さんと連絡を取るために、手配がわかってから佐伯さんに電話を入れ
てるんでしょう?」
津久井が答えた。
「逆探知は承知している。二回目は、有線で電話したんだ」
「これからも携帯は絶対に使わないで」

新宮は気になって言った。

「佐伯さんは、なんでいまごろプリペイド携帯のことを言い出したんだろう。さっきの部屋で指示してもよかったでしょうに」

「携帯を変えたことは、味方にも秘密にしておいたほうがいいという判断なんでしょう」

「でも、ぼくや小島さんは知ってしまった。秘密にならない」

「佐伯さんなら、わたしたちには秘密にして、いま部屋に残っているひとたちは知っている、ってことも用意したはずだわ」

「なんのために？」

「用心に決まっているでしょう」

「ぼくら信用されていないってことですか」

「こんな状況で、素人みたいなことを言い出さないで」

南一条通りの信号がちょうど青に変わった。新宮は信号に従って左折した。指定された西十二丁目は、ここから四ブロック目ということになる。すぐ近くだ。

小島百合の携帯電話に着信があったようだ。人気の男の子グループの曲が鳴り出した。

小島百合は携帯電話を取り出して耳に当てた。顔が緊張した。

「ええ」「はい」と、三つ四つ短く返事をしてから、小島百合は電話を切った。

「佐伯さんから」小島百合は携帯電話をハンドバッグに収めながら言った。「わたしの弟のところには行かない。べつのところに行けって」

津久井が後部席から訊いた。

「どこです?」

「サッポロ・ファクトリー一条館の駐車場で待てだって」

「そこが隠れ家?」

「ちがうでしょう。佐伯さんもまだ手配できていないのよ」

西十二丁目まできたので、新宮は車を徐行させた。赤城無線はすぐにわかった。店内に明るく照明を入れている。その店の前で、新宮は車を停めた。

小島百合が言った。

「わたしが、プリペイドの携帯を買ってくるわ」

新宮は言った。

「ボーダフォンを、という指示です」

「身分証明が甘いらしいものね。手続きは五分もかからないんでしょう。待ってて」

小島百合は車を降りていった。


佐伯が部屋に戻ると、諸橋が椅子から腰を上げた。

「見取り図を睨《にら》んでいるだけじゃ、何もわからん。現場を見てみよう」

佐伯は諸橋に訊いた。

「いまから行って、何かわかりますか？」

「ここで頭抱えているよりいいさ」

植村も立ち上がった。

「おれも見ておきたい。現場に立てば、腑《ふ》に落ちないこともストンと落ちることがある」

町田も立ち上がった。

「本部が、現場を保存してるかもしれません」

「なあに」諸橋が言った。「もう被疑者を特定してるんだ。現場保存の理由もない。制服警官もいなくなってるだろう」

佐伯は言った。

「何かあったら、携帯に電話をください。わたしはずっとここにいます」

「一時間ぐらいで戻る」

諸橋を先頭に、三人は部屋を出ていった。


管理人の太田は、不思議そうな顔で自分の部屋から出てきた。

「だって、もう犯人はわかったんでしょう？　残っていた刑事さんに、そんなことを聞きましたよ」

町田は言った。

「いちおうはね。だけど、確認しておきたいことがあって」

管理人は、たぶん警察の組織にはさほど詳しくはない。道警本部と所轄署の違いもわからないだろう。

町田は続けた。

「被疑者は特定できましたけど、警察には公判維持のための証拠を必要十分なだけ揃《そろ》える義務もあるんですよ。犯人が誰かわかっただけでは、捜査活動のほんの一部が終わったにすぎないんです」

「長正寺っていう刑事さんから、絶対にひとは入れるなって言われたんだけども」

「それは、警察以外の人間ってことです。新聞記者とか、不動産屋とか」

「そういうことですか」

「そう。ドアの前には、まだ警官が立ってるのかな?」

「いや、もう帰った。黄色いテープが張ってあるけどね」

「なんなら、立ち合ってください。管理人さんを困らせるようなことはしませんから」

「いや、警察のひとが見たいと言えば開けますよ。どうぞご勝手に」

管理人はロビーの横手に当たる管理人室に入ると、マスターキーを持って廊下に出てきた。

エレベーターの中で、管理人はふいに思い出したように言った。

「そういえば、うちの社が管理を委託されてるマンションが、この近所にも二棟あるんだけどね。先月、ひとつずつ泥棒被害があったんですよ」

諸橋が、ほうという表情で管理人を見つめた。

町田は訊いた。

「何が盗まれたんです?」

「ひとつは現金だったそうだ。もうひとつの部屋では、たしかパソコン。ノートパソコンというやつと、デジカメとかって聞きましたね」

この近所の盗難事件となれば、所轄署は大通警察署のはずである。

「それは、被害届けを出しているんですか?」

「したんじゃないのかね。警察がきてたと言うから」

町田は、植村に視線を向けた。彼は盗犯係なのだ。このふたつの事件の被害届けを受理していますか、と問うたつもりだった。

植村は、町田の質問を察して答えた。

「その件は知らないな。受け持ってない。先月の話だって言うんなら、係長なら知っているだろうが」

管理人は言った。

「物騒ですよね。どっちの事件も、泥棒は堂々と鍵《かぎ》でドアを開けて入ったというんです。

どうやって鍵を手に入れていたのか」

エレベーターのドアが開いた。町田たち三人の捜査員は、管理人の後ろについてエレベーターを降りた。

殺人事件の現場となった部屋の前には誰もいなかった。ただドアには、申し訳程度の黄色いテープが張ってあり、立ち入り禁止のカードが下がっていた。

諸橋が、閉じられた状態のドアのノブや蝶番《ちょうつがい》をあらためて、独り言のように言った。

「握り玉も壊れていない。こじ破りでもない。たしかに鍵が使われてるな」

管理人がマスターキーでドアを開けて言った。

「時間はかかりますか？」

諸橋が答えた。

「せいぜい十分」

「じゃあ、ここで待ってます」

町田たちは管理人を廊下に残して、水村朝美殺害の現場に入った。

中は、町田が最初に見たときとは多少様子が違って見えた。死体を運び出したあとに、鑑識課が徹底して細部をあらためたようだ。テーブルやカーペットの位置が多少動いているように見える。ガラス・テーブルの上には、指紋採取のために使った粉末アルミニウムが、何十ものひとの指紋を浮かび上がらせていた。ガラス窓の把手《とって》やキッチンのステンレス流し台の上にも、粉末アルミが塗布された跡が見える。

諸橋はリビングルームの中央に立ち、無言のまま数十秒室内を見渡してから隣室に入った。ここでもしばらく黙ったままで室内を見渡し、それから押し入れの戸を開けて、中を確かめた。

町田は諸橋の職人っぽい顔から読み取れるものがないか目を凝らしたが、諸橋はまったく表情を変えなかった。

さらに諸橋は、キッチン、洗面所と見て回り、再びリビングルームの中央に立ってから言った。

「もう一度訊くけれど、死体はここで着衣の乱れはなしだな?」

「はい。もみあった程度には乱れていましたが」

諸橋の質問は、性的な暴行があったかどうかということだ。それはなかった、と町田も確言できる。

「泥はどうだ? 玄関の上がり框《かまち》に靴跡はあったか。カーペットに泥はなかったか?」

「そこまでは気がつきませんでした。鑑識は、カーペットの汚れも一応採取していましたが」

「このテーブルの上には、カップかグラスなんかは?」

「ありませんでした。ガラスの灰皿があり、あとはバッグが倒れて、中のものが散らばっていた」

植村が言った。

「確かに、強盗殺人には見えない現場だな。犯人は水村朝美の顔見知り、と本部が判断するのも無理はない」

諸橋は難しい顔でもう一度周囲を見渡してから言った。

「テレビは最初からなかったんだな？」

町田は答えた。

「ありませんでしたよ。生活の匂《にお》いがしない部屋なんです。洗面所には洗濯機もない」

「いまどき、何に使おうと、テレビのない部屋はないぞ。たとえ洗濯機はなくても」

「でも、ご覧のとおりです」

諸橋は、窓際のチェストふうの家具のそばに近づいた。高さは六十センチほど、幅は八十センチばかりだが、奥行きが四十センチほどなので、テレビ台としては小さい。

その上には、プラスチックのトレイがあって、コーヒーカップやグラスがいくつか並べられている。どことなくラブホテルを思わせる置きかただ。

諸橋はトレイの位置をずらして、チェストの表面の埃《ほこり》をさっと撫《な》でた。

「静電気のせいで、埃がたまってる。テレビがあったんだ」

「小さなテレビが？」と町田は訊いた。「盗んでいったって、二千円か三千円でしょう」

植村が言った。

「小さいと言ったって、テレビはかさばる。ノートパソコンとはちがう。あったとして、わざわざ盗んでゆきますかね」

諸橋は黙ったままチェストの引き出しを開け、中身をあらため始めた。中にはチラシやら書類のようなものが収まっている。町田は、きょうの午後はこの引き出しの中まではあらためていなかった。あらためる前に、本部の長正寺たちがやってきたのだ。

諸橋はふたつ目に調べた引き出しから一枚の紙を取り出した。ハガキほどの大きさの印刷物だ。

諸橋が言った。

「保証書だ。液晶テレビ」

「あ」と、町田は思わず声を上げた。「液晶テレビなら小さい。持ち出せる」

諸橋が保証書を持ったまま立ち上がり、町田たちに示した。

「津久井がやったとして、液晶テレビを盗んでゆくか」

植村が、その保証書を手に取って言った。

「以前からなかったのかもしれない」

「保証書の発行日は?」と諸橋。

「去年の二月」

「最近買ったものだ。盗まれたのが昨日でもおかしくはない」

「だけど、どうして本部はこれに気がつかなかったんだ?」

「現場が銃器薬物対策課のアジト。被害者は水村朝美。しかも鍵がかかっていた、ってことで、すぐに津久井が線上に浮かんだからだろう」

町田は怪訝《けげん》に思って諸橋に訊いた。

「その鍵の問題が解決しませんね。もしこれが居直り強盗だとすると」

諸橋は町田に顔を向けて、何か思い出すような表情を見せてから言った。

「さっき津久井は、合鍵を一回なくしたことがあったと言っていたな」

「ああ、たしかに」

「それがいつのことか、確かめられないか。それから管理人と話だ」

町田はすぐに廊下に出た。ドアの外で、管理人が所在なげにズボンのポケットに手を入れて立っている。

「ちょっと入ってくれませんか」

リビングルームに入ってきた管理人に、諸橋が訊いた。

「このマンションで、郵便受けから物がなくなった、って話が出たことがありませんか。たぶんふたつ三つ同時にだと思うんですがね」

管理人が訊いた。

「物って、どんな物です？」

「現金書留、鍵、送られてきたはずのクレジット・カードとか」

管理人は言った。

「そういえば、一年ぐらい前、鍵がなくなったってことがひとつあったね。朝、郵便受けに放《ほう》り込んでいった鍵が、なくなっていたっていうんだ」

「あ、いや、去年の夏かね。そのころだ」

「正確に一年前?」

植村が訊いた。

「被害届けは出した?」

管理人は首を振った。

「いや、被害届けを出すかという段になったら、その住人さん、よそで落としたのかもしれないと自信をなくして、出したりはしなかった」

「その鍵をなくしたひとのところで、その後盗難の話などはなかった?」

「いや」そう言ってから、管理人はふいに目を丸くした。「いや、そう言えば」

「なんです?」

「一週間ぐらい前だよ。その家で、おばあちゃんがひとりでいるとき、外からロックが開けられたことがあったそうだ」

管理人の話によれば、その家はマンション内の三LDKのタイプの部屋で、三十代の夫婦と小学生の男の子、それに夫の母親の四人暮らしなのだという。だいたいいつも母親がいるので、留守になることは滅多にない。その住戸で、先週のある夕刻、ロックが外から解除され、ドアが開けられるところだった。

ロックを解除するカチャカチャいう音で、母親はリビングルームから玄関口に出た。母親は、家族だろうと思ってチェーンをはずそうとしたが、その前に声をかけた。孫の名を呼んだのだという。

するとそとにいた人間が、あわてた様子で言った。

あ、家を間違えました。

男の声だった。その男は続けて、とある宅配便業者の名を出して、そのまま廊下を立ち去っていったという。母親は、男の姿は見ていない。

町田が管理人に訊いた。

「男は、そのうちのキーを持っていたということですか？」

「そういうことになるね。わたしも、男はただドアノブをガチャガチャやっただけじゃないのかと訊いたし、そこの家のご主人さんもお母さんにそう確かめたんだけど、お母さんはいや確かにロックは外されたって言うんだ」

「一週間前？」

「下に日報がある。確かめてみますよ」

諸橋が訊いた。

「この近所でも盗難が続いたという話をしていましたね。先月のことでしたか？」

管理人は言った。

「ええ。たしか月末のことだと思うよ。本社の担当が寄っていったときに聞いた話だ」

諸橋が言った。

「ここを使っていた男も、鍵をなくしたと言っていた。いつのことかはっきり聞かなかったけれど、知ってます？」

「さあ、聞いていない」

「ということは、ロックの交換もしていないね」

「この部屋は、わたしがきたときからずっとそのままだね」

植村が携帯電話を取り出した。

諸橋が植村に顔を向けて訊いた。

「どうかしたか？」

植村は、携帯電話の画面を見つめたまま答えた。

「津久井に、鍵をなくしたのがいつか訊く」

植村は、携帯電話を耳に当てた。

管理人が、誰にともなく言った。

「きょうの事件と、鍵の件やら空き巣やらと関係があるってことかね」

植村が携帯電話を耳から離して言った。

「つながらない。電源を入れていない」

諸橋が言った。

「あのテレビの線、洗う必要がある」

植村が首を振りながら言った。

「組織で動いてる話じゃないから、各署にC号照会というわけにはゆかん。市内の質屋に手配するってこともできないな」

「質屋全部を当たる必要はないさ」と諸橋が言った。「薄野近辺の質屋と、手広くやってる故買屋だけでいい」

「何軒あります？」

「おれが大通署にいたころは、せいぜい十軒だった。古物商のリスト、パソコンから引き出せるな？」

　それは町田に向けられた質問だった。

　町田は答えた。

「小島百合が戻ってきたら、頼みましょう」

「おれが、順番をつけてやる。あんた、あたってくれるか？」

「ええ」

　諸橋は植村に顔を向けた。

「先月の空き巣の被害届けを見たいが、おれは大通署に入れるかな」

　植村がうなずいた。

「わたしと一緒に行きましょうか。わたしは、手口原紙にあたってみたい」

　町田は諸橋に訊いた。

「もうこれは居直り強盗だと確信できたってことですか？」

　諸橋はうなずいた。

「かなりの程度に、津久井の線は薄くなったっていうところだ」

植村が言った。

「じゃあ、大通署に行きますか」

町田は時計を見た。

午後の八時を十五分ばかり回っていた。


小島百合が、プリペイドの携帯電話を後部席の津久井に渡した。

「関係者の携帯の番号は登録したわ。明日の朝までは、何があっても、いままでの携帯は使わないほうがいいと思う。電源は入れないでね」

津久井は新しい携帯電話を受け取って言った。

「わかってます。心配はかけません」

新宮は、フロント・ウィンドウごしに夜の札幌中心部を見つめながら言った。

「ファクトリーの駐車場に入れますよ」

車はいま、北一条通りを東に進んで、かつて札幌ビールの工場があったエリアにきている。工場跡地はいま再開発されて、一部に古いレンガ造りの建物を残した巨大なショッピング・モールとなっているのだ。南側のモール、一条館と呼ばれる建物のほうには、シネマ・コンプレックスとトイザらス、それに駐車場が入っている。

小島百合が言った。

「駐車場の中、電波状態がいいといいけど」

「できるだけ壁側に寄りますよ」

「わたしだけ、車を降りて外で連絡を待ってもいいのね」

そう言いながら、小島百合は膝《ひざ》の上でバッグの口を開けた。また電話がかかってきているようだ。

「いいタイミング。佐伯さんからだわ」

小島百合は携帯電話を開いて耳に当てた。

新宮は車を徐行させ、駐車場の入り口にかかる手前で道路の端に寄せて停めた。

小島百合は、うなずきながら手元でメモを取っている。

「はい。はい。はい」

佐伯は、先ほど新宮に指示したときと同様、一方的に話すから聞き返すなと、小島百合に念押ししているようだ。

やがて小島百合が携帯電話を切って、後部席に顔を向けた。

「佐伯さんから。津久井さんを匿《かくま》ってくれるひとが見つかったって」

津久井が訊いた。

「どこです?」

「近く」小島百合は、新宮に視線を向けた。「この北一条通りをまっすぐ。東橋《あずまばし》のたもと。大きなパチンコ屋があるそう」

「そこに?」

「そこの駐車場にって」

津久井が言った。

「屋根に大きなライオンの像があるところだ」

新宮は車を再び発進させた。


そのパチンコ屋は、なるほどちょっとした体育館ほどの大きさの巨大なもので、アメリカの映画会社と同じアルファベット三文字の看板を掲げている。津久井の言うとおり、屋根の上には、ライオンがライトアップされて鎮座していた。そのパチンコ屋の真ん前の交差点でいったん左折し、看板に従って駐車場に入った。五百台くらいは停められるかと思える広い駐車場は、いま半分くらいが埋まっている。

新宮は駐車場の奥まったエリア、ちょうど屋外照明の明かりと明かりとのあいだの暗がりに車を停めた。

小島百合が、膝に置いた手帳のメモを見ながら、携帯電話の番号を押した。

小島百合は言った。

「佐伯さんからの指示できました。いま駐車場です。はい。はい」

携帯電話を切ったので、新宮は訊いた。

「ここからまた動くんですか？」

「いえ」小島百合は言った。「ここにいろって。いま、誰か出てくる」

「ここのパチンコ屋から？」

小島百合は、新宮の質問には答えずに津久井に訊いた。

「本部の生活安全部で、ここと接触があった？」

津久井が答えた。

「こっちの業界は、ぼくの担当じゃなかった。ベテランさんたちの聖域でしたよ。まったく知りません」

「佐伯さんは、それを承知で探してくれたようね」

ほどなくして、ひとりのスーツ姿の男が現れた。

新宮が助手席側のウィンドウを下ろすと、男は頭を下げて中をのぞいてきた。五十がらみの、恰幅《かっぷく》のいい男だ。眉《まゆ》がなく、小さな一重瞼《まぶた》の目だった。

「佐伯さんから聞いていますよ」浪曲師のようにつぶれた声だ。「部屋が空いています。ご案内します」

小島百合がドアを開けて外に降り立った。続いて津久井。新宮も運転席から降りた。

ダミ声の男は、新宮たちひとりひとりの顔をあらためてから、津久井に言った。

「名前は聞きません。礼も要りません。あたしと、佐伯さんの取り引きです」

「よろしく」

「ありがとう」と津久井は言った。「さ、こっちへ」

小島百合が言った。

「ほんとうによろしく」

男はうなずくと、津久井の肩を軽く押して、パチンコ屋本体の建物の裏手に歩いていった。新宮は、ふたりが通用口らしきドアの向こうに消えるまで、ふたりを見守った。

狸小路八丁目に戻る途中、新宮は運転しながら小島百合に訊いた。

「佐伯さんは、津久井さんの無実をこれっぽっちも疑っていないようでしたね」

小島百合は、驚いたように言った。

「あなた、疑ってる?」

「いえ、そういう意味じゃありません」

「じゃ、どういう意味?」

「その」新宮は、どぎまぎしながら答えた。「あんなふうに信じてもらえるひとがいるって、いいなって思ったんですよ」

「津久井さんのこと?」

「佐伯さんと津久井さん、かな。何かの事件で一緒に組んだとか言ってましたけど、同じ所轄にいたことはないんですよね。どうしてなんだろう」

小島百合は、ちらりと新宮を見てから言った。

「ご本人たちは言っていないけど、噂《うわさ》されている話があるのよ」

「いい話？」

「壮絶な話よ。何年か前、警察庁が指揮したおとり捜査があったの。人身売買組織摘発の。そのとき、佐伯さんと津久井さんがペアを組んで、組織に接触した。三ヵ月ぐらいして捜査は終わったんだけど、旭川中央署に戻ってきた津久井さんは、ＰＴＳＤになっていて、しばらく使い物にならなかったって言うの」

「それって、ひどいトラウマになったってことですね」

「そう。内勤になったけど、回復まで何ヵ月かかかったはず」

「怖いことがあったんでしょうね」

「どっちがそうなのか知らないけど、頭に拳銃《けんじゅう》を突きつけられて、殺すぞ、というところまで行ったみたい」

「佐伯さんのほうは？」

「事件のあと、奥さんと別れた。直接の原因は、その捜査とは関係ないかもしれないけど、捜査のあとに奥さんは家を出て、そのまま離婚したって話よ」

「何があったんだろう？」

「きっと、人格が変わるぐらいのことだったんでしょう」

「おとり捜査って、そんなに危険なんですか」

「そりゃあそうでしょう。警官だとばれるんだったらまだいい。その場合、相手は自分のほうから消える。だけど警察の犬だと疑われたら、暴力団はあっさり殺すわ。どこかの県警にも、ひとり失踪《しっそう》した刑事がいたはず。もう十年以上も前にね。そのひとのことも、おとり捜査に失敗して殺されたんだって噂がある。警官じゃなくて、犬と疑われたんでしょう」

「PTSDにもなるわけですね」

「そういう事件を担当した相手とは、いいパートナーにもなるわけよ」

新宮は、夜の北一条通りで、少しだけ深くアクセル・ペダルを踏み込んだ。

横で小島百合が、携帯電話を取り出した。新宮が聞き耳を立ててると、小島百合は言った。

「……あたし。姉さん。さっきの件だけど、あんたには頼まなくてもいいようになった」

「……うん、連れてゆかない」

「……そう、ありがと」

小島百合は電話を切った。弟さんに、津久井を匿ってもらう必要はなくなったことを連絡したのだろう。

新宮たちが、ブラックバードの二階の部屋に戻ったのは、それから十分後だ。駐車場の入り口で小島百合を降ろし、それから新宮は車を駐車場に入れた。

小島百合が、ビルの入り口で待っていてくれた。

小島百合は、階段を昇りながら言った。

「諸橋さんたちは、何か手がかりを見つけたかしらね」

新宮も小島百合に並んで階段を昇りながら言った。

「あれだけのベテランなんですから」

部屋のドアをノックしてから、新宮たちは中に入った。諸橋も植村も町田もいなかった。

佐伯ひとりがパイプ椅子《いす》に腰を掛け、もう一脚の椅子に足を投げ出していた。

小島百合が言った。

「送ってきました。相手のひと、名前は名乗らなかったけど、まちがいはなかったのかしら」

佐伯は言った。

「眉毛のない中年男が迎えてくれたろう?」

「ええ。諸橋さんたちは?」

「水村殺しの現場を見に行った。いましがた電話があって、これから大通署に向かうそうだ」

「大通署に? 何の用かしら」

「何か調べものをしたいらしい」

「データベースなら、わたしのノートからでもアクセスできるのに」

「ほんとのこと言うとな。おれはいまだに、私物のパソコンで、警察のデータベースに入れるってことが、信じられないんだ」

「予算不足で、大通署にはひとりひとりにパソコンが渡っていませんからね。内勤の警官はたいがい私物のパソコンを持ち込んでます。本部のデータベースにアクセスする許可も受け、ユーザーIDももらって」

「背に腹は換えられない、ってことか」

「ファイルをダウンロードするのは絶対禁止、とだけは言われていますが」

「いずれにせよ」佐伯は顎《あご》に手をやりながら言った。「もう諸橋さんたちは署についているはずだ。調べきれなければ、向こうから連絡を寄こすだろう」

小島百合は、自分のノートパソコンの置かれたテーブルの前へと歩き、ハンドバッグから紙包みを取り出した。先ほどの携帯電話販売店のロゴタイプの入った袋だった。小島百合はその袋を佐伯に突き出した。

「使ってください。津久井さんの携帯を買うときに一緒に買いました」

「何だ?」

「携帯電話につなぐイヤホン・マイク。自動車用ですけど、こういう場合にも重宝するでしょう。手を使わずに話ができます」

受け取った佐伯がまごついているので、新宮は佐伯の携帯電話を手に取り、イヤホンと接続した。

それはごく小さなイヤホンとマイクの組み合わせだ。イヤホンとマイクのついたアームを、耳に引っかけるのだ。アームの先に、薬のカプセルほどのサイズのマイクがある。ちょうど放送局などで、ディレクターたちが使うものに似ている。

「なるほど」と、佐伯は言った。「これは使えるな」

小島百合が、壁の模造紙の前に歩いて、数字を書き始めた。

佐伯があわてた声で言った。

「それは何だ？」

小島百合は手を止めて振り返った。

「津久井さんの新しい携帯の番号です。みんな知っておく必要はありませんか？」

「いい。おれが知っていたらいい」

小島百合は一瞬、納得がゆかぬという顔になったが、すぐに書きかけの数字をフェルトチップ・ペンで塗りつぶした。

佐伯が言った。

「登録する。言ってくれ」

「わたしがやりましょうか」

「いい。できる」

小島百合が、左手に持っていたメモ用紙を佐伯に渡した。

佐伯は、あまり慣れているとは言えぬ指づかいで、津久井の新しい携帯電話の番号を自分の携帯電話に登録した。

その直後だ。佐伯の手にあった携帯電話が、軽い震動音を立てた。インジケーターも点滅しだした。

佐伯は、オンボタンを押してから背を伸ばし、壁の見取り図のほうに顔を向けて言った。

「はい。ああ」

チームのメンバーからの電話のようだ。佐伯はうなずきながら聞いている。

「わかりました。はい。連絡を取ってみましょう」

オフスイッチを押してから、佐伯は新宮たちに顔を向けてきた。

「植村さんだ。さっき津久井が、部屋の鍵をなくしたと言っていたけど、そのときの状況と時期を知りたいのだそうだ。電話したけれど、電源が切れていてつながらなかったと言ってた」

「何か意味があることなんでしょうか」

「誰が現場の鍵を持っていたか、特定できるんじゃないのか」

佐伯は携帯電話を操作して、誰かに電話をかけた。たぶん相手は、津久井なのだろう。

「おれだ。佐伯。そこはどうだ？」

「ああ。だけど用心してくれ。ところで植村さんから、問い合わせがあった。お前さん、あの部屋の鍵がなくなったことがあったと言っていたが、それは正確にいつのことだ。どういう状況でなくした？」

「わかった。もうひとつ訊くが、お前さんがあの部屋を使っていたころ、部屋にテレビはあったか。あったとしたら、どんなテレビだ？」

「わかった」

　回線を切った佐伯は、すぐにまたべつの誰かに電話を入れた。

「佐伯です。さっきの件、いいですか」

「ええ、津久井と連絡を取りました」

「水村が鍵をなくしたのは、去年の夏ごろのことだそうです。六月か七月。郵便受けに入れておいた鍵が、なくなっていた。そのときは、津久井もたいして気にもとめず、自分の持っていたスペアキーからもうひとつ合鍵を作って水村朝美に渡したとか」

「そうですか。もうひとつの件、あの部屋には液晶の十七インチくらいのテレビがあったそうです。シャープの、銀色の。去年の春に、慰安会のビンゴで津久井が当てたものだそうです」

「ええ、戻ってきてますよ。いまの回答で何かわかります？」

「連絡を待っています」

　電話を切ってから、佐伯が新宮に言った。

「やっぱり諸橋さんは、鍵がプロに盗まれているんじゃないかという見方だ。いまその裏づけを取ろうと、大通署で調べにかかっている。お前さんには、このあと頼みたいことがあるそうだ。ここにいてくれ」

　小島百合が言った。

「わたし、さっきの件を、本部の知り合いの婦人警官なんかに当たってみようと思います」

「さっきの件?」

「水村朝美の新しい相手。もしかしたら、昨日その部屋で会うことになっていた男のこと。水村朝美は、べつの男との関係を隠すために、津久井さんともほどほどのつきあいを続けていたんじゃないかって思うんです」

「ごまかすというのは、津久井の目を?」

「いいえ。周囲の目。でも、女性なら気づいているかもしれない」

「本部に、知り合いは多いのか?」

「婦人剣道部は合同でよくイベントをしています。仲のいいひとたちがいる」

「やってくれ」

小島百合は、私物のパソコンの置かれたテーブルに陣取って、自分の携帯電話を取り出した。

そのとき、ドアがノックされた。

佐伯が入り口に歩いて、ドアを開けた。

外に立っていたのは、ブラックバードのマスター、安田だった。右手にステンレス製のポットを持ち、左手に籐《とう》の籠《かご》をさげている。籠には布ナプキンがかかっていた。

安田は佐伯に言った。

「コーヒーを用意してきました。これから、必要でしょう」

「ありがたい」佐伯は頬《ほお》をゆるめた。「助かる」

「とりあえず五杯分作ってきました。回数券を使ってください」

「そうする。あとでまとめて請求してくれ」

勘定にはきっちりしている店のようだ。それとも佐伯のほうから、請求してくれと頼んだのか。

安田は、部屋の中に入ってくると、コーヒーカップ三個にコーヒーを注《つ》いで出ていった。


町田は、三階の自分のデスクに、自動販売機で買ったコーヒーの紙コップを置いた。いま、この大通署刑事課の刑事部屋には、六人の警察官しかいない。知能犯係の係長が当番であり、彼は隅の応接セットの上で足を投げ出して新聞を読んでいる。どの新聞もきょうの夕刊は、羽幌署の笠井巡査部長の拳銃暴発事故死を大きく取り上げていた。警察官にとって、なによりも関心のあるはずのニュースだ。五分前、町田たちが刑事部屋に入ってきたときも、係長は一瞬顔を上げただけだ。大通署刑事課勤務の町田と植村のほかに、諸橋という別の署の捜査員がまじっていることも気にしている様子はなかった。

当番勤務の警察官はほかにふたりいる。そのうちのひとりは自分のデスクで長電話の最中だ。ときおり退屈そうにうなずいている。苦情電話を受けているようだ。大通署に苦情電話をかけるのを日課のようにしている名物男がいるのだが、たぶんその男が相手だろう。もうひとりの警官は、デスクの上で私物のノートパソコンを操作中だ。表情を見る限り、公務の報告書を書いているようではない。おそらく自発的に国内法違反のサイトがないかどうかをチェックしているのだろう。

宿直警官がほかに見当たらないのは、事件がふたつ発生して、ほぼ全員が現場に急行しているせいだという。盗犯係はひったくりがあったという中島公園に出向いたということだった。強行犯係は、南九条で起こったというコンビニ強盗の現場に走ったという。どちらも、さほど凶悪事件とは言えないせいで、残っている警察官たちもあまり緊張を見せていないのだろう。これから深夜にかけては、薄野エリアで細かな事件が連続して発生するが、そちらはひとまず北海道警察本部最大の派出所である薄野交番にまかせておいてもよいのだ。

町田は諸橋と一緒に、植村が被害届けを繰るのを見守った。

「あった」ファイルをめくっていた植村が、手を止めて言った。「先月二十七日です。わたしは担当してない」

「どんな事件だ?」と諸橋が訊いた。

植村が、届けを読みながら言った。

「空き巣被害。ふたつです。南六条と七条のマンション。どちらも西二十二丁目。あのマンションから三百メートルしか離れていない」

　諸橋が訊いた。

「手口は？」

「両方とも、ピッキングや壊しじゃありません。錠が開いていたか、合鍵を使ったかです。ひとつは、被害者も施錠したかどうかはっきりした記憶がないと言っている」

　諸橋が植村からそのファイルを受け取って、当該の被害届けに目を落とした。町田も、諸橋の肩ごしにその被害届けをのぞきこんだ。

　諸橋が言った。

「ふたつの事件、同じ日に隣同士のブロックで起きてる。偶然じゃない。鍵が使われてるんだ」

　町田は言った。

「じゃあ、水村朝美殺しも？」

「まだそこまではわからん。ただ、あの部屋に空き巣が入った可能性は、いよいよ高まったな」

　そのとき、諸橋が内ポケットから携帯電話を取り出し、発信番号を確かめてから耳に当てて言った。

「諸橋だ。うん」

　佐伯からだろう。

「連絡、取れたか？」

植村が、諸橋の顔を注視した。町田も諸橋を見つめた。

諸橋は、佐伯に言っている。

「小島百合がやつを送っていったんだな？」

「プロの仕業かどうかが気になるんだ」

「新人には、動いてもらうことになる」

諸橋が携帯電話を切ると、植村が訊いた。

「津久井と連絡が取れたんですか？」

「ああ」と諸橋。「水村朝美が鍵をなくしたのは去年の六月か七月。郵便受けに入れておいたのが、消えたらしい」

諸橋はそこまで言うと、植村を見つめた。どんな反応があるか、確かめているかのような目の色だった。

植村は、ばつが悪そうに言った。

「わたしは、去年四月にここの盗犯係に異動になったんです。その前は帯広で地域課ですからね。この一年、必死に勉強していますが、手口を言われても何も思いつくことがない」

諸橋は言った。

「おれは先月まで、ここで十五年盗犯係だった。いまは千歳の総務課で、派出所の勤務割表を作ってる。この異動の意味が、つくづくわからんな」

植村が言った。

「こんな異動は、ないどう」

町田がにこりともせずに訊いた。

「鍵の紛失の時期で、何かわかったんですか？」

諸橋は首を振った。

「可能性のひとつが消えただけだ」

「というと？」

「紛失じゃない。郵便受けから消えたんだ。先月の空き巣のうちの一件も、同じだ」

「郵便受けって、ふつうはロックされていませんか？　それを破って？」

「そういう手口がある」

植村が言った。

「手口原紙持ってきます」

植村は椅子から立ち上がって、刑事部屋の奥のロッカーのほうへと歩いていった。

手口原紙とは、正しくは犯罪手口原紙といい、強盗と窃盗、詐欺という、反復される手口犯罪に関して、これを手口から整理・分類したものだ。本来は警察署単位で作られるが、最近の事件については、すべて警察庁のデータベースに集約される。このデータベース化されたものも、最近は手口原紙と呼ばれている。

いま植村が取りに行ったのは、この大通署が扱った犯罪の手口原紙だ。札幌大通署は北海道警察本部の中では最大の警察署だから、典型的な犯罪の手口と実行犯については、署の原紙の中に目ぼしいデータがほぼ含まれているはずである。

植村が、黒い表紙の分厚い手口原紙を三冊持って戻ってきた。

「窃盗原紙の四年前からのものでよかったですかね」

諸橋は言った。

「ああ、そこから始めよう。だけど、この手口、二、三人思い浮かぶな」

町田は驚いて言った。

「二、三人？ そんなに絞られますか」

「どうしてだ？」

「合鍵を使うなんて、いちばん特徴のない手口じゃないんですか？」

諸橋は首を振った。

「特徴のないのは、いまじゃむしろピッキングやクレセント破りのほうだ。鍵を使う手口は、逆に限られる」

諸橋は、三冊のファイルを顎で示して言った。

「おれもやるが、同じ手口の事件、拾い出すのを手伝ってくれ。付箋《ふせん》を貼《は》っておいてくれないか」

はい、と町田は言った。植村も、一冊のファイルを持ち上げながら、うなずいた。

7

小島百合は、ブラックバードのマスターが淹《い》れてくれたコーヒーに口をつけてから、まず道警本部総務部の友人に電話した。

賑《にぎ》やかな声と音がする。酒場か喫茶店にでもいるようだ。

「寿美江《すみえ》さん？　百合です。小島百合」

相手は言った。

「おひさしぶり。どうしてた？　元気なの？」

「ええ。寿美江さんは」少しのあいだ、相手に調子を合わせた。「ところで、津久井さんの件、驚いているんだけど」

「そうなのよ。水村朝美殺しでしょう。本部でも、婦人警官の話題はそれで持ちきり。何よ、あれ、痴情のもつれってことになるの？」

「あ、やっぱり三角関係なのね？」

「そうじゃないの？　津久井さんとのことはみんな知ってることだけど、あの子、けっこうつきあいの派手な子だったから」

「寿美江さんなら、情報持ってるんでしょうね」

「聞きたい？　いま、薄野なのよ。飲んでるんだけど、くる？　聞かせてあげる。そうそう、薄野はいまずいぶん警官が出てるのよ。警邏《けいら》も、機動隊も。まるで江沢民《こうたくみん》が来たときみたいに」

「薄野か。行きたいなあ。でもいままだ残業なんだ。行けるかどうか。ね、ひとつだけ教えて。水村朝美にほかにつきあってる男がいるとして、誰《だれ》だったの？　本部のひとじゃないの？」

電話の向こうで、どっと笑う声がする。そうとうに盛り上がっているようだ。

相手は言った。

「ここでは大きな声では言えない。って言うか、わたし、じつは知らないのよ。でも、本部の誰かじゃないと思うな。本部に男がふたりいたなら、耳に入ってこないわけがないもの」

「でも、どんなひとか、多少の情報はあるんでしょう？　何やってるひとだとか」

「軟派系でしょう。薄野が好きな子だって聞いているから」

「名前がいくつか出てたりしてない？」

またどっと歓声がした。誰かが寿美江を呼んでいる。

「あ、ごめん、残業終わるころにまた電話ちょうだい。今夜、盛り上がろう」

「ええ。様子次第で」

「それにしても、津久井さん、こんどの件では、つくづく男を下げたね。格好いい刑事だったのに、痴情殺人だものね。じゃあね」

携帯電話を切ると、佐伯が、どうだ、というような目で見つめてくる。

「誰かはわかりません」小島百合は言った。「でも、婦人警官のあいだでも、その名前は出ていないそうです。いまのひと、水商売関係かなってことを洩《も》らしてましたが」

佐伯が言った。

「その線は、どん詰まりか」

小島百合は、あとひとりふたり、情報を知っていそうな婦人警官を知らないではなかった。電話帳を開こうとしたときだ。自分の携帯電話が鳴った。

モニターには、弟の名。

どうしたんだろう？

「はい」と、小島百合は少し警戒気味に電話に出た。

弟は、地元の国立大学に進学した後、大手ゼネコンの設計部に就職した。一級建築士として、手堅すぎると言えるくらいの人生を歩んでいる。ただし子供時代からのゲーム好きが高じて、いまだにおたくっぽい雰囲気が抜けない。住まいは、数百種類のゲームソフトと、フィギュアなどの関連グッズで埋まっている。未婚だった。

弟が言った。

「さっきの話、キャンセルだったよね」

「ええ。代わりが見つかったから」

「でも、警察はうちにくるものだと思っているのかい?」

「どうして?」

「少し前に、外の通りに妙な車が二台停《と》まった。この部屋を監視してるみたいだ」

「え」小島百合はあわてて言った。「監視?」

佐伯が目をむき、口の動きだけで、待て、と言った。何か言おうとしている。

「待って」弟にそう言ってから、小島百合は佐伯を見つめた。

佐伯が言った。

「監視?」

「ええ。少し前から、弟のところの外の通りに、妙な車が停まっているんですって」

「本部だろうな。まちがいはない」

「でも、弟のところには連れてゆかないと決めたわ」

「そのことを知らない誰かが、本部に通報した」

小島百合は、自分は協力できないと言って出ていった岩井の姿を思い浮かべた。彼は、小島百合が自分の弟のところに匿《かくま》うことができる、と言ったのを聞いたあとで、部屋を出て行ったのだ。

若い新宮昌樹も、不安そうな顔で小島百合を見つめてくる。

小島百合は佐伯に訊《き》いた。

「じゃあ、すぐに弟のうちに突入ってことになる? そしてここにも、本部の連中がやってくるのかしら」

　佐伯は言った。

「いや。あんたの弟さんの住処《すみか》と承知していながら、まだ監視しているだけなんだ。確信はないんだろう」

「どうします？」

「車がきた時刻、そして車の様子を訊いてくれ。弟さんには、はい、か、いいえ、だけで返事ができるよう、質問してくれないか」

「この携帯電話、盗聴されるってことですか？」

「いや。弟さんの部屋に、外からマイクをつけられたかもしれない。突入前に、中の会話を聞くのは基本的な手順だ」

「訊いてみます」

　小島百合は、携帯電話を持ち直して、弟に言った。

「できるだけ、はいいいえだけで答えて。余計なことは言わなくてもいい。車は二台？」

「待って」

　窓際に寄ったようだ。カーテンをあまり大きく開けないでねと、小島百合は念じた。

　返事があった。

「ああ。見えるのは」

　弟も、事態をわかってくれたようだ。

「ひとは乗ったままなのね」

「ああ」

「パトカー？」

「いや」

「乗用車？」

「ああ。半分は」

「もうひとつは、ワゴンか何か？」

「そう」

「きたのは、いま？」

「いや」

「それ以上前？」

「ああ」

「五分前？」

「そんなものだ」


腕時計に目をやった。午後八時三十分だ。さきほど小島百合が津久井たちと一緒にこの部屋を出たのは、八時十五分前ぐらいだった。それから三十分ばかりで、道警本部は小島百合の弟の住居を突きとめ、そこに捜査員を急行させたことになる。大通署にとくに身内の住所まで届けを出しているわけではないが、小島百合の弟の住居、と聞いただけで、そこがどこかを調べ上げるだけの能力は、道警本部にはあるはずだ。任官したとき、小島百合は当然身上書も提出しており、そこには両親の住所も記してある。道警本部が帯広《おびひろ》に住む両親から、小島百合の弟の住所を聞き出すこともできただろう。

　もうひとつ弟に訊いた。

「制服警官は見える？」

「いや」

「ノックして入ってくるかもしれない。ひとを匿っていないかってね。逮捕状はあるのか、なんて杓子《しゃくし》定規なことを言わずに、中に入れて見せてやって。誰もいないとなれば、連中は消えるから」

「ああ」

「それ以上のことがあったら、知らぬ存ぜぬでいてね。迷惑はかからないはず」

「わかってる」

　小島百合は携帯電話を切って、佐伯に顔を向けた。

　小島百合は答えた。

「車は二台。乗用車とワゴン。五分くらい前にきたそうです。制服警官の姿は見当たらない」

　佐伯は、怪訝《けげん》そうに首を振りながら言った。

「それだけでは、本部が動いたとは、判断できないな。まったく関係のない車かもしれない」

「岩井さんが通報したんでは?」

「わからん。そう断定できるか?」

「わたしが、弟のうちに匿う、と言ったのを聞いています。それを聞いてから、出て行った」

「さっきも言った。あいつが本気でちくるつもりなら、そのままこの部屋に残っていたはずだ。何くわぬ顔で協力していたはずだ」

　新宮が、佐伯の横顔を見つめた。その説明に、十分納得できていないという表情だ。

　小島百合は訊いた。

「じゃあ、どこから弟の家のことが?」

「だから、本部じゃあないのかもしれん」

「弟を動かして、確認させましょうか」

「どうやる?」

「コンビニに買い物にでも行かせる。警察なら、路上で必ず職務質問になるでしょう。質問されれば、それが本部だとわかる」

「いや」佐伯はきっぱり言った。「放《ほう》っておけ。本部だとしても、弟さんのところに津久井がいる、と思わせておけば、時間が稼げる。いるかいないか判断できない、って言うならなおのこと好都合だ」

「いきなり特急が突入するってことはないでしょうね」

「突入の前には、最低限、いるかいないかは確認する」

小島百合は納得して、目の前のコーヒーカップに手を伸ばした。

新宮が佐伯に言った。

「小島さんの弟さんの家のことがもうばれているなら、ぼくたちがやっていることもばれているってことじゃないでしょうか。ここにも本部がやってくるんじゃあ？」

佐伯が言った。

「ばれていない。安心していい」

「だって、岩井さんは小島さんの弟さんの家のことを洩らしたんでしょう？」

「岩井から洩れた情報かどうかはわからない」

「用心したほうがいいと思いますが」

「もしばれていたら、そしてこの一件を指揮している誰かさんが馬鹿だとしたら、弟さんの家の前に捜査員をやったときに、ここにもパトカーがきている。とっくに包囲されてる。お前さん、戻ってくるとき、監視か尾行に気づいたか？」

「いいえ」

小島百合は、佐伯の言い回しが気になって訊いた。

「もし指揮しているのがお利口さんだったら？」

佐伯は口の端でかすかに笑って言った。

「もし何もかもばれていて、しかも津久井の身柄確保がまだだとしたら、頭のいい管理官ならおれたちのことは泳がせておく」

「泳がせる、というのは、監視しつつ、ということですよね?」

「そう。でもいまのところ、監視はない」

「つまり、ばれていないと?」

「まだ、いまのところは」

新宮が言った。

「本部は、とにかくぼくらをしょっぴいて、津久井さんの居所を吐かせることもできます。ぼくらを泳がせておく必要はないんでは?」

佐伯が新宮に冷めた目を向けて言った。

「おれたちがうたうのを待ってる時間がない。それに、ここでおれたちを引っ張ってみろ。津久井に味方している警官がいるってことを、逆におおっぴらにしてしまうことになる。現場の空気は、いよいよ冷たいものになるぞ」

小島百合は言った。

「そういう計算ができるひとたちだといいけど」

「本部長の下で指揮を執っているのは、誰だと思う?」

小島百合は首を振った。

「本部の人事のことはわかりません。たぶんキャリアなんでしょうけど」

「たぶん直接指揮しているのが、警備部長だ。浅野《あさの》忠雄《ただお》。東大法学部卒業じゃなかったか」

「よく知りません」

「頭のいい男のはずだ」

佐伯の携帯電話が鳴った。

佐伯は、胸の前で携帯電話を操作すると、その場に立って真正面を見つめたまま言った。

「佐伯です。いかがです?」

小島百合が見守っていると、佐伯はすぐに、はい、と短く答えてから携帯電話を切り、小島百合に言った。

「諸橋さんだ。ここに戻ってくる」

「何か手がかりでも?」

「何も言っていないが、てぶらで戻ってはこないさ」


町田光芳が、諸橋たちと一緒に、大通署の刑事部屋を出ようとしたとき、入り口で盗犯係の巡査部長と出くわした。

「あ、諸橋さん」と、巡査部長は諸橋の顔を見て言った。「こんばんは」

「おひさしぶり」と、諸橋が会釈した。

諸橋は、異動になる今年の三月まで、この巡査部長と同僚だったはずである。諸橋のほうが年上なので、一応は後輩ということになる。長沢《ながさわ》という男だ。

長沢が訊いた。

「何かありました?」

諸橋が答えた。

「ちょっと調べものを手伝ってもらったんだ」

諸橋の横で、植村が言った。

「千歳署の事件だ。おれも、大先輩に協力していた」

町田も、同じ刑事部屋の同僚である長沢に会釈した。

長沢が諸橋に言った。

「わたしに電話をくれたら」

「近くまで寄ったものだから」

「札幌は、きょう、雰囲気がぴりぴりしてるの、わかりますか?」

「ああ、聞いた」

「本部の津久井ってのが、部内手配なんです」

「婦人警官を殺したんだって?」

「愛人だった女だそうです」

「その話、ほんとうなのか？」

「ふたりの仲は、本部では有名だったそうです。それにしても、郡司警部の同僚だった男が、またこの不祥事ですからね。本部も泣いていると思いますよ」

「大通署は手出しできないんだって？」

「本部の一課が動いてます。お手伝い、もういいんですか？」

「済んだ。ありがとう」

「お手伝いできることがありましたら、いつでもお気軽にお電話ください」

諸橋が手を振って、刑事部屋を出た。続いて植村。町田もふたりのあとに続いた。

正面玄関から外に出たときは、もう十時だ。札幌の四月は、夜になるとかなり冷える。今夜も気温はせいぜい六、七度だろう。町田は、冷えきった西五丁目通りの歩道で、コートの襟をかき合わせた。

諸橋が町田に言った。

「札幌の警官の大半は、もう津久井の仕業だってことを疑ってないようだな」

植村が言った。

「郡司と同じ課だったってことで、津久井もなんでもありかと思ってしまいますからね」

「なんでも？」

「拳銃《けんじゅう》、覚醒剤《かくせいざい》、外車に、豪華マンションの隠れ家、本部に何人もの愛人。いや、これは郡司警部の場合ですが」

「それにしても、恋人殺しまでとは、思わないのかな」

植村は答えなかった。町田も、黙ったままでいた。いまの諸橋の言葉は、質問ではなかったかもしれないのだ。ただ、独り言だ。諸橋はいま、自分が組み立てつつある仮説を、なんとか合理性のあるものにしようと躍起なのだ。その過程で、ふと口に出たのが、いまの疑問だ。町田や植村から、答が欲しいわけではないはずだった。

諸橋がコートのポケットに手を突っ込んで、北一条通りの横断歩道を南に歩き始めた。町田も植村と共に諸橋に続いた。

北一条通りを渡ってから、町田はさりげなく振り返った。

街路灯と自動車のヘッドライトの中で、すっと身を隠すような者はいなかった。ヘッドライトを消し、徐行してくる車もない。いまのところは尾行はされていないようだ。でも、ひとブロック進むごとに、確認したほうがいいだろう。


佐伯宏一たちの待つ部屋に、諸橋以下の三人が戻ってきた。

三人とも、収穫があったような顔には見えない。空振り、ただし、ワン・ストライクというところか。ひどく落胆しているようでもなかった。

諸橋は、コートを脱ぎながら、独り言のように言った。

「大通署の空気は、津久井にひどく冷たいな。札幌じゅう、あんなものだろうか」

佐伯は言った。

「本部が指名手配したんですからね。ほかに情報がなければ、信じますよ」

「この空気じゃ、たしかにおれたちのやってることは、極秘になるな」

「用心してください」

町田が言った。

「おれたちも、まだ備《び》にはマークされていないみたいだ。尾行には警戒してきたが」

備、というのは警備部のことだ。社会に対しては公安警察であるが、警察機構内部に向いた警察という性格も持つ。このセクションが警察官の言動や私生活を監視し、危険分子を摘発するのだ。管理部門の警務部と併せ、現場警察官のほとんどが忌み嫌う組織である。

植村が、佐伯のテーブルを見て言った。

「コーヒー、あるかい?」

小島百合が、ステンレスのポットを持って、すぐに部屋を出ていった。

佐伯は、諸橋からの報告をすぐ聞きたいところだった。彼は現場と大通署のファイルを調べて、どんな手がかりを得たのだろうか。どこまで真犯人に迫ったのだろうか。

諸橋は椅子《いす》に腰掛けると、しばらくのあいだ、考えでもまとめるかのように天井を睨《にら》んでいた。そのあいだ、植村も町田もひとことも発しない。黙って脇《わき》の椅子に腰を下ろして、諸橋を凝視しているだけだった。

やがて小島百合が、コーヒーポットを持って戻ってきた。

諸橋は、小島百合が注《つ》いだコーヒーをひと口すすってから、ようやく言った。

「空き巣だ。中央区のあのあたりで、空き巣が連続している」

佐伯は訊いた。

「合鍵《あいかぎ》を使う奴《やつ》ですか」

「いいや。たぶん、ほんものの鍵を盗んで、そのまま使ってる」

「プロですね」

「たぶん、常習だな」

「もう心当たりがあるように見えますが」

「いや」諸橋は顔をしかめた。「確信できるものはなかった。ひょっとしたら、と思える事件が、去年ひとつふたつあった程度だ」

「連続空き巣とはべつにですか？」

「時期も、地区も違う。ただ、被害者が鍵をなくした覚えもないのに、入られてる。しかも、鍵はかけていった」

植村が言った。

「わたしが署に戻って、十年くらい前の分まで調べてきましょうか」

諸橋は植村に顔を向けて首を振った。

「いや、それはもういいです。まず、盗品の行方を追いましょう」

　町田が、スーツの胸ポケットから、三つ折りにしたコピー用紙を取り出した。

「中心部の質屋、それに故買をやってる男のリストです。二部ずつコピーしてきました」

　新宮が立ち上がった。

「わたしが、当たります」

　町田が言った。

「一緒に行こう」

　諸橋も立ち上がった。

「二手に分かれてやろう。新宮くん、おれと一緒にきてくれ」

　町田が言った。

「じゃあ、おれが植村さんにつこう」

　諸橋が、町田から受け取ったコピー用紙をテーブルに広げた。十軒ばかりの質屋、それに会社名が記されている。名の横には、所在地、そして電話番号だ。新宮がざっと見たところ、そのリストの質屋と故買屋は、大部分が札幌中央区にあるようだった。一部、西区、豊平《とよひら》区がある。

　諸橋は、リストの半分ほどに丸印をつけてから、植村に渡した。

「こちらをお願いできますか」

　植村がそのコピーを受け取った。

　諸橋は、上着のポケットから手帳を取り出すと、壁に貼《は》られた模造紙の上に、フェルトチップ・ペンでアルファベットに数字混じりの文字をさっと書いた。

「液晶テレビの製品番号だ。これを持ち込んだ奴がきっといる。質屋なら、身分証明書は提示しているはずだから、その男の名前と住所を調べてきて欲しい」

新宮が、自分の手帳を取り出して、この番号を手早く書き写した。

諸橋が模造紙の前からふいに振り返った。何かひらめいた、という顔だ。

諸橋は小島百合に訊いた。

「そのパソコン、警察庁のデータベースにつながるのか?」

小島百合が答えた。

「ええ。大丈夫です」

「A号照会もできるか?」

A号照会というのは、容疑者の身元や犯罪歴を調べる手続きを言う。正式には所定の照会用紙を使って警察庁照会センターに問い合わせるが、電話でもできるし、近年はインターネット経由でもできるようになった。もちろん、インターネットを使う場合は、ユーザーIDとパスワードが必要であるが。

小島百合は、自分のノートパソコンを指差して言った。

「できます」

予算不足の北海道警察本部では、警察署で必要とするだけのパソコンを配備できていない。しかもまだ配備品のパソコンのOSは、古いバージョンのままだ。このため、照会業務や検索で忙しい部署では、私物のパソコンの持ち込みを認めている。当然ながらユーザーIDもパスワードも、それらのパソコン一台一台について発行されていた。生活安全課総務係勤務の小島百合の場合も、何の問題もなく、私物のパソコンから照会センターにアクセスが可能なのだ。

諸橋は言った。

「じゃあ、この名前を頼む」

諸橋は、ふたつの名を模造紙に記した。

小林幸二《こばやしこうじ》

中田好昭《なかたよしあき》

「下の名前のほう、字は正確じゃないかもしれない」

小島百合が訊いた。

「生年月日と出身地はわかりますか」

諸橋は首を振った。

「覚えていない。小林は小樽出身だったかな」

「時間がかかるかもしれません。やってみます」

「頼む」

植村が訊いた。

「どんな野郎なんです？」

諸橋が答えた。

「空き巣の常習犯だ。ふたりとも、ピッキングじゃなく、鍵を盗んで使った」

「いつごろの話ですか?」

「ひとりは十年以上前。おれが挙げて、刑務所に送った。もうひとりは、五年くらい前だな。挙げたが、初犯ってことで執行猶予がついた。もうどこかでとうに挙げられているかもしれんが。ただ」

「ただ、何か?」

「空き巣の手口にはひっかかる。だけど、殺しまでやるかな。その点は気になる」

植村も町田も、立ち上がった。行くぞという態勢だ。

佐伯は新宮に言った。

「新宮、お前さんは、自分の車で諸橋さんの運転手をやってくれ。植村さん、タクシーを使ってもらっていいかな」

植村と町田が、コーヒーカップをテーブルの上に置いて、コートを着ながら部屋を出ていった。

新宮が車のキーを取り出して、諸橋に顔を向けた。

諸橋が、手にしていたフェルトペンをそばのテーブルに置いて、佐伯と小島百合に言った。

「行ってくる。照会頼むな」

佐伯は腕時計に目をやった。午後十時十五分だった。薄野中心街の質屋でもないかぎり、そろそろ営業も終わろうかという時刻だ。たぶんリストのうちのいくつかは、下りたシャッターをガンガンと叩《たた》いて、店主を呼び出すことになるのだろう。

小島百合は、空いたコーヒーカップを、ステンレスのトレイの上にまとめた。四人の捜査員が、市内の質屋に聞き込みに出た。いま、部屋に残っているのは、自分と佐伯、ふたりきりだ。

小島百合は佐伯に言った。

「さっき、どん詰まりと言われましたけれど、やっぱり水村朝美の秘密の恋人のことが気になります」

佐伯が、続けろ、と言うように顔を向けてきた。

小島百合は言った。

「水村朝美は、合鍵を持っていて、津久井さんとは会わなくなってからも、部屋は自由に使うことができた。派手な性格のようですし、現場を遊びのために使っていたのだと思うんですが」

佐伯が首を傾《かし》げた。

「何が言いたいんだ？」

「強盗の線で追って、十分だろうかと思うんです。強盗だとしたら、水村がその部屋にいたことの理由は説明できません」

「着替えするためじゃないのか。勝負下着をつけているとき、本部の更衣室は使いにくいだろう」

「着替えするためだけに、生活安全部のアジトを使い続けていた、というのも不自然です。部屋にはコンドームの箱があったそうですね」

「生安は風俗営業も管轄だ。捜査用の備品のひとつかもしれん。ほかにも捜査用具一式が置かれていたんだし」

「強盗の線で調べるのは当然ですけど、水村の交際相手、なんとかもう少し調べてみたいと思います。ちがうものが見えてくるかもしれない」

佐伯が言った。

「それもそうだが、さっきの諸橋さんの頼み、先に照会してくれないか」

「はい」

小島百合は、自分のノートパソコンに向き直った。

小島百合のノートパソコンの画面に、データが現れた。

警察庁照会センターのデータベースである。照会したのは、小林幸二という名前だった。

画面上に、その小林幸二が逮捕時に撮影された顔写真が現れた。横に、本籍、生年月日などの個人情報、それに身体的特徴。さらに、ほんのわずかに間を置いて、逮捕歴と法的処分についてのデータが出てきた。

佐伯が、小島百合の肩ごしに画面をのぞきこんで言った。

「服役中か。ひとり消えたな」

「もうひとり、出してみます」

小島百合は、中田好昭、と入力して、データの画面が開くのを待った。

新宮は、東向き一方通行の南二条通りを進むと、車を右折させて西二丁目の通りに入れた。この通りは、南向きの一方通行だ。

狸小路のアーケード街を横断するとき、二丁目側の入り口にふたりの制服警官の姿が見えた。このあたり、札幌市街地の南側の繁華街には、やはり想像以上に多くの警官が出ているようだ。もちろん、大通署の地域課警官ではない。出動服ではなく通常の制服を着た機動隊員である。

その警官たちを視界の隅に見ながら、新宮は車を進めた。南三条の通りを渡ると、一ブロック進んで南四条の通り。この通りが、東京で言うならば言わば靖国《やすくに》通り。商店街と歓楽・風俗街とを分ける通りである。

新宮は南四条の通りを左折した。このあたり、南四条の通りは同時に国道三十六号線でもある。三十六号線は東に延びて豊平川を渡り、千歳方面につながる。途中、月寒《つきさむ》というエリアを通る道なので、この通りはまた月寒通りとも呼ばれている。

リストに記された質屋の最初のふたつは、この月寒通り沿いにあるのだった。豊平橋のすぐ手前だ。

質屋が並ぶその一角に近づいたところで、諸橋が言った。

「手前の交差点を右に折れて、そこで停めてくれ」

新宮は諸橋の指示通りに車を右折させ、その通りの左側端に停めた。

車を降りて諸橋と国道三十六号線まで戻ってみると、豊平橋のたもとにも警察車両が二台停まっているのがわかった。橋の手前で検問している。札幌市街地から出る車を、すべてあらためているのだ。新宮は、津久井をあの巨大パチンコ店まで送っていったときのことを思い出した。あのとき東橋の北手前には検問を見なかったが、川を渡った先で行っていたのだろうか。それとも、検問が始まる直前だったのか。

諸橋は、その検問の様子を一瞥《いちべつ》しただけで、すぐに通りの一番手前にある質屋に入った。まだ営業している。店内が明るい店だった。ショーウィンドウには、ブランドものの時計やバッグが並んでいる。電動ドリルやチェーンソーなど、工具類も展示されていた。

諸橋は、慣れた様子で店の引き戸を開けて中に入っていった。新宮も小走りに続いた。

奥にカウンターがあった。初老の男がそのうしろにいる。テレビを観《み》ていたようだが、諸橋に気づくと、驚いたように頭を下げた。

「異動になったって伺いましたが」

諸橋が、カウンターに近づいて言った。

「四月の大異動でな」

「警察は、ずっとたいへんですね。郡司警部の事件以来」

「てんやわんやだ」

「きょうは、刑事が同僚の婦人警官を殺したとか。ちょっと耳にしました」

「そうらしいな」

諸橋が、その話題には触れたくないという様子を見せたので、店の主人は言った。

「で、きょうは何の手配です」

「液晶テレビなんだ。最近、入らなかったか？」

「いや、液晶テレビは」

諸橋が新宮に視線を向けた。製品番号を伝えろと言っているようだ。新宮は手帳を取り出して、その番号を店主に伝えた。

諸橋が言った。

「もし持ち込む男がいたら、電話をくれないか？」

「いま、どちらの署です？」

「千歳だ。だけど電話は、つぎの番号に欲しい。いいか？」

諸橋が自分の携帯電話を見ながら、店主に電話番号を伝えた。それは佐伯の番号だ。この事件に関して、情報はとりあえず佐伯に集約するということなのだろう。

店主は番号を書き終えてから、ふしぎそうに訊いた。

「これは、正式の手配じゃないんですか？」

「いまのところ、非公式だ。だけど、重大事件だ。殺しに関係しているようだ」

「あ、なるほど、わかりました」

諸橋はそれ以上長居せず、店を出た。新宮もあとに続いた。

そのとき、諸橋の胸ポケットで電子音が鳴った。諸橋は携帯電話を取り出して耳に当てた。

「はい。そう？　そうか。わかった」

短い電話だった。諸橋はすぐ携帯電話を折り畳み、再び胸ポケットに収めた。

新宮は、諸橋を見つめた。

諸橋は、新宮の視線を受け止めてうなずいた。

「佐伯さんからだ。A号照会の結果が出た」

「何かわかりましたか？」

「ひっかかっていた男のうち、ひとりは窃盗で服役中だ。小林幸二のほうだ。もうひとり、中田好昭のほうは、平成十五年の五月に函館《はこだて》で捕まって起訴。こいつは再犯だ。函館地裁で懲役三年六ヵ月の判決。服役中かどうか、確認中。これでふたり消えた」

諸橋は、店の前の歩道を、右手の豊平橋方向へと向かった。新宮も続いた。

リストの二番目にあるのは、その店の並びにある質屋だった。建物の外観も、店のたたずまいも、姉妹店だと言えそうなほどによく似ていた。ただし、こちらの主人は、まだ四十代と見える男だ。一目で染めたとわかる黒い髪を、ていねいに七三に分けている。

諸橋が主人に質問すると、いったん主人は分厚いノートを広げ、首を傾げてから言った。

「来たことは来ましたね。時計と液晶テレビを買ってくれないかと。時計はパテックフィリップの婦人物。液晶テレビのほうは、現物は見てません。両方とも買いませんでしたが」

諸橋は訊いた。

「買わなかった理由は？」

「身分証明書を出し渋ったんです」

「昨日の何時ころ？」

主人は壁の時計に目をやって答えた。

「八時か、八時半か」

「名前は？」

「名前を聞く前の話です。身分証明書を、と言ったら、ぐずぐず言いながら帰っていった」

「年格好は？」

「三十半ば前後でしょうかね。太っていて、あまりいい身なりじゃなかった」

「常連か?」

「もしかしたら、ずっと前にもきたことがあるかもしれない。名前は知りません」

「顔の特徴は?」

主人は、少し考える様子を見せてから言った。

「腹話術の人形ってありますよね。あんな顔、って言ったら、想像できますか」

諸橋の目が一瞬光ったように見えた。

「あいつか」

新宮は驚いて諸橋の横顔を見つめた。

腹話術の人形、と言われただけで、それが誰かわかるのだろうか。

諸橋は新宮にうなずいて言った。

「ああ。たぶん、あいつだろうと思うのがいる。手口がちがうんで照会は頼まなかったが」

諸橋はもうふたことみこと質問してから、新宮を促した。もう必要なだけの情報は得たということのようだ。新宮は諸橋について店を出た。

車に戻ってから、新宮は助手席の諸橋を見つめた。何か指示を、と訊いたつもりだった。

諸橋は、新宮には何も言わずに携帯電話を取り出した。

「諸橋だ。いま、だいじょうぶか?」

「ああ、A号照会、何かわかった？」

「中田も服役中？」

「もうひとり照会してくれ。谷川五郎《たにがわごろう》。谷川は、谷間の谷、川は三本川。五郎の五は漢数字、太郎の郎」

「そしてもうひとつだ。ちょっと難しいかもしれん。その谷川五郎と、小林幸二、中田好昭との接点を探せないか」

「ああ。待っている」

電話を切ってから、諸橋は新宮に言った。

「出してくれ。薄野に回るぞ。場外車券売り場、知ってるな？」

「ウインズのことですか？　南三条の」

「それは場外馬券だ。車券のほうだよ。クルマ券。ロイヤル・ホテルの斜め向かい。南六条の通りを行ってくれ」

「はい」

新宮は車を発進させた。地図を見て確かめるまでもなく、ここからは近いはずだ。

小島百合は、諸橋の新しい指示で、谷川五郎を照会した。

谷川五郎は、一九七〇年苫小牧生まれだ。二十一歳のときに、苫小牧市内で窃盗。執行猶予判決。二十九歳のときに再び窃盗で札幌大通署に逮捕。札幌地裁で二年六ヵ月の判決。服役。

小林幸二との接点がないかどうかを探した。

とは言えA号照会でわかる事実は、さほど多くはないのだ。公安調査庁のデータベースとはちがう。逮捕歴、前科、指名手配かどうか、といった程度のことしか調べられない。接点を調べろという指示なのだ。小島百合はデータベースの検索窓に、まず小林幸二と谷川五郎のふたつの名を入力した。しかし、検索結果はゼロだ。当然だろう。A号照会は、基本的には個人単位の警察情報のデータベースであり、たとえば交遊関係とか、ある事件で誰かと共犯であったかどうか、といったことまでは調べきれない。

谷川五郎と中田好昭の名で検索してみた。結果は小林幸二のときと同じだ。接点は見いだせない。

次に小島百合は、谷川五郎が有罪判決を受けた事件番号を入力してみた。その事件に共犯者がいるなら、この検索で出てくる可能性はある。しかし、やはり検索結果はゼロだ。

谷川五郎が逮捕された日時を入力してみた。十数件の検索結果があった。これをひとつひとつ開いて見てみたが、谷川五郎と小林幸二あるいは中田好昭と接点となるような事件、あるいは逮捕者は出てこなかった。

あと、何を調べたらよいだろう。

公判の判決が出た日を較《くら》べてみた。谷川五郎は平成十二年の十二月に判決を受けている。逮捕がその四ヵ月前だ。二年六ヵ月から拘置所に勾留《こうりゅう》されていた四ヵ月間を引いて、満期出所の期日は平成十五年の二月ころか。

中田好昭は、最初の服役は平成四年七月から七年の一月まで。二度目は十五年五月から。現在も服役中。

小林幸二に窃盗罪で判決が出たのは、平成十四年の十月だ。谷川五郎と服役期間は少し重なっていることになる。しかし、ある犯罪者がどこの刑務所にいつからいつまで服役したか、という情報は、警察庁管轄ではない。法務省が所管する。そしてこの情報については、人権に配慮、という理由でアクセスがきわめて難しい。

小林幸二も谷川五郎も、初犯で有罪判決であるから、国内の初犯者用刑務所に入ったことは確実だが、それでも十以上あるのだ。

警察庁のデータベースからは、これ以上の調べは不可能だ。

小島百合は、ふと谷川五郎のデータの中に、気になる記述があるのを発見した。

「平成十四年十二月、集団暴行の共犯として宇都宮地方検察庁栃木区検により起訴。翌年二月、宇都宮地方裁判所で無罪判決」

平成十四年十二月と言えば、谷川五郎はまだ服役中のはずである。その谷川五郎が集団暴行の共犯として起訴されたとなれば、その場所は刑務所内だということだろう。どこの警察本部が逮捕したか記されていないのも、これを証明している。逮捕のために警察組織が動く必要がなかったということだ。そして無罪判決を出したのが宇都宮地方裁判所となれば、刑務所は栃木県の黒羽《くろばね》刑務所以外には考えられない。初犯者用刑務所である。

小島百合は、佐伯に目で合図した。佐伯が小島百合の後ろに立ち、モニター画面をのぞきこんだ。

小島百合は説明した。

「この集団暴行容疑。時期から言って、刑務所内で起こった事件のようです。受刑者同士で暴行があったのでしょう」

佐伯が言った。

「ふつうは、受刑者同士の暴力沙汰《ざた》なんて、刑務所の中で処理される。関係者を懲罰房に送るだけのことだ。だけど、刑務所では処理しきれなかったとすれば、けっこうな大事件だったということだな」

「懲罰房が足りないくらいに、関係者が多かったのかもしれません。でも谷川五郎は無罪ですから、従犯ですね」

「それにしても、切れやすい男なんだろうな。だけど、これで何がわかる?」

「場所は、栃木の黒羽刑務所だと想像できます。もし小林幸二が服役したのが黒羽刑務所だとしたら、谷川五郎の服役期間の終わりころ、ふたりはここで接触している可能性大です。諸橋さんは、小林幸二の服役している刑務所を、もしかしてご存じじゃないでしょうか」

佐伯は携帯電話を取り出して、リダイアルボタンを押した。

南六条の通りに入り、ロイヤル・ホテルの前から創成川《そうせい》を渡った。右手に、場外車券売り場の看板の出た建物が見えた。

「通り過ぎろ」と諸橋が指示した。

新宮は場外車券売り場の横を通過した。地下鉄東豊《とうほう》線の豊水すすきの駅の入り口がある。

「そこを右」

言われるままに車を右折させると、諸橋が言った。

「ここだ、停めてくれ」

新宮は車を停めた。コンビニエンス・ストアの隣りに、質店の看板を上げた店がある。間口はわずか一間半ほどだ。

車を降りて、目の前の質屋のショーウィンドウを眺めた。中に並んでいるのは、見事にひとつのブランドのバッグばかりだ。薄野で働くホステスたちがよく買い物にくるか、あるいは質入れにくる店なのだろう。

降りようとしたとき、諸橋の携帯電話が鳴った。

諸橋は、ドアハンドルに手をかけたまま、携帯電話を耳に当てた。

新宮は諸橋の反応を凝視した。小島百合が、また何か調べ上げてくれたのだろうか。

五秒ほど相手の話を聞いていた諸橋は、短く言った。

「黒羽刑務所だ。家族から訊いた」

それからもう一言。

「そっちは知らない」

何かいい情報があったようだ。諸橋の横顔にふと納得という表情が浮かんだ。

新宮は訊いた。

「何かわかりましたか」

「ああ」諸橋はうなずいた。「小島さんは、やるな。谷川五郎が黒羽刑務所で服役していたというところまで調べた」

「A号照会では、そこまではわからないでしょう」

「それをやってくれたのさ。黒羽刑務所では、谷川と小林幸二が重なっている。おれは、小林の家族から、やつがいま黒羽にいることを聞いていた。接点は、黒羽だ」

「よくわからないんですが」

「黒羽で、たぶん谷川は、小林から手口の個人教授を受けたんだ。刑務所は、お前さんも知ってのとおり、犯罪者同士の学校になる。それまで単純な手口しか知らなかった谷川は、小林の鍵掬《すく》いの手口を教えられて、出所後、使うようになったということだろう」

「もう谷川五郎と絞ったみたいですね」

「絞れた。すぐに裏づけも取れるさ」

言いながら、諸橋は車のドアを開けた。

新宮たちが店内に入ると、右手奥のカウンターの中で、五十がらみの小太りの男があわてた様子を見せた。

「諸橋さん、異動になったって聞いてましたが」

諸橋は面白くなさそうにうなずいた。

「喜んでいたんだろう?」

「まさか。ベテラン刑事さんを放り出して、大通署はどうなるんだろうって心配してましたよ。で、きょうは?」

「昨日からきょうにかけて、液晶テレビ持ちこんだ男を探してるんだ」

「液晶テレビですか」

「ああ。保証書はついてなかったと思うが」

主人は、わざとらしく手を打った。

「ありましたよ。そうそう、いいタイミングです」

「いつだ?」

「昨日です。夜、八時か九時くらいでしたが」

主人は、自分の真正面の棚を指さした。新宮と諸橋は振り返って、指さす先を見た。スチール棚の上に、ラジカセや置き時計にまじって、液晶テレビが置いてある。

新宮はその液晶テレビを棚からおろし、カウンターの上に置いた。製造番号を記したシールは、背面に貼ってある。手帳を取り出して確かめると、番号は完全に一致した。

「これです」

諸橋は主人に訊いた。

「これだけ?」

「いえ」主人は、躊躇《ちゆうちよ》なく答えた。「腕時計が一緒でした。婦人もの、パテックフィリップ。あ、それにMDプレーヤー」

「見せてくれ」

主人は、カウンターの後ろの引き出しから、銀色の腕時計を取り出した。新宮には、婦人ものの時計のブランドはわからない。それがいくらぐらいの価値のあるものなのか、見当がつかなかった。しかしけっして安物ではあるまい。

諸橋が、新宮に指示した。

「写真を撮れ。テレビのほうも」

「写真ですか?」

「お前さんの携帯、カメラはついていないのか?」

「ああ、はい」

「ふたつとも撮ったら、佐伯に送れ」

「はい」

新宮がテレビと腕時計を写真に撮ろうと携帯電話を取り出したところで、諸橋が主人に訊いた。

「当然、売り手の記録は残っているな?」

主人は、そのとき初めて、かすかに悔しげな顔となった。

「ありますよ」

「見せろ」

主人はノートを広げて、諸橋の前に置いた。

諸橋は一瞥して言った。

「谷川五郎」

ずばりだった。新宮は諸橋に感嘆の眼差《まなざ》しを向けた。

諸橋は、店の主人に皮肉っぽく言った。

「店の得意客なんだな?」

「いいえ。初めて。初めての客ですよ」

「ほう。じゃあ、あんたが物を買うのに、身分証明書をきちんと提示させたってことか。時代が変わったのか?」

「ご冗談を。わたしはいつだって、法律通りに質屋やってるんですから」

「ざっくばらんに言うが」

「は?」

「この捜査は、まだ非公式なものだ。だからほんとのところを教えろ。この谷川、最初から素直に身分証明書を出したのか。そもそも何を出した？」

「いや、最初はただ、買ってくれと」

「あんたはどう出た？　正直に言え」

主人は新宮をちらりと見てきた。新宮がもしかして自分を救ってくれるのではないかと期待しているかのような顔だった。

新宮が黙ったままでいると、主人は諦《あきら》めたのか、小さく溜《た》め息をついて言った。

「テレビと時計とMDプレーヤーで、身分証明書があるなら七万二千、ないなら三万と言ったんです。いや、身分証明がなければ買う気はありませんでしたよ。言ってみただけで」

「そうしたら？」

「悩んでましたが、けっきょく免許を出しましたよ」

「運転免許証だな？」

「古物商免許じゃありません」

「住所は、札幌市白石区《しろいし》でいいのか？」

「そう書いてありました」

諸橋は新宮に言った。

「控えろ」

新宮は手帳を開いて、谷川五郎の名と住所を手早く書き写した。

運転免許証は、本人が服役している場合、その期間中の失効を免れる。刑務所に入る前に運転免許を取得していた者は、出獄後もそのまま継続して運転免許証を使えるのだ。無免許になることはない。

新宮は主人に訊いた。

「この住所、確実でしょうかね」

主人は言った。

「とにかくその通りに書いてありましたよ」

「裏に？」

「いや、表のラミネートの下に」

ということは、免許取得時のものだ。おそらく、すでに意味のない住所だ。

諸橋が、店の主人に訊いた。

「この谷川五郎、どんな様子だった？　どんな格好で店に入ってきた？」

「昨日のことですから、まだ覚えていますがね」

主人は、谷川五郎という男は、ブルーの作業着のような上着を着ていた、と言った。上着の下は、青と白の縞《しま》のポロシャツらしきもの。ズボンも作業用のもので、腿《もも》のところに大きなポケットがついている。足元は黒いスニーカーだったという。

髪は横分けだけれども、むさ苦しい感じに伸びていた。無精髭《ぶしょうひげ》を生やしており、全体に汗っぽい印象があったという。

「汗っぽい？」と諸橋が訊いた。

「ええ」主人は答えた。「ずっと走ってやってきたみたいに。額や首に汗が吹き出していた。体臭がありましたよ」

「ここには、車できたのか？」

「ええと、それはどうかわからない。少なくとも、表に車を停めたんじゃなかったね」

「テレビは、むき出しでか？　箱に入れて？」

「箱に入れてです」

主人は、カウンターの右手のスチール棚を指さした。段ボール箱がひとつ、棚の最上段に載っている。新宮は手を伸ばしてその箱を降ろした。ちょっとしたスーツケースほどの大きさのある箱だった。厚さは二十センチほどだろうか。

諸橋が言った。

「車だろうな。西二十四丁目から、その箱を歩いて運ぶのは難儀だ」

諸橋が新宮に目で合図してきた。もう必要なだけの情報は得たようだ。

新宮は諸橋のあとについて店を出た。

佐伯の携帯電話に、諸橋から電話が入った。

佐伯が、小島百合の顔を見ながら言った。

「水村朝美が、パテックフィリップの腕時計をしていたか、確認ですね」

小島百合は、手元に素早くパテックフィリップと書きつけて、佐伯にうなずいた。

電話が切れたところで、小島百合は佐伯に訊いた。

「もうかなりのところまで迫っているってことですか？」

佐伯は言った。

「諸橋さんの頭の中には、十五年分の手口原紙が収まってるからな」

「どうしてまた、そんな刑事さんが、よその署でべつの畑のことをやらなきゃいけないんでしょう」

「何もかも郡司事件だ。あれからお偉いさんは、警官が同じところに長くいたら腐る、という結論を引き出した。あの事件が教えたのは、べつのことなのに」

「と言いますと？」

「くだらない点数主義が、警察を腐らせた、ってことだ」佐伯が口調を変えて言った。

「水村朝美の腕時計、なんというブランドか、なんとか確認できないか」

「やってみます」

小島百合は、あらためて自分の携帯電話を取り出した。本部にはもうひとり、親しい友人がいる。五歳ほど年上の婦人警官で、生活安全部の少年課だ。水村朝美の課ではないが、十八階建ての道警本部ビルの同じフロアにある。そのセクションにいる婦人警官ならば、知っているかもしれない。

小島百合が電話すると、はい、と退屈そうな声が出た。

小島百合は、寿美江に電話したときと同様、他愛ない話題を少し話した。相手は、すでに自宅に戻っているようだ。テレビの音が聞こえてくる。歌番組だろう。適当なところで小島百合は言った。

「津久井さんが指名手配って件、驚いたわ。殺人までなんて信じられない」

「そりゃあ、ここでも一緒。でも、津久井さんはきょうは非番で、朝から見ていなかったのよ。高飛びしたのかしら」

「そうなの？」

「だって、所在不明ってそういうことじゃないの？」

「どうかしら。でも、水村朝美って、津久井さんのほかにもつきあっていた男がいるんじゃない？　まちがいなく津久井さんがやったことなのかしら」

相手は言った。

「どうかしらね。きょうこの話を聞いたとき、まわりじゃ、もうちょっと慎重に捜査してもいいんじゃなあい？　って話は出たけど」

「それはどうして？」

「あんたの想像のとおりよ。はっきりは知らないけど、あの子、だんだん派手になってきてた。生活が変わったのよ」

「そういえば、婦人警官らしくもない時計してるって、有名だったものね。ブルガリだった?」

「ちがうわ。パテックフィリップ。どんなパトロンがいるんだろうって、噂《うわさ》になったわ」

相手はとつぜん口調を変えた。

「これ、聞き込みかなんかなの?」

「ううん。でも、殺された同僚の私生活って、興味あるじゃないですか。話のネタに聞いておきたくって。ありがとう」

「どういたしまして」

携帯電話を切ると、佐伯が、どうだ?　という表情で見つめてくる。

小島百合は言った。

「水村朝美の時計は、パテックフィリップ。まちがいありません。ただ、べつの男の名は出てきません」

小島百合が言い終えないうちに、佐伯が携帯電話のオンボタンを押した。

「……はい。はい。はい」

「……谷川五郎の?」

「……ええ」

電話を切ってから、佐伯は言った。

「諸橋さんと新宮がいったん帰ってくる。谷川五郎の写真を、警察庁のデータベースから落とすことはできるのか?」

小島百合は言った。

「はい。逮捕歴がありますから、写真はありますし、ダウンロードもできます。ただ」

「まずいことでも?」

「いえ。もしプリントアウトが必要なら、ここでは無理です。カラープリンタがありませんので」

「署に戻るか」

小島百合は、少し考えてから言った。

「下のお店、パソコンを使っていないでしょうか。プリンターがあるなら、ダウンロードした写真をそちらに送ってプリントアウトしてもらうことができますが」

「訊いてみよう。その前に」

佐伯は携帯電話で言った。

「植村さん、いま諸橋さんから連絡です。物《ぶつ》を見つけました。植村さんたちも切り上げてくれって」

植村と町田も、ふたりで質屋を回っているはずだ。しかしもうそれ以上回る必要はなくなったのだ。

佐伯は言っている。

「ええ。戻ってください。いったん情報を持ち寄って捜査会議とゆきましょう」

電話を切ると、佐伯はドアを開けて部屋を出ていった。

小島百合は再び警察庁のデータベースにアクセスし、谷川五郎の名と、大通署が逮捕したときの事件番号を打ち込んだ。

すぐに事件概要が現れた。隅に、顔写真がある。この写真の保存を選択してダウンロードした。写真は、さほどのファイルサイズではないはずだが、この状況では苛立《いらだ》つぐらいに重かった。

ダウンロードを終えたところに、佐伯が戻ってきた。メモを手にしている。

佐伯は小島百合の脇に立って言った。

「カラープリンタ、ある。これがアドレスだ」

小島百合は、モニターを示して言った。

「谷川五郎です」

谷川五郎は、短い髪で、首と顎《あご》の区別がつかないほどに太っている。眉《まゆ》は濃く、眉と目とのあいだが狭かった。唇が不服そうにとがっている。

佐伯は、写真を見つめて言った。

「すごいデブに見えるが」

「大きいようです。身長一八二、体重九十五」

「水村朝美の頸椎《けいつい》骨折も、無理じゃないな」

小島百合はメールソフトを立ち上げ、メールを新規作成にして、佐伯の持ってきたメモからアドレスを打ち込んだ。

宛《あ》て先は佐伯とし、タイトルは谷川五郎とした。これに添付ファイルとして、いまダウンロードした写真を付け加えた。

メールを送ってから、小島百合は言った。

「下のお店ですね。写真のプリントアウト、わたしがしてきます。何枚必要ですか」

佐伯が答えた。

「十枚」

「はい」

小島百合は立ち上がった。

8

諸橋と新宮が、佐伯宏一の待つ裏の捜査本部に戻ってきたのは、午後十一時を十分ほど回った時刻だった。ちょうど植村、町田のふたりも、戻ってきた直後だ。

小島百合が、部屋の模造紙の上に、一枚のプリントを留めている。男の正面写真。たぶん逮捕時に警察が撮ったものである。

「谷川五郎」と、諸橋が言った。

写真の前に、みなが集まった。

諸橋が説明した。

「場外車券売り場のそばの質屋に、盗品を質入れしてた。液晶テレビと、パテックなんとかという時計だ。液晶テレビは、残っていた保証書の番号と同じ。谷川五郎があの部屋に入って盗んでいったのは確実だ」

諸橋が促したので、新宮は自分の携帯電話で撮った盗品を見せた。液晶テレビと、腕時計、MDプレーヤー。

植村が腑《ふ》に落ちないという顔で訊《き》いた。

「身分証明書まで出して質入れしてるってことは、殺しはやつの犯行じゃないってことですかね?」

　諸橋は答えた。

「その点は断定できない。腕時計が本人のものか、まだ確認できない。谷川が殺して死体から腕時計を持っていった可能性はもちろんある。だけど、時計ははずされていて、部屋に置かれていたものかもしれない」

「ただの空き巣しかやっていないと?」

「殺しの前に空き巣に入ったか、あるいはそのあとか、両方考えられる。もちろん居直りも」

　町田が訊いた。

「鍵《かぎ》のことが、まだよくわかりません。谷川は、部屋の鍵をどうやって手に入れていたんです? 郵便受けからなくなっていたって話ですけど、谷川が鍵を盗んだんですか?」

　諸橋は町田に顔を向けて言った。

「鍵のかかった部屋で窃盗ということで、おれが思い浮かべたのはふたりだ。小林幸二、中田好昭。どっちも、郵便受けから鍵を掬《すく》う手口で、ふたりともおれが挙げた」

「それは、どういう手口なんです? 何か道具でも使うんですか?」

「いや」

　諸橋は、小島百合に目で合図した。紙を一枚、と言っているようだ。小島百合がコピー用紙を一枚渡すと、諸橋はその紙を手早く畳んで、細く硬い板状にした。

諸橋はその紙の板の先を折り曲げると、胸もとで何かを引っかける仕草をしてみせた。

「郵便受けの口からこいつを入れて、中のものを掬い上げる。難しくはない。けっこう引っかかってくる。封筒でも、キーホルダーでも。小林幸二や中田好昭はこれが得意だった」

「運良くキーがある郵便受けばかりじゃありませんよね」

「キーがあれば、それをいただいて後日空き巣に入るときに使う。郵便受けには、金目のものもいろいろ入っていることが多いんだ。新しいクレジット・カードやキャッシュ・カード。学生の多いマンションなら、現金書留。ひとときより減ることは減ったが」

「小林とか中田ってのは、空き巣もやってたんですか」

「ああ。ただ、小林も中田も、殺しはできないタイプだ。おれの知る限り、まちがえて傷害致死はあっても、頸椎《けいつい》を折って殺すようなことはできない。だから、侵入の手口は似ているとは思ったんだが、殺しの件はふたりとは思えなくて、少しわからなかった」

「谷川五郎ってのは、その手口を使っていたんですか」

「いいや」諸橋は首を振った。「谷川は、打ち破りだ。誰《だれ》にも教わっていない。ペンチで窓ガラスを割って、手を突っ込んでロックをはずす。単純で乱暴な手口だ。映画で見て覚えたそうだ」

　植村が訊いた。

「じゃあ、どうして今度、その手口を使ったんだろう」

諸橋は、小島百合に顔を向けた。

「小林と谷川は、栃木の黒羽刑務所で一緒の時期があった。お嬢さんが調べてくれた」

諸橋は小島百合にありがとうと言うように会釈した。小島百合も、わずかに得意そうに会釈を返した。

「谷川は、たぶん黒羽で小林から個人指導を受けた。それで出所後、札幌に戻ってきて、小林と同じ手口を使うようになったんだろう」

町田はまだ合点がゆかぬという顔だ。

「鍵の盗難はだいたい十ヵ月前ですよね。いままで使わなかったのはどうしてなんだろう?」

諸橋が答えた。

「金に困ってなかったか、小銭稼ぎがうまくいってたんだろう」

植村が言った。

「谷川五郎を指名手配、と行きたいけど、おれたちにはその権限はないな」

諸橋が手を上げて制した。

「谷川は、空き巣の被疑者《マルヒ》だぞ。いまのところ」

佐伯は、そこでみなの顔を見渡して言った。

「タイムリミットまで、あと十一時間ある。なんとか自力で谷川の身柄を押さえたい。やつがもしやってないとわかれば、逆に被疑者はまた絞られる。みなさんには、まだ手伝ってもらうことになります」

　植村が言った。

「津久井を助けるため、本部にこの件、引き渡さないか。本部が納得すれば、津久井は助かる。谷川は指名手配だ。今夜なら、制服警官がこれだけ出動してるんだ。朝までには谷川を逮捕できる」

「待ってください」と、小島百合が口をはさんだ。

　全員が驚いて小島百合の顔を見た。

　小島百合は続けた。

「本部は、津久井さんを百条委員会に出したくなくて、水村朝美殺しをいいことに射殺許可を出したんじゃありませんでした？　水村朝美殺しが解決しても、射殺許可は生きたままだと思う。いえ、それどころか、ここまできたら、本部は谷川五郎の口も塞《ふさ》ぐんじゃないかしら。逮捕して裁判にはかけないと思う」

　その場の誰もが、また佐伯を注視した。

　佐伯は小島百合の言葉を少し吟味してから言った。

「小島さんの言うとおりだ。おれたちは、自分たちでまず谷川の身柄を確保しよう。逮捕権があるわけじゃないが、それは些末《さまつ》な問題だ。谷川を朝までに確保し、同時に津久井の身も、あいつが百条委員会に出席するまで守る。それでどうだろう？」

　諸橋が言った。

「かまわんよ。おれが、谷川五郎をもう一度挙げる」

町田も同意した。

「そうしましょう。おれたちは、たぶんやれるでしょう」

佐伯は、植村に顔を向けた。

植村は、ごま塩の頭をかきながら言った。

「そうだな。だけど、法律上の権限もなくて、ひとの数もこれだけ。やれるか？」

佐伯は言った。

「道警は去年今年の大異動で、組織が支離滅裂になっています。ひとの数は少ないけれども、向こうさんと較《くら》べるなら、ここはなかなかの捜査本部になっていると思いますよ」

植村は苦笑した。

「あんたは強気だな。伝説のおとり捜査をやってきただけのことはある」

佐伯は言った。

「腹ごしらえしましょう。ピザを取ります」


みな壁の模造紙に目を向けながら、ピザを食べている。それぞれの皿の脇《わき》には、お茶であったり、アミノ酸飲料であったり、好みの飲み物のペットボトルが置かれていた。

いま模造紙の上には、谷川五郎の顔写真と、液晶テレビ、パテックフィリップの腕時計、MDプレーヤーの写真が、プリントされて留《は》めてあった。

さらにその横には、札幌市街地の地図が貼られている。いましがた新宮が近所のコンビニエンス・ストアで買ってきたものだ。新聞紙一枚ほどの大きさで、南北で言えば、北海道大学の北端と南二十一条の市電通りまでが収められている。札幌大通署の管轄地域がほぼ全域示されていることになる。

西二十四丁目の水村朝美殺害現場には、赤い×印がつけられている。そこから矢印で引っ張った先には、「札幌総合調査」という文字。水村が殺された現場の名義上の借り主である。

さらに現場のそばにふたつ、細めの赤い線で丸印が記されている。最近空き巣が続いたという現場だ。薄野《すすきの》の東端の丸印は、谷川五郎が盗品を持ち込んだ質屋の所在地である。

諸橋が、ピザを呑み込んでから、油のついた指で地図を示して言った。

「谷川が、西二十二、三丁目で郵便受けを荒らしていたのは、去年の夏のころだ。黒羽を出たばかりで、まだ職にはついていなかったんだろう。これまで鍵を使って空き巣に入っていなかったのは、そのあと職についたからだとも考えられる」

町田が訊いた。

「いまはまた無職ということになりますか?」

「なんとも言えんな。空き巣といっても、現場マンションの未遂の件、夕方だったんだろう?」

「仕事を持っていれば、夕方には空き巣はできないんでは? もちろん、仕事の種類にもよりますが」

「日中の堅気の仕事じゃないな」

新宮がふと思い出したように言った。

「質屋の親爺《おやじ》、谷川は作業着みたいな服を着ていたと言っていましたね。作業着がユニフォームの会社では?」

諸橋が、谷川五郎の写真に目を向けた。四年前、諸橋が逮捕したときの写真。谷川五郎はフリースのジャケットを着ているように見える。ジャケットの下は、プリント柄のシャツだ。

諸橋が訊いた。

「作業着が制服?」

「ええ。工務店関係とか、運送会社とか」

諸橋は腕を組んで、口をへの字に曲げた。

町田が言った。

「宅配便の運転手なら、マンションの廊下を段ボール箱を持って歩いても、怪しまれませんね」

植村が言った。

「夕方、マンションの郵便受けのあたりでうろうろしていても、不審に思われない」

「同じ地区を担当するのでしょうし」と町田。

「去年の夏と同じマンションで今度は空き巣、ってことも不自然じゃない」

佐伯は、業界最大手の宅配便の名を出して言った。

「インターネットでは、あの会社の制服が売られているそうだ。何に使うんだか、わざわざ買うやつがいるんだ」

植村が小島百合に顔を向けて訊いた。

「婦人警官の制服に欲情する男はいるけど、どうだ、宅配便の制服にうっとりきてしまう女っているのか？」

小島百合がきつい調子で言った。

「植村さん、それってセクハラですよ」

植村は苦笑して頭をかいた。

「悪かった。いずれにせよ、宅配便の制服は、けっこう悪用されてるってことだ」

諸橋が携帯電話を取り出した。

佐伯たちが見ていると、諸橋は壁の盗品写真を見つめたまま話し始めた。

「諸橋だ。さっきは、協力恩に着る。うん」

「もうひとつついでに教えてくれ。谷川って男が着ていた作業着、どこかの宅配便の制服ってことはないか？　どんな作業着だったか、正確に思い出せるか」

諸橋は、ふむふむとうなずいてから電話を切って、佐伯に言った。

「大手の運送会社のものじゃなかった。だけど、わりあいよく見る種類だと言ってた。全体はブルーで、襟だけ違う色だったそうだ。ズボンも、共布。脇に大きなポケットがついているタイプ。見ればわかるそうだ」

植村が言った。

「ズボンまで一緒なら、お遊びで制服着てる男じゃないな。ほんとに仕事なんだ」

小島百合が、キーボードに手早く入力を始めた。

その場のみなが注視していると、小島百合が指を止めて言った。

「これかしら」

それは、業界の中堅どころのホームページに載っている、制服を着たドライバーの写真だった。なるほど、上下とも色はブルーだが、襟だけ濃紺か濃緑色と見える。

小島百合はその画像を保存すると、またキーボードを手早く打って、新しいサイトを開けた。画面を三度変えたが、制服写真は載っていない。

小島百合は、またべつの宅配便業者のサイトを開けた。二枚目の画面に、制服が出てきた。襟の色が違うタイプだ。小島百合はこれも、保存した。

小島百合がモニターから顔を上げて言った。

「主だったところをひととおり見てみましたが、襟の色の違う制服は、このふたつのようですね。とりあえずこのふたつ、質屋に送って確認してもらいますか?　その店、パソコンは使っていたかしら」

諸橋は店の名前を言ってから、小島百合に言った。

「店の名前がわかれば、ホームページがわかるだろう？　メールアドレスもわかるな？」

「ええ」

「おれは、親爺に電話する」

そう言いながら諸橋は携帯電話を取り出して、相手を選んでからオンボタンを押した。

「諸橋だ。もうひとつ確認だ。谷川って男が着ていた作業着、思い出してもらいたいんだ。いまから写真を送る。お前のところ、パソコンを使っていたよな？　写真を送るにはどうしたらいい？」

諸橋が、新宮に目で合図した。お前がメモしろとでも言ったようだ。新宮は、フェルトチップ・ペンを手にして模造紙の前に歩いた。

「ｍａｒｕｋ……」

諸橋が、アルファベットを一音ずつ、明瞭《めいりよう》な発音で言い始めた。

言い終えてから、諸橋は電話の相手に言った。

「これから、写真をそのアドレスに送る。そいつかどうか、確認してくれ。届いたところに、おれから電話する」

小島百合は、ｅメールに二枚の写真を添付して送った。

一分後に、また諸橋が質屋に電話した。

「どうだ？　一枚目のほう？」

ひと呼吸のあとに、諸橋は指で丸を作った。

「これだ」

小島百合のモニターの画面には、ちょうどその制服の写真が映っている。

佐伯は言った。

「ポニー急送だ」

植村が言った。

「営業所に行くか」

小島百合が言った。

「谷川五郎の写真がもっと必要ですね。下のお店に送ります」

新宮が立ち上がった。

「ぼくが、プリントアウトしてもらってきます。何枚必要ですか」

「二十枚」と佐伯は言った。


小島百合が、ＰＣのモニターを見ながら、ポニー急送の営業所の所在地と電話番号を読み上げている。それを町田が、模造紙に順に書いていた。札幌市中心部を受け持ち範囲としている営業所のみ、抜き出しているのだ。

植村が、その模造紙を見ながら携帯電話をかけ始めた。谷川五郎というドライバーが在職しているかどうかの確認だ。

植村が、携帯電話を耳から離して町田に言った。

「ちがう。そいつは消していい」

町田は植村を見てうなずき、一番上に記された営業所の名の上に二本、線を加えた。札幌市の東端にある営業所だ。

諸橋が、携帯電話を切って言った。

「札幌支社は、もうひとがいない。従業員名簿を調べられるのは、明日の朝からになる。どうしてもきょう中にということなら、直接営業所に行ってくれってことだ。いまの時間なら、まだ事務所にはひとがいる」

新宮は時計を見た。午前零時十八分前だ。

佐伯が言った。

「五ヵ所か。手分けして当たろう」

植村が言った。

「そろそろ真夜中だ。営業所も閉まる。急ぐか」

町田が言った。

「最悪の場合は、署の交通課から、営業所の担当者の緊急連絡先を聞き出しますよ。責任者を追っかけて、営業所を開けさせる。社員名簿を出してもらう」

佐伯は言った。

「新宮。お前さんは、また諸橋さんについていてくれ。植村さんは、町田さんとよろしく頼む」

植村が立ち上がりながら佐伯に言った。

「容疑者の身柄確保については、目処《めど》もついたような気がするけど、津久井の身の安全についてはどうだ？　ずっと小島さんの弟さんのところで、ほんとうに大丈夫か？」

佐伯が答えた。

「朝までは大丈夫ですよ。本部は、それまでには突きとめられない」

「警察職員の身内のアパートだ。本部もすぐ思いつくさ」

「わたしたちのチームに、小島さんが入っているってことは、誰も知らない」

「岩井が知ってる」

「岩井はちくりません」

「それを信じるのは、甘いぞ」

小島百合が何か言いかけた。

「あの」

佐伯は小島百合を手で制して、植村に言った。

「大丈夫です。津久井も警官だ。もし自分に危険が迫っていると感じたら、自力でなんとかすでしょう」

「ならいいがな」

町田が言った。

「出動した警官たちが、うっかり津久井を撃たないよう、逆に情報を流してやれませんかね。重要参考人は、谷川五郎という男だって。非番の刑事たちがその証拠を手に入れて、谷川五郎を追っているって」

植村がふしぎそうに訊いた。

「どうやって情報を流すんだ。通信指令室に乱入するか」

佐伯は同意して言った。

「情報が流れるルートを、逆に使ってやりましょうか」

植村や諸橋が、首を傾《かし》げて佐伯を見つめた。

佐伯は言った。

「エスに、谷川五郎のことを流す」

エスとは、スパイ、を意味する警察の符丁だ。語源ほどには秘密めいたものではなく、単に協力者を意味する場合のほうが多い。

刑事課であれ、生活安全課であれ、所轄署のベテラン捜査員たちは、長い年月をかけて管轄地域にひそかにそのエスを育てる。何か事件が起こり、警察官には見えない社会の情報が欲しいとき、エスが役に立つ。刑事たちは、自分のエスにときおり取り締まりの情報などを教えて借りを返す。本来ならエスとの関係維持のために捜査協力費が支出されることになっているが、それは建前だ。捜査協力費は、副署長以上が管理する裏金の原資となる。刑事たちは架空の協力者《エス》名の領収書を作って会計課に渡すが、金が下りてくることはない。そのため、エスを維持する費用の捻出《ねんしゅつ》に、無理をする警察官も出てくる。郡司警部は、その典型だった。彼は、拳銃《けんじゅう》摘発の実績を上げるために、覚醒剤《かくせいざい》の密売買にまで手を染めて金を作っていたのだ。

佐伯は続けた。

「谷川五郎の件は、すぐに津久井を追っている刑事たちの耳に入る。ついで、その情報は警備の警官たちにも届く。射殺をためらわせる材料になる」

町田が訊いた。

「誰か、当てでも?」

「ああ。諸橋さんから引き継ぎを受けたエスがひとりいる」

諸橋が苦笑して言った。

「あいつか」

「せっかくのエスです。使いましょう」

「宅配便の営業所に回る前に、やつに会おう。おれが谷川五郎のことを耳打ちしたほうがいいか?」

「もしよければ、下の店までくるように言ってくれませんか。おれから話します」

「言っておこう」

諸橋が新宮を促した。

町田と植村も、ドアに向かった。

小島百合が言った。

「わたしは、水村朝美の交遊について、もう少し調べます。周りが誰も知らないなんてこと、ちょっと想像がつかないので」

植村が言った。

「絶対に秘密にしなきゃならない相手かもしれない」

「というと?」

「可能性としては、マル暴だろうな」

佐伯は、皿の上に残ったピザに手を伸ばした。


新宮は諸橋の指示に従って、車を薄野に向けた。諸橋が育て、佐伯が引き継いだエスは、夜は薄野の居酒屋にいるのだという。職業は、予想屋だ。週末の日中は、南三条西四丁目の場外馬券売り場のそばで仕事をしている。札幌競馬場には姿を見せない。

一方通行の南四条通りに車を進めてゆくと、薄野四丁目交差点の薄野交番の前には機動隊の警備車両が停《と》まっていた。交番の前に立つ制服警官の数は、七、八人。半分は機動隊員だろう。新宮は交差点の反対側に目を向けた。ここにもふたり。この四丁目交差点は、四つの角すべてで警官が張っているようだ。

四丁目交差点を通過したところで、新宮はいったん車を左に寄せて停めた。

諸橋が自分の携帯電話を取り出したのだ。

諸橋は、携帯電話を耳に当てた。

「……おれだ。いま会えるか？」

「……ああ」

「……そうじゃない。ちょっと手を貸してもらいたいんだ」

「……わかった」

諸橋が携帯電話を畳んだので、新宮は訊いた。

「どこです？」

「道の反対側だ。東急インの前」

二ブロック戻ることになる。しかしこの通りはUターンはできないので、左折右折を繰り返してその場所に出ることになる。新宮は車を発進させた。

諸橋が言った。

「予想屋には、自分は伝説の予想屋だと名乗る男が多いんだ。だけど、これから会うエスは、掛け値なしの伝説の予想屋だな。競馬はやるか？」

新宮は答えた。

「いえ。全然」

「もう十年以上前か。天皇賞で、レッツゴーターキンって馬を当てた。万馬券だ。最近では、日経賞だかの二十万馬券も当てた」

「二十万ですか」

「見てくれは冴《さ》えない男なんだけどな。田畑《たばた》っていう男だ」

三分後、新宮が南四条通りの東急インの前に止めると、諸橋が助手席のウィンドウごしに誰かに手で合図した。

すぐに東急インの自動ドアを抜けて、五十がらみのやせた男が近寄ってきた。ハンチングに灰色のジャンパー姿だ。これが予想屋の田畑なのだろう。

男は自分で車の後部席のドアを開けると、素早く身を入れてきた。

「出してくれ」諸橋が言った。

新宮が車を発進させると、後部席で男が言った。

「異動したって聞いてました」

諸橋が答えた。

「そうなんだ。きょうは、佐伯の用事だ」

「佐伯さんですか。遠く?」

「近くだ。狸小路」

「婦人警官殺しですって？　本部の刑事が指名手配だと耳にしました」

「地獄耳だな」

「薄野で生きる人間には、大事な厩舎《きゅうしゃ》情報ですからね。これだけ警官が出てるんで、きょうはキャッチも立ちんぼもひとりも出てきてませんや」

「あんたのところにも、どこかの刑事から接触があったか？」

「いや。あたしは諸橋さんたち以外に、おつきあいしてる刑事さんはいませんから。ほんとに刑事さんがやったんですか？」

「いいや」

「ちがうんですか？」

「きょうは、その用件なんだ」

西九丁目通りまで走ってから右折し、西側から車を狸小路の八丁目に入れた。ブラックバードの前で諸橋と予想屋を降ろすと、新宮はまた車を駐車場に入れた。

ブラックバードに飛び込むと、奥のテーブルに佐伯たちが着いていた。佐伯と諸橋、それに予想屋の田畑だ。新宮は佐伯に目で訊いた。自分もいていいですか。佐伯はうなずいた。

椅子《いす》に腰を下ろすと、佐伯は田畑に言った。

「谷川って男を探している。昨日、市内で婦人警官が殺された件の、重要参考人なんだ」

新宮は、そこまで言い切っていいのかと、思わず佐伯に言いそうになった。しかしすぐにその想《おも》いを呑み込んだ。佐伯はこの場合、十分に効果を考えて言葉を口にしているはずだ。何らかの計算があるのだ。横から余計なことは言うべきではない。

　田畑は首を傾げて言った。

「刑事がやったって、耳にしてますよ」

「がせねただ。その可能性はゼロ。谷川って男が何か知ってる。本部は何か勘違いして、別人を追ってるんだ」

「どうして、またそんなことが？」

「知らんが、いまの道警なら、何があっても不思議はないだろう？」

「たしかに」田畑は笑った。「お笑い道警本部だものな」

「どうだ、谷川って男、知らないか？」

「暴力団なんですか？」

「いや。どことも関係はないだろう」

「フルネームで言うと？」

「谷川五郎」

「いま、何をやってるんです？」

「わからん」

「何か特徴は？」

「歳《とし》は三十代なかば。デブだ」

「雲をつかむような話ですね」

「だから、正式の指名手配じゃない。だけど、婦人警官殺しで何か知ってる。情報が欲しい」

「薄野にいるのは確かなんですか？」

「昨日、薄野で盗品を質入れしてる。近いところにいる」

「ということは、羽振りもいいんですか？」

「いや、お大尽遊びはやってないだろう。けちな悪《ワル》だ」

田畑は天井を見上げてから言った。

「何か聞いたら、すぐに教えますよ。諸橋さんの携帯にで、かまいませんか」

諸橋が言った。

「いつでも、どんなことでも教えてくれ」

「約束しますよ」

田畑は立ち上がった。

新宮も車に戻ろうとすると、田畑は言った。

「いや、けっこうです。歩いて行きますよ」

田畑が店を出て行ってから、新宮は佐伯に訊いた。

「情報を流してやるのだと思っていました。情報を集めるために、あの予想屋が必要だったんですか？」

佐伯は首を振った。

「この情報を流してくれ、と頼んで、それが流れると思うか？　この話は内緒だ、と耳打ちするほうが話は広まるんだ」

なるほど。新宮は納得して、鼻の頭をかいた。

佐伯宏一たちが、ビルの二階の裏捜査本部に戻ったとき、小島百合が自分の携帯電話を耳に当てていた。

黙ってうなずいているだけだ。表情はかすかに緊張していた。

携帯電話を切ったところで、佐伯は小島百合を見つめた。

小島百合は言った。

「弟からです。隣りの部屋のひとが出ていったらしい。廊下が少し騒がしかったと。誰かお客がきて、家のひとを出したような感じだったって言ってる」

みな小島百合に目を向けた。

佐伯は訊いた。

「弟さんの部屋は、廊下の端なのか？」

「ええ」小島百合は答えた。「廊下の端で、非常階段の横」

「隣りというのは、一軒だけなんだな？」

「そう」

佐伯は顎《あご》を撫《な》でてから言った。

「突入の準備に入ったんだ。スナイパーも配置に着いたんだろう」

「津久井さんがいる確信もないのに？」

「見込み発射だ。弟さんが危ない」

「部屋から出しますか？」

「そうしよう。コンビニにでも行くような調子で、廊下に出すんだ」

「建物の外まで出る必要はありません？」

「廊下には、もう特急か機動隊がきてる。そこですぐ拘束されるさ。弟さんに電話を」

「部屋の中を見せてやればいいんですね？」

「そうだ。その機会を、作ってやる」

小島百合が、また携帯電話を開いて耳に当てた。

コール一回で、小島百合の弟が出たようだ。小島百合は言った。

「聞いて。警察は、いよいよあなたの部屋に突入する準備を始めた。だから、あなたもこれ以上、お芝居をしている必要はなくなったわ。コンビニにビールでも買いにゆくような格好で、玄関を出て。すぐ外に、もう警察がきているはず」

「……ええ。津久井さんのことを問い詰められるでしょう。逮捕状を見せるかどうかわからないけれど、部屋の中を見たいと言ったら、素直に見せてやって」

「……そう。津久井さんのことは、知らぬ存ぜぬでいい」

小島百合は携帯電話を切って、これでいいとでも訊くように佐伯を見つめた。

佐伯はうなずいた。

諸橋が佐伯に言った。

「本部は本気で突入する気なんだろう?」

「そうみたいです」と佐伯は答えた。

諸橋が小島百合に訊いた。

「弟さん、どうするって?」

小島百合が言った。

「サンダルを引っかけて、部屋を出るそうです」


小島百合の言葉どおり、彼女の弟の小島弘樹《ひろき》は、イージーパンツにスウェットシャツ、それにサンダルという格好で、玄関のスチールドアを開けた。

玄関ドアの周辺で、いきなりひとがざわついたのがわかった。いまこの瞬間に中からひとが出てくるとは、予想していなかったようだ。

小島弘樹は、かまわずに身体《からだ》を廊下に出し、後ろ手にドアを閉じた。鍵をかけようと、身体をひねったとき、いきなりはがい締めにされた。男がふたり、飛びかかってきたのだ。

男たちは乱暴に小島弘樹の腕をねじ上げ、肩を押さえつけてきた。

「何をする」と言いかけた。しかし、ほとんど声にはならなかった。

さらに何人かの男が、小島弘樹の身体を囲んだ。小島弘樹は、引きずられるように廊下の奥の非常階段の踊り場へと連れ出された。

そこには、五、六人の警官がいた。キャップをかぶり、防弾ベストらしきものを身につけている。拳銃を抜き、両手でかまえて、銃口を小島弘樹につきつけてくる者もいた。

ひとりが、名を名乗ることもなく、横柄な調子で訊いた。

「お前は誰だ？　名前は？」

小島は、拳銃を見つめたまま答えた。

「小島弘樹。なんですか？　これは」

「ここの住人か？」

「そうです。誰なんですか？」

「警察だ。道警本部」

男は手帳を取り出して開き、小島弘樹の目の前にかざした。アメリカ映画で見る警察手帳に似ていた。上にバッジ、下に写真入りの身分証明書だ。北海道警察本部、とだけ読めた。

小島弘樹は訊いた。

「ぼくが何かしたって言うんですか？」

「ひとりか。中に誰かいるか？」

「いませんよ。その鉄砲、なんとかしてください」

質問した男が、拳銃を突きつけていた男にうなずいた。拳銃を手にしていた若い男は、小島弘樹を睨《にら》んだまま、拳銃を引っ込めた。

質問した男のほうに、ようやく意識が向いた。背広姿の四十男だった。

彼が言った。

「誰もいない？」

驚いているようでもないし、疑っているようでもなかった。むしろ、小島弘樹のその答を予測していたかのようだ。

「いませんよ。ぼくはひとり暮らしだし、友達もきていない」

「いま、何をしようとした？」

「え？　コンビニに行こうとしただけですが」

「中を見せてもらっていいか？」

「いったい何なんです？」

「強盗が逃げている。この辺に潜んでるんだ」

「ぼくの部屋に？」

「このあたりに。ピストルを持ってる。危険なんだ」

「うちには誰もいませんよ」

「中を見せてもらっていいな?」

「見るだけにしてくださいよ。物をもってかれるのは御免だ」

「わかってる」

その私服警察官は、携帯電話のような小さな機械を取り出すと、これを口に近づけてくぐもった声で言った。

「いまからやる」

その機械を上着のポケットに収めると、私服警官は振り返って誰かに目で合図した。防弾チョッキを身につけた四人の警察官が拳銃を両手で構え、ドアの横に並んだ。小島弘樹は、はがい締めにするほかの警官たちに、非常階段の下に引きずられた。ドアの脇のひとりの警察官の合図で、拳銃を構えた警察官たちがドアの中に飛び込んでいった。小島弘樹の前で、彼に質問してきた私服警官が緊張したのがわかった。いくらかは発砲を懸念したのだろう。

どすんどすんという音が、自分の部屋から聞こえてくる。土足のまま激しく動き回っているようだ。そのうち、物が崩れるような音。小島弘樹は、自分が集めた多くのゲームソフトのことを考えた。あのゲームの中の一部は、パッケージに多少問題がある。自分はもしかすると、きょう以降、管内の変質性向者として警察のデータベースに記録されることになるのではないだろうか。

四人の警官が入っていってから十秒ほどして、つぎの警官たちが入っていった。こんどは三人だ。拳銃は手にしていない。

それからまた五秒ほどたって、ひとりの警官がドアの内側から顔を見せた。その警官は、小島弘樹の前に立つ私服警官に言った。

「いません。いた形跡もなし」

私服警官は小島弘樹を険しい顔で睨みつけてきた。馬鹿にしたな、とでも言っているような目の色だ。

私服警官は言った。

「からかったのか?」

「何のことです?」と小島弘樹は訊いた。「おれがからかった?」

私服警官は答えずにくるりと背を向けると、小島弘樹の部屋の玄関へと歩いていった。はがい締めがはずされ、小島弘樹はようやく腕を動かせるようになった。小島弘樹は、その場で肩をぐるぐると回してから、そばにいた警官のひとりに訊いた。

「コンビニに行ってきてもいいですか」


新宮昌樹は、その駐車場に車を入れた。

札樽《さっそん》自動車道の新川《しんかわ》インターチェンジに近い軽産業地域だ。自動車の整備工場や倉庫会社、運送会社などの営業所が、新川通りに沿って並んでいる。ひとの姿が見えない代わり、夜だというのに大型トラックの通行の激しいエリアだった。

その駐車場は、まだ夜間照明がついたままだ。広々としたアスファルト舗装の空間を、十台ばかりの二トン・トラックと、七、八台の軽トラックが埋めている。ちょうど新宮の前で、一台のトラックがその駐車場に入ってゆくところだった。長距離便のトラックが入ってくる時刻なのかもしれない。

蒲鉾《かまぼこ》型の屋根の倉庫が右手に建っており、その一部が事務所となっていた。駐車場側に向けられた窓から、中の様子を見ることができた。まだふたりの作業服の男が、デスクに着いて仕事中だ。

事務所の入り口の前で新宮は車を停めた。諸橋が、吸いかけの煙草《タバコ》を灰皿にねじこんで車を降りた。新宮もエンジンキーはそのままに車を降りた。

新宮がドアを開けると、ふたりの男が顔を上げた。

諸橋はカウンターに近づいて言った。

「責任者さんは?」

奥のほうのデスクで、男が立ち上がった。四十歳ほどの、セルフレームの眼鏡《めがね》をかけた男だ。

「はい、何か?」

諸橋は胸ポケットから警察手帳を出して男に向けてから言った。

「北海道警察本部、千歳署の者だけど、ひとを探している」

「警察の方?」

男はデスクを回って、カウンターに近づいてきた。

諸橋は、手帳にはさんだコピー用紙を広げて、カウンターの上に置いた。

「谷川五郎って男だ。ポニー急送さんの運転手だと思うんだが、どこの営業所勤務かわからない。支社ではもうデータを出せないというんで、直接こっちにきたんだ。あんたは?」

「ここの所長代理です」と男は答えた。「谷川五郎と言いました?」

「そう。いるかい?」

「ええ。谷川なら」

所長代理という男は、壁に目を向けた。ホワイトボードがかかっていて、三十人ばかりの名前が記されている。

新宮はすばやく谷川五郎の名を探した。並んだ名前の真ん中あたりに、谷川、という文字があった。

所長代理は言った。

「もう上がってますね。きょうは八時半で帰り」

「この男だね」

諸橋が示したコピー用紙を見て、所長代理はうなずいた。

「ええ。谷川です。谷川が何か？」

「住所、教えてもらえないか」

「何かやったんですか？」

「いや、ちょっと聞かせてもらいたいことがあるだけだ」

「逮捕とかって言うんじゃなくて？」

「ちがう。知ってることを聞くだけだって」

「もし逮捕だってことなら、シフト組み直さなきゃならないんですが」

「ちがうって。住所は？」

所長代理は、カウンターの前から離れると、奥のロッカーから書類ホルダーを持って戻ってきた。

所長代理は、すぐに谷川五郎の書類を探して広げた。諸橋と新宮は、その書類をのぞきこんだ。

入社の年月日、住所、緊急連絡先、電話番号、運転免許証番号、社会保険証番号などが記されていた。

諸橋が新宮に言った。

「住所と電話番号、写せ」

「はい」

住所は、札幌の東区となっている。コーポ安川、という建物名が書かれていた。

電話は、090から始まる携帯電話の番号だ。有線電話は引いていないようだ。運転免許は普通車のみ。新宮はその番号も手帳に書き写した。

諸橋が言った。

「この住所、ほんとに住んでるか？　最近引っ越したってことはないか」

所長代理は答えた。

「いや、住んでるはずです。住所が東区のここだってことは、聞いてる」

「いまの時刻、もううちだね？」

「たぶんね。明日、仕事も早いし」そう言いながらもう一度壁のホワイトボードに目をやった所長代理は、あわてたように言った。

「いや、明日は代休取ってますね。先週日曜が出の日だったんだ」

「出てこない？」

「休みです」

新宮は、思わず口にしていた。

「高飛びでしょうか」

諸橋は、新宮の言葉には応《こた》えず、さらに所長代理に訊いた。

「彼氏の受け持っている区域は？」

所長代理は、カウンターのガラスを指さした。ガラスの下には、札幌市内の地図が敷かれている。

「中央区の円山寄り。南大通りの南で、西十五丁目から西」

あのカーサ・ビアンカ円山が含まれていた。郵便受け荒らしが続いたブロックも。

諸橋は、ちらりと新宮を見てから、また所長代理に訊いた。

「いまは、自宅かな？」

「どうでしょうね。明日休みとなれば、どこかに繰り出しているかもしれない」

「どこかって？」

「酒とか」

「行く先、知ってる？」

「いいや、そこまでは」

「奴《やっこ》さんは、車は持ってるのかい？」

「ええ。最初は原付で通ってきてましたけどね。いまは、軽に乗ってますよ」

「車種は？」

所長代理は答えた。新宮は車種と番号も書き留めた。

諸橋は、その所長代理に、谷川五郎の交遊関係や行きつけの場所を訊いた。所長代理は、ろくに何も知らなかった。一緒に酒を呑んだこともないし、友人やつきあっている女のことも知らなかった。谷川は、営業所の同僚ともさほど親しくはなかったという。無愛想でつきあいの悪い男として通っているのだという。前科があることを自分で洩《も》らしたことがあるようで、そのせいもあって、谷川を敬遠する従業員も多いのだということだった。

諸橋が、そこまでの質問とは口調を変えて所長代理に訊いた。

「この営業所は、まだ開いてる?」

「ええ。入荷は終日やってますんでね。事務所に誰か残る」

「あんたは?」

「わたしは、もうじき帰ります」

「あんたの携帯の番号、教えてくれないかな」

所長代理は、新宮に番号を告げた。新宮はそのまま自分の携帯電話にその番号を登録した。

「ありがとう」諸橋が言った。「いまのこの件、誰にもしゃべらないでくれ」

「もう終わりですか?」

「いや。また戻る」

所長代理は、かすかに不服そうな顔を見せた。自分はもう帰宅したいのだが、とでも言っているように見えた。

諸橋が事務所を出たので、新宮が後を追った。諸橋は、新宮の車の前まで歩いてから新しい煙草に火をつけた。

新宮は訊いた。

「自宅に行きますか」

諸橋は首を振った。

「いるかどうか、わからん。いたとしても、ふたりで確保は厳しい」

「どうします?」

「とにかく本部に連絡だ。植村さんたちに無駄足させることはない」

諸橋は、自分の携帯電話を取り出し、ひと呼吸置いてから話し出した。

「諸橋だ。当たりだ。谷川五郎は、ポニー急送の新川営業所勤務だ。自宅も、携帯の番号もわかった。植村さんたちが、ほかの営業所に当たるのを止めてくれ」

「いや、いまいるかどうかわからん。明日休みを取っているんだ」

「そうだ。高飛びしたのか、その準備かってことも考えられる。慎重に動いたほうがいい」

「待ってくれ。代わる」

諸橋が携帯電話を新宮に渡してきた。新宮がこれを受け取って耳に当てると、佐伯が言った。

「住所と、携帯の番号、教えてくれ」

「はい」

新宮は手帳を開いて、ゆっくりと明瞭な発音で言った。佐伯が同じことをオウム返しに繰り返している。たぶん小島百合が、部屋で模造紙に書き取っているのだ。

伝え終えてから、新宮は携帯電話を諸橋に返した。

諸橋は言った。

「わかった。連絡を待つ」

電話を切ったので、新宮は訊いた。

「どうします？」

諸橋は、煙草をひと口吸い込んでから言った。

「佐伯から指示がくる。待とう。もう少し情報が必要だ」

新宮は、思いついたことを提案した。

「あの所長代理に、電話をかけさせてはどうでしょう。谷川に言うんです。配達の仕事がひとつ残っているから営業所まで来てくれないかって。どこにいても、ここにやってくるんじゃないでしょうか」

諸橋は、煙を夜空に吐きだしてから言った。

「向こうも警戒してるはずだ。不自然な呼び出しがあれば、即逃げ出す」

「所長代理、うまくお芝居できないでしょうか」

「無理だろうな」

佐伯宏一は、いったんその通話を終えてから、別の番号を選んだ。発信しようとしたとき、小島百合のほうの携帯電話にも、着信があった。小島百合が佐伯を見て、口を動かした。おとうと、と言ったようだ。佐伯は手を止めて、小島百合を見つめた。

小島百合は途切れ途切れに話している。

「……ええ。そうなの?」

「……ええ。いまは?」

「……そう、わかった」

「……ええ。気にしないでいい」

小島百合は、自分の携帯電話を畳むと、佐伯に顔を向けて言った。

「弟のところに、いましがた警官隊突入ですって。津久井さんがいないと知って、引き揚げて行ったって」

佐伯は訊いた。

「いるとは思っていなかったろう?」

「ええ。とりあえず、いないことを確かめるためにきたみたいだ、って、弟は言ってるわ」

「弟さんは、いまは?」

「コンビニからかけてる」

「それはよかった。まだ部屋の窓かどこかには、盗聴マイクが仕掛けられているはずだ。部屋ではこっちに電話しないほうがいい」

言いながら、佐伯は植村に電話をかけた。彼はいま、町田と一緒に、ポニー急送の別の営業所に向かっているところだ。豊平区にある、札幌市内ではもっとも規模の大きな営業所だ。タクシーを使っている。

「佐伯です」植村が出たところで、佐伯は言った。「谷川五郎は、ポニー急送の新川営業所でした。植村さんたち、引き揚げてください」

植村が佐伯に訊いた。

「確保か?」

「いえ。住所と電話番号がわかった。高飛びの支度にかかってる可能性があるようです。派手な動きはできない」

「おれが応援に行くか」

「ちょっと待ってください。いったんこちらに帰ってもらえませんか。諸橋さんが、何か手を考えています」

「わかった。これから戻る」

佐伯は壁の地図に近寄り、小島百合が書き留めた谷川五郎の住所を確かめた。地図を照らし合わせると、札幌市の東区ということになる。住宅地の質としては、さほどよいところではなかった。コーポとかフラットと名付けられた木造二階建てのテラスハウス式の賃貸住宅が多いところではなかったろうか。

また佐伯の携帯電話に着信があった。

液晶表示を見ると、チームのメンバーからの電話ではなかった。大森久雄《おおもりひさお》。大通署交通課の知り合いの警察官だ。白バイ警官を志して道警に入ったのに、いまだに希望はかなっていない。一本気な巡査だった。

彼が何の用事だ？

佐伯は警戒気味に受信ボタンを押した。

「はい？」

相手は言った。

「佐伯さん、大森です。いま、いいですか」

「少し取り込んでるけど、何だ？」

「お忙しいようなら、ざっくばらんに訊きますけど、きょうの婦人警官殺し、津久井じゃないってほんとうですか？」

その質問のストレートさに驚きつつも、佐伯は訊き返した。

「どうしてだ？」

「そういう噂《うわさ》が流れてるんです。佐伯さんが、何か知ってるんじゃないかとも」

「おれが何を知っているって？」

「真犯人。そうなんですか？」

「電話で軽々しく答えられることじゃないぞ」

「直接会えば、話してくれますか？」

「お前は、呼集かかってないのか？」

「ええ。いま寮です。さっき、退庁のときに聞いた話と、いま聞いてる話がまるでちがうんです。動員されてる警官たちにも、おかしいと言い出してるのがいるんですよ」

「お前はどう思うんだ？」

少しの間のあとに、大森は言った。

「射殺許可って、異常ですよ。津久井巡査部長がシャブ中で拳銃持って逃げてるって、信じるわけにはゆきません」

「お前さんは、津久井を知ってるのか？」

「知ってますよ。旭川で、一緒でした」

佐伯は言った。

「ちょっと話をしようか。市内まで出てこれるか」

「酒を飲むんですか？」

「いや、コーヒーだけ。お前、車に乗っていたな」

「ええ」

佐伯は、ブラックバードの位置を教えて、その隣りの駐車場に車を入れるよう、大森に言った。大森は、十五分で行きますと答えて、携帯電話を切った。

話が終わるのを待っていたかのように、小島百合が言った。

「谷川五郎、どうするんです？」

佐伯は答えた。

「まずアパートを張る。ただ、人手が足りない。植村さん、町田、それに、いま電話をかけてきた男がいる。津久井と旭川で同僚同士だ。全部で五人いれば、なんとかなるだろう」

佐伯は諸橋に電話を入れた。

「諸橋さん、まだポニー急送の営業所ですか?」

諸橋が答えた。

「ああ。お前さんからの指示を待っていた」

「大先輩に指示だなんて」

「お前さんが、指揮者だよ。ほかの誰でもない」

「ひとつご相談なんですが、谷川五郎のアパートに向かって、張ってもらえますか。ふたりだけでは危ないと思うので、とりあえず張るだけ。町田とか、若いのも応援にやります」

「ほかに誰か若いのがいるのか?」

「いますよ。道警の警官全部が、本部の作り話を信じてるわけじゃありません」

「わかった。応援を待つ」

「応援が着くまで何もせずに、張るだけにしてください」

「わかってる」

電話を切ってから、佐伯は壁の地図を見つめた。

谷川五郎のアパートがあるという地番には、赤いペンで丸印がつけられている。そこまで、いま諸橋のいる場所から車で十分ぐらいだろうか。

地図を見ながら、佐伯は植村に電話を入れた。

「植村さん、行く先変更です。東区の伏古《ふしこ》公園に向かってくれませんか」

植村は、かすかにいまいましげに言った。

「こっちはタクシーだぞ。もう四千円超えてる。あまり振り回さないでくれ」

「はい、車もなんとかします。とりあえず伏古公園へ」

「そこへ行ってどうするんだ?」

「人手が揃《そろ》ったところで、谷川五郎のアパートです。いまいるかどうか、わからないんですが」

「伏古の近くなのか」

「ええ。わたしからの電話を待ってください」

「わかった」

電話が切れた。

佐伯はイヤホン・マイクを外して、深呼吸した。少し息が苦しくなっていたのだ。

小島百合が、ステンレスの水差しから、氷入りの冷たい水をグラスに注《つ》いで、佐伯に渡してくれた。佐伯はうなずいてそのグラスを取り上げ、水を一気に半分飲んだ。

その建物は、二階建てで、無落雪構造の陸屋根《ろくやね》のアパートだった。一階と二階にそれぞれふたつずつユニットがあるようだ。街灯の明かりでざっと見たところ、決して新しい建物ではない。少なくとも築十五年というアパートだった。建物の中央部分がくぼんでおり、ここにスチールの階段がある。その階段の両脇に玄関があるという構造だった。

一階のユニットは、ひとつだけ明かり。二階はふたつとも、明かりがついていない。正面右手の部屋の窓にはカーテンがないようなので、あるいは空き家なのかもしれない。

二十メートルほど離れた位置に停めた車の中で、諸橋が言った。

「部屋は一〇二。一階のどちらかだ」

新宮昌樹は、建物の前の空きスペースを見て言った。

「駐車場には、車がありません。いないんじゃあ?」

「駐車場は、別の場所かもしれんぞ」

「あのスペースがあるなら、よそに停める人間はいないでしょう」

「お前さん、どっちの部屋が一〇二か、それだけ確認してきてくれ」

「はい」

新宮が車を降りたところで、通行人と鉢合わせした。女だった。女は驚いたように道を譲り、小走りに新宮の後ろへと駆けていった。

新宮は、その女の後ろ姿を見送ってから、建物に向かった。

まず階段の右手の部屋番号を確かめた。窓に明かりが見えるユニットのほうだ。表札の上に、三桁《けた》の数字が並んでいる。一〇一だった。表札自体には、何も書かれていない。

反対側を見た。こちらが一〇二だった。表札に住人の名が書かれていないことも一緒だ。

新宮はドアの前に立ち、ドアに耳をつけて、中の音を聞こうとした。しかし、テレビの音も漏れてはこない。

新宮は玄関を離れ、建物をぐるりと回ってみた。横手にも窓がひとつ。裏のほうには、小さな窓がふたつだった。おそらくこちらに、台所と風呂場があるのだ。

裏手は細い路地となっているが、片側はブロック塀だ。高さは一メートル八十センチほどか。ブロック塀の向こう側は、またやはりアパートの敷地と見えた。

車に戻ると、諸橋が訊いた。

「どっちだ？」

「明かりのついていないほうです」と新宮は答えた。「まだ帰っていないんでしょう」

「待つか。浅く腰掛けて、顔を出さないようにしろよ」

新宮は言われたとおり、運転席の背もたれを倒し、自分の顔が外から見えぬよう、首を引っ込めた。諸橋も、新宮同様に助手席で背もたれを倒した。

新宮は時計を見た。午前零時二十分になっていた。

大森久雄は、当然ではあったが、私服姿でブラックバードに姿を見せた。バイク乗りが好んで着るような、丈の短い革ジャケット姿だ。ブルージーンズをはいている。

佐伯が小さく手を上げると、大森はすぐに気づいて、佐伯のテーブルに寄ってきた。いま店には、七、八人の客があるが、佐伯の腰掛けたテーブルは、一番奥の窮屈な席だ。周囲三メートル以内に、ほかの客はいない。

ちょうどかかっている曲は、オスカー・ピーターソンだ。声を張り上げなくても、会話はできる。

大森が向かいの椅子に腰を下ろしたので、佐伯は言った。

「どんな噂が流れているのか、話してくれ」

「いいですよ」大森は、テーブルの上に両手の肘《ひじ》をついて、身を乗り出してきた。「寮に帰ってから、いつものファミレスに行ったんですよ。知ってます?」

大通署は、非常の場合、独身警官がすぐに駆けつけることができるよう、市内の割合よい住宅地に、四つの寮を持っている。とくにひとつは、最近まで地元最大の銀行の社員寮であった建物で、ジャクージ・プール からアスレチック・ジムまで付属しているという豪華な施設だ。大森は、この寮に入っているはずだった。近くには、ふたつのファミリー・レストランが並んでおり、寮の独身警官たちはよくそこで食べていた。時間帯によっては、どちらも大通署付属食堂のような雰囲気になるという。

今夜、大森がそこに行くと、非番の独身警官たちがひとつのテーブルを囲んで食事中だった。大森も同じテーブルについて、ハンバーグとラーメンのセットを注文した。午後十時過ぎだという。

そのとき、そのテーブルについていた連中が話していたというのだ。

こんどの婦人警官殺し、津久井がやったと早々と決めつけられたけれど、本部は結論を急ぎ過ぎではないかと。その警官たちは、道警機動捜査隊の鑑識員たちのあいだで出た疑問というのを教えてくれた。本部の説明では、あの部屋は銃器対策課が一時アジトとして使っていたものだけれど、最近はもっぱら津久井が水村朝美との密会に使っていたという。しかし、採取された鮮明な指紋は最低でも四種類あった。あの部屋で女の死体が見つかったから津久井の犯行、という判断は拙速に過ぎるという。

部屋からは覚醒剤と拳銃の実弾が発見された、とも発表されているが、鑑識員はこれを確認していない。鑑識員が作業中に機動捜査隊や本部の捜査員も何人も部屋に入っており、鑑識員の一部は、部屋から何かが持ち出されたか持ち込まれたのではないか、という疑問さえ持っているという。

いま道警の警察官は、覚醒剤と拳銃、と聞けば、ほとんど反射的に郡司警部事件を連想する。郡司警部は、自分が所有するいくつものマンションを、拳銃と覚醒剤の隠匿場所としていたのだ。津久井は、その郡司と同じ時期に銃器対策課にいた刑事である。いまも、そのセクションが発展した銃器薬物対策課にいる。自分が自由に使えるアジトに、郡司警部と同じように覚醒剤と拳銃を隠し持っていたって、何の不思議もない。ごくごく自然なことだと、誰もが考える。

だけれども、少し冷静になって考えれば、津久井という名前に、覚醒剤と拳銃をくっつけて、だから撃ち殺せという指示が出るのは、あまりにも急ぎ過ぎで極端な話なのだ。

そこまで話してから、大森は言った。

「それに、この時期になって津久井射殺の命令というのが、どうにも腑に落ちないんですわ。あいつが、郡司警部事件の処理に不満を持っていたというのは有名な話だし、道警はいつあいつがけつをまくるか、それを心配してたって聞いてますよ。裏金作りマニュアルを新聞屋《ぶんや》に流したのも津久井だっていう話も聞きました。そこに、こんどの事件でしょ、すごくタイミングがいい」

佐伯は言った。

「津久井は、自分はやっていないと言ってる。水村朝美を殺したのは自分じゃないと」

大森は目を見開いた。

「あいつと会ったんですか？」

「わざわざおれの前に出てきて、やっていないと言っていたよ」

「うたった、って話はどうなんです？　何かやってるんですか？」

「マニュアルは流していないと言っていた。ただし、新聞屋《ぶんや》の取材には応じた。これは本物かと見せられたそうだ」

「新聞屋と親しかったんですか」

佐伯は、わずかのあいだためらってからつけ加えた。

「津久井は、明日、道議会の百条委員会に参考人として招致されることになっている。守秘義務免責の委員会だ。つまり、質問されたら、正直に答えなくちゃならない」

「あいつが参考人ですか。裏金の問題？　それとも郡司事件？」

「百条委員会は、両方の根っこは同じだと考えている。どっちについても、質問はあるだろう」

大森は頭をかいた。

「そういうことになっていたんですか」

「津久井の招致のことは、委員会も明日の朝まで秘密にしておく腹だったらしい。だけど、本部のお偉いさんと親しい委員が、津久井の名を洩らしたんだ。洩れたのが昨日かきょうか知らんが、本部はパニックになっただろう」

「そこに水村朝美殺しですか？」

「津久井の女が殺されたんだ。銃器対策課がアジトとして使っていた部屋でだ。本部は飛びつくさ。目一杯利用しようとする」

気がつくと、大森は妙に落ちつかない様子となっている。テーブルの上で、コーヒースプーンをくるくるともてあそび始めた。

「あいつ、うたうんですか」大森は、信じられないというような調子で言った。「百条委員会で?」

佐伯は言った。

「質問されたことに答えるだけだ。釧路方面本部長だってあれだけのことを告白してる。議会の場で質問に答えることは、うたううちには入らないだろう」

大森はグラスを持ち上げ、しばらくその表面を見つめていたが、最後にぐいとグラスの中の水を飲み干した。

「ま、裏金作りのことは、誰もがうたいたい気分なんですからね。津久井が質問に答えるっていうのは、釧路の原田本部長と同じくらいの勇気だ」

「大変な勇気だ。口塞ぎが現実のことになっているのに、やつは委員会に出席しようとしている」

「議会の前に現れたら、そこでズドンと一発ですよ。特急が出てるんです。明日もスナイパーが周りのビルに張りつきますよ」

「現れなければ、本部の偉いさんが期待したとおりのことになる」

大森は、鼻から小さく息を吐いて言った。

「おれ、津久井を助けるために、何かできるでしょうか。佐伯さんが、真犯人を知っているようだとも、ファミレスで聞きましたよ」

「おれが何をしていることになってる?」

「真犯人は津久井じゃないって、あちこちに言って回ってるって。おとり捜査の相棒を救うために、情報を集めてるようだって」

「おれのほかには誰がそうしてるってことになってるんだ?」

「それは聞いていませんが」

「まだ何人もの刑事や警官が、真犯人を追ってるって言ったら、お前、手伝うか」

「もちろんです。じゃあ、真犯人の目処もついているんですね」

「車できたんだよな?」

「ええ。向かいの駐車場に入れました」

「その車で、伏古公園に向かってくれ。応援して欲しいことがあるんだ」

「伏古公園で何があるんです?」

「植村さんと、町田が待ってる。それから諸橋さんに合流してもらう」

「諸橋さんも、佐伯さんの捜査本部のメンバーなんですか」

「おれのバンドのメンバーだよ」

「は?」

「とにかく、車で伏古公園に向かってくれ。詳しいことは、携帯に電話する。人手が足りないんだ」

「はい」

大森は、急に愉快そうな顔になって立ち上がった。

小島百合は、画面を次々とクリックしながら、フォルダーに集めた人事ファイルを見ていった。

水村朝美の交遊関係を探っていたのだ。

津久井の話によれば、津久井と水村朝美が最後の性関係を持ったのは、去年の九月ころ。そのあとも表面的なつきあいはあると言うが、小島百合に言わせれば、それは体よく振られたということだ。しかし、水村朝美のほうは、保険をかけておく、という理由だろうか、津久井に対して、明快に別れを告げてはいない。津久井が、自分たちはとりあえずまだつながっているのかもしれない、と誤解する程度には、親しさを見せている。

ちがう、と小島百合は思い直した。これは保険じゃない。隠したのだ。誰かとの仲を隠すために、津久井をカモフラージュに使ったということだ。そう判断すべきだ。

でも、いまどきの若い女が自分の交際を隠さねばならないとしたら、どんな理由が考えられるだろう。ひとつは、相手が妻子持ちで、それが不倫ということの場合だろうか。婦人警官の場合であれば、相手が暴力団員とか、あまりにもやくざな仕事に就いているときも、隠すことになるだろう。水村の同僚の寿美江は、相手の男が軟派なのではないかと言っていた。でも、根拠があったようでもない。彼女もたぶん、いま小島百合が思いついたような理由から、そう口にしただけなのだろう。

あと、隠す理由は？

津久井の身近の男の場合か。津久井がその男とトラブルを起こすのを懸念した？

水村朝美が、津久井にははっきり終わったことを告げなかったのは、そのせいかもしれない。そのお芝居はまた、自分たちの安全上、周囲の同僚たちに対しても向けられたのだ。

つまり、津久井のごく身近に、水村朝美の新しい相手がいるから、お芝居を続ける必要があったのではないか。

つまり、道警本部・生活安全部の中か、そのごく近隣のセクションに、水村朝美の新しい相手がいるということになりはしまいか。

小島百合は背を起こして、再びPCのモニターに向かい合った。

道警本部のデータベースに入り、男をひとりひとり当たってみよう。

小島百合はまず、人事配置フォルダーで生活安全部の銃器薬物対策課の全員の名を確認した。それから職員データベースに入って、ひとりひとりの顔写真と経歴、個人情報を確かめた。それを終えると、生安部のほかの男性警官全員に対して、同じことを。

ミス道警とさえ呼ばれた水村朝美が、当初、津久井とつきあったということは、彼女は面食いであったと考えていい。また、津久井という銃器対策課の若手のやり手を選んだということからも、彼女の男の嗜好《しこう》は、かなり皮相的なものだと考えられる。

そのうえ、腕時計はパテックフィリップ。もちろん婦人警官にだって無理をすれば買えない時計ではないが、水村朝美が一点豪華主義者であったとも思えない。かなり贅沢《ぜいたく》な消費生活を楽しんだうえでの、パテックフィリップであるはずだ。となるとパテックフィリップは、自分で買ったものではない。もしかすると男に買ってもらったのではないか。

その疑いをもとに調べてみたが、これはという男は浮かび上がってこなかった。津久井よりも年下であれば薄給だし、それなりに遊ぶ金もあるという年代では、みな所帯持ちだ。ひとりひとりの写真を見ても、津久井から乗り換えてもいい、と水村朝美が思うだろうほどの美男は、いなかった。

同僚ではないのだろうか。

答を見いだせないまま、小島百合はクリックを続けた。ファイルはいつのまにか、男性警官ばかりではなく、婦人警官のものも画面上に登場している。

ふと気がついた。

女性の同僚の私生活に最も強く興味を示し、情報収集と観察と分析に熱心なのは、どんな種類の女性だろうか。経験からいって、ごく身近なところで性関係のある男女がいたとして、そのふたりが周囲の女たちすべての目を欺くことは困難だ。誰か、注意深く、と言うか、意地悪く観察している人間が必ずいて、関係を見抜いている。寿美江が知らないのは、たぶんその男女双方にさして関心がないせいなのだ。

小島百合は、昨年度の道警本部生活安全部の婦人警官を画面にひとりずつ呼び出した。写真と年齢を見て片っ端からはねていって、ひとりのファイルに目が止まった。

昨年四月の異動で、本部・生活安全部の防犯総務課から、総務部の施設課に移った婦人警官がいた。二十四歳。写真で見ると、目が大きくて額の広い、美貌《びぼう》の娘だ。広報課に行けば、イベントなどでは人気者になりそうな印象がある。

中館真理《なかだてまり》、という名だった。弟子屈《てしかが》高校の卒業で、札幌の北星短大卒業。つまり、高校が水村朝美と一緒なのだ。二学年先輩ということになる。

思い出した。この婦人警官は、警察官向けの雑誌「第一線」に、写真入りで紹介されたことがある。たしか「意外な経歴の新人婦人警官」といったテーマの特集だ。ほかの警察本部の、オリンピック水泳選手だった婦人警官とか、リオデジャネイロ育ちでポルトガル語の堪能《たんのう》な帰国子女婦人警官たちと一緒に、北海道警察本部代表として紹介されていた。彼女の変わった経歴というのはたしか、札幌モード大賞であったか、服飾デザインで賞を取ったこともあるデザイナーの卵、というものではなかったか。

水村朝美と入れ違いに異動した、高校の二年先輩。「第一線」に登場したほどの、道警本部の「花」。

水村朝美の私生活については、こういう同僚のほうが観察が詳しくはないだろうか。

小島百合は、画面を右クリックして、ファイルを保存した。

そこに佐伯が戻ってきた。いま、下の店でひとと会っていたはずである。

佐伯を見ると、彼は軽くうなずいた。悪い情報を得てきたようではなかった。

佐伯は、小島百合の脇に立つと、イヤホン・マイクを頭につけて、携帯電話をかけた。

「おれだ。いまどこだ？」

「じゃあ、そのまま向かってくれ。そこに、大通署刑事課の植村さんと町田がいる。ふたりを乗っけて、本町二条に向かってくれないか。公園に着いたら、電話をくれ」

佐伯は、その電話をいったん切ってからすぐべつの相手に電話をかけた。

「わたしです。どのあたりですか？」

「もう着いた？　公園のどっちのほうですか」

「じゃあ、そこに立っていてください。大通署交通課の大森を知っていますか？　あいつがいまそこに行きます。一緒の車で、谷川五郎のアパートに向かい、諸橋さんたちと張り込みに合流してください」

「ええ。やつも応援してくれるんです。志願してきたんですよ」

電話を切ってから、佐伯は小島百合に顔を向けた。

小島百合は訊いた。

「どなたか、ボランティアが？」

「ああ」佐伯が答えた。「いま、下で会ってきた。大森っていう署の交通課の巡査だ」

「ああ。大森さん。知っています」

「諸橋さんの応援に行ってもらった。津久井は真犯人じゃないんじゃないかって、現場の警官のあいだでも噂になりだしているようだ」

佐伯が小島百合のPCのモニターに目をやって、逆に訊いた。

「何かわかったか？」

「いえ、まだ」小島百合は首を振った。「交遊関係、なんとか突きとめたいんですが」

「交遊関係だなんて、きれいな言葉を使うな。要するに、水村の男だ」

小島百合は、自分が警察組織という男社会で生きていることを少し悔やんだ。まるでロマンチックなところのない人間観の世界。純愛、という言葉が冗談にしかならない世界。ここは、男と女が十五分間ふたりきりになる機会があったとしたら、ふたりは「寝た」と判断する世界なのだ。一時間ふたりきりなら、「やりまくった」だ。

佐伯の携帯電話に着信があった。

佐伯がイヤホン・マイクの位置を直し、壁の地図に近づいて言った。

「伏古公園の南側だ。マキタ工具の横手を入って、公園入り口。そこに植村さんたちがいる」

小島百合は、自分の携帯電話を取り出し、さきほど電話した本部・総務部の寿美江にリダイヤルした。

相手が出た。

「はい。来なかったのね。もううちよ」

「ごめんなさい」小島百合は謝った。「やっぱり行けなかった。で、寿美江さん、水村朝美のことで、もうひとつだけ聞かせて」

「なあに？　ちょっと電話が遠いけど」

「水村朝美のこと。彼女は弟子屈高校の先輩の中館真理とは仲がよかった？」

「中館真理？　ああ、先代のミス道警ね。たしかに職場が一年間一緒だった。いや、さほどは仲はよくなかったと思う。どうして？」

先代のミス道警？　小島百合は、その情報を素早く整理して、質問を作った。

「たいしたことじゃないの。こっちでも、水村朝美殺し、盛り上がっていてね。これで中館真理が、ミス道警の座を奪い返した、なんてことを言うひとがいて」

寿美江は笑った。

「そうね。そういうことになる。中館真理が、ミス道警復帰よ」

「中館真理は、津久井さんとはどうだったの？　親しくはなかったの？」

「あたしの知る限り、津久井さんは水村しか眼中になかったと思う。中館真理のほうは、どうかな。さほど親しくはなかった。というか、ちょっとよそよそしかったね、たしかに」

「ふたりはライバルじゃなかった？」

「水村朝美と中館真理？　そりゃあ中館真理は、水村朝美が入ってきてから、多少意識していたでしょう。まわりの男たちも、あさはかだからね。一歳でも若いほうがいいのよ」

「中館真理の携帯の番号わかるかしら」

「いいえ。あたしは知らないけど、どうして？　ずいぶん水村の私生活にこだわってるようだけど」

「だって、これだけの大事件だもの。話題としては最高だし、彼女の感想をぜひ聞いてみたいの」

「聞き込みみたいよ。捜査なの?」

これ以上ごまかすのは無理だ。中館真理の電話番号を聞き出せない。

小島百合は言った。

「正直言うとね。あたし、津久井巡査部長のファンなの。こんどのこと信じられなくて、本部にいい情報を上げてやれないものか、いろいろ訊いて回ってるのよ」

「たしかに痴情事件で指名手配じゃあね。可哀相《かわいそう》」寿美江は納得してくれたようだ。「ちょっと待ってね。誰か知っているひとがいるでしょう。いったん切るわ」

ほんの二分ほどで、寿美江から電話が入った。寿美江が、同僚たちに訊いてくれたのだろう。

やがて寿美江が言った。

「わかったわ。言うから、登録して」

「ありがとう」

小島百合は、寿美江が教えてくれた中館真理の携帯電話の番号を、自分の携帯電話に登録した。

9

新宮昌樹が携帯電話をオンにすると、佐伯が言った。

「植村さんと町田がもうじき行く。大森って警官の車だ。張り込み、手分けしてやってくれ」

新宮は訊《き》いた。

「大森？　大通署の警官ですか？」

「交通課だ」

「そのひとも、仲間に？」

「ああ。志願してきた。信用できる男だし、断る理由もない。入ってもらった」

「わかりました。それで、谷川を身柄確保したとして、どこに連れてゆきます？　まさかあの喫茶店で事情聴取ってわけにもゆかないと思いますが」

「手配した。いったん、ここまで連れてきてくれ」

「あ、そうですか」

ほかにまだあのビルには、空き部屋があったのだろうか。佐伯のことだ。状況がここまで進んでいる以上、その次の段階のための準備も怠りはないはずだ。

「わかりました」

電話を切ってから、新宮は助手席の諸橋に言った。

「植村さんたちが、もうじき到着します。ひとり、仲間が増えたそうです。大森っていう交通課の警官だそうです」

諸橋が言った。

「お前さんの知り合いか」

「いいえ」

「ふうん」諸橋は、鼻から長く息を吐くと、苛立《いらだ》っているかのような声で言った。「煙草《タバコ》、いいか」

「かまいません」

「そういえばお前さん、まさか手錠は用意していないよな」

「いいえ。公務外ですから」

「谷川を確保して、しばらくは自由にさせとくわけにもゆかん。縄なんて持っているか」

「グラブボックスの中に、荷造り用の縄が入っています」

「それでいいか」

諸橋は助手席のシートの上でもそもそと腰を動かして、煙草とライターを取り出した。

それから五分後だ。新宮は、バックミラーにライトが映ったのを見た。一台の車がその通りに入ってきたのだ。車種まではわからない。小型の乗用車か軽自動車だろう。徐行している。

助手席で諸橋も気づいた。

「車がきたな」

諸橋は吸いかけの煙草を、灰皿にねじこんだ。

新宮はシートに深く腰を下ろしたまま言った。

「徐行してます」

もしその車が、谷川のアパートの駐車場に入れば、飛び出してゆかねばならない。新宮は息を整えた。

ところが、その車は、新宮の車の脇《わき》を徐行して通りすぎると、通りの左端に寄って停《と》まった。黒っぽいセダンだ。セダンのヘッドライトが消えた。中には三人乗っているようだ。

植村さんたちか？

車からはひとは降りてこない。

新宮の携帯電話に着信があった。あわてて新宮は電話を耳に当てた。

「おれだ」と植村の声だ。「後ろの車、そうだな？」

「そうです」

新宮は運転席で手を左右に振った。いましがた佐伯から、大通署の交通課警官が合流したと聞いた。その警官が運転しているのだろう。

新宮は言った。

「谷川は留守です。まだ帰ってきてません」

「どれだ?」

「右手のアパート。一階にふたつ窓がありますが、消えているほうです。車もない」

植村は、ほかの同乗者と一緒に、外を見ているようだ。アパートの位置を確認したのだろう。

植村が電話で言った。

「おれたちは、分かれたほうがいいようだな」

諸橋が、新宮から携帯電話を取り上げて言った。

「諸橋だ。植村さん、そっちの車は、通りの反対側を押さえてもらえますか。建物を、L字型に張りましょう」

諸橋はすぐ新宮に携帯電話を返してきた。目の前で、植村たちの乗る車が動き出した。

新宮は時計を見た。

午前零時三十五分になっていた。


小島百合は、いましがた寿美江から教えられた番号に電話した。

コール音が四回。相手の液晶モニターには、名前は表示されない。誰《だれ》からの電話なのか、持ち主はたぶん表示を見つめて考えている。出るべきか。無視すべきか。

五回目のコールの前に、女の声が出た。

「はい?」

警戒気味の声だった。

小島百合は、できるだけ無機的な声を作って言った。

「大通署の小島巡査です。中館真理さんですね」

「はい?」

肯定とも否定とも取れる答えかただった。

小島百合は、もう一度最初から言った。

「大通署の小島巡査です。このたびの水村朝美殺害事件の捜査を担当しています」

自分は捜査本部のメンバーではないが、百パーセント嘘《うそ》というわけでもない。自分たちの捜査活動は、警察機構の制度に乗っていないだけだ。捜査にはちがいない。

小島百合は続けた。

「本部総務部の中館真理巡査本人ですね」

「ええ。中館です」やっと相手は、警戒を解いたようだ。ただし、なぜこんな電話がかかってきたのか、それを不思議に思っているようではあるが。

「水村朝美巡査殺害事件のことは、ご存じですね」

「ええ。きょう、聞きました。でも、あれって捜査本部設置になったんですか? 刑事が」中館真理は言い直した。「警官が手配になったたって聞いています」

　小島百合は、質問の後段にのみ答えた。

「そのとおりです。本部の津久井巡査部長が部内手配です。それでいま、周辺の事実確認をしています。少し質問させてもらっていいですか。そちらに出向いても構わないのですが」

　出向く、という言葉が効いたようだ。中館真理は言った。

「電話で答えられることでしたら」

「すぐに終わります。この事件、捜査本部は、水村朝美と津久井巡査部長とのあいだの痴情のもつれが原因と見ています。水村朝美のほかの交遊関係について、すでにひとつ名前が挙がっていますが、水村さんのことについては、中館さんがよく知っているだろうと話を聞きました。弟子屈高校の二年先輩ですよね。交際のことで、何か相談など受けていただろうとみているんですが」

　誰が、という主語は省略した。

「ええと、それって、水村朝美が誰とつきあっていたかっていう質問ですか」

「知っていますよね」

「ええと、はっきりとは知りません。わたし、水村さんとはあまり親しいわけじゃなかったし」

「一年間同じセクションで机を並べていましたね。いまも同じ本部ビルの勤務ですし、裏は中館さんから取るべきだと聞いているんです。わたしたちも、中館さんの名前が出てきてちょっと驚いているんですが」

これははったりだ。

中館真理は言った。

「ほんとにきちんと知っているわけじゃないんです」

知っているのだ。小島百合の言葉が誰を指しているのか、中館真理は想像がついたということである。

「名前を、中館さんの口から言ってもらえます?」

「これ、証人で出なくちゃいけない?」

「いいえ。調書を固めるためです。必要ありません」

答になっていない答だが、中館真理は納得したようだ。

「ほんの噂《うわさ》です。誰が言っていたかは思い出せませんが」

「かまいません」

少しためらったかのような沈黙のあと、中館真理は言った。

「生活安全部長」

生活安全部長? 誰だったか。小島百合は、さきほど職員データベースをあたっていたときのことを思い出した。生活安全部長は、いま誰であったろうか。小島百合はマウスを動かして、そのファイルをもう一度画面に呼び出した。

「もしもし」中館真理が言った。「どうしました？」

小島百合はようやく開いたそのファイルを見ながら言った。

「石岡警視長でいいんですね」

模造紙の前で立っていた佐伯が、驚きの目を向けてきた。

小島百合は、佐伯にうなずいた。

中館真理が言った。

「もう知ってたんでしょう？」

「ええ。でも本部は半信半疑だったんです。妻子があるひとですから」

「キャリアの奥さんを文科省に残して単身赴任。自由でしょう」

「水村巡査は、彼とはいつからなんでしょう」

「さあ。去年の夏ぐらいかしら」

「でもまわりは、津久井巡査部長との仲がずっと続いているように思っていますね。どうしてなのか、事情はわかります？」

「そりゃあ、妻子あるキャリアとの不倫なんて、隠し通さなきゃならないでしょう。津久井さんとつきあっているように見せてたんですよ。これみよがしに」

「水村朝美は、ふた股《また》かけていたってことになります？」

「よく知らないけど、生安部長とつきあうようになってからは、津久井巡査部長はキスもさせてもらってないんじゃないかな」

「ふたりの、つまり石岡警視長と水村巡査との仲について、何かはっきりした証拠みたいなものってあるんでしょうか?」

「パテックフィリップ」

「え?」

「水村、パテックしてたでしょう。あれ、裏の部長交際費から買ったもの。去年の秋くらいかな、大丸が部長のデスクに持ってきたのを、見たひとがいる」

十分な情報だ。その名は少々驚きであったが。

小島百合は礼を言った。

「確認できました。協力、ありがとう」

電話を切ると、佐伯が目の前まで歩いてきた。話してくれ、と目が言っている。

小島百合は、いまの中館真理とのやりとりを、できるだけ同じ言葉で佐伯に伝えた。

佐伯は腕を組み、しばらく口をへの字に曲げていた。彼の視線は、小島百合のノートパソコンのモニター上に止まっている。小島百合も、あらためて石岡生活安全部長のデータを見つめた。

石岡正純《まさずみ》。昭和三十九年埼玉生まれ。東京大学法学部卒業。昭和六十三年、警察庁上級職採用。

以降、本州のいくつかの警察署、警察本部の主要職を、キャリア警察官僚の王道を歩むかたちで歴任、昨年、警視長に昇進。同時に北海道警察本部・生活安全部長に着任。前任地は、福井県警である。

平成四年に、文部省のやはりキャリア官僚である女性と結婚。こどもがふたりいる。夫人はいまも文部科学省本庁勤務。石岡自身は、単身赴任である。

特技として、柔道が挙げられていた。中学高校と柔道部だったという。キャリア警察官には珍しい。キャリア官僚ではあるが、ただの秀才ではない、とアピールしたいがための自己申告なのかもしれない。ただし、クラスは書かれていない。有段者ではないのだろう。

写真は、最近のもののようだ。スーツ姿で、真正面を向いている。髪形は官僚ふうの七三分けではなかった。もう少し長くて、分け目をはっきりと入れていない。役人ではなく、いくらか柔らかい仕事についている四十男と見える。眼鏡《めがね》もかけていなかった。二重の、形よい目だ。

佐伯が、小島百合の後ろから言った。

「こいつは、いけてる顔か？」

「え？」と小島百合は訊いた。

「つまり」佐伯は言い直した。「水村みたいな女の子が、津久井から乗り換えたくなるような顔か？」

小島百合は、いま一度石岡正純警視長の写真を見て答えた。

「少なくとも、おじさん顔じゃありませんね。サッカーチームの監督って感じもあります。

キャリアにしては珍しいタイプの顔だと思います。ゲイってことはありませんか?」

「さあな。どうしてだ?」

問われて、小島百合は答にとまどった。自分がいま、ゲイ、と口にした理由が、自分でもわからなかった。小島百合は言った。

「ふつうのおじさんの顔じゃないから」

「水村の好みに合いそうか」

「けっこういけてる中年男ですね」

佐伯が小島百合の横で、納得できないと言うように顎《あご》を撫《な》でた。

小島百合は思わず微笑して言った。

「佐伯さんも、いけてますよ」

「おれが?」佐伯は、自分の胸のうちが見透かされたとでも思ったか、かすかに頬《ほお》を赤らめた。「おれの話じゃない」

小島百合は言った。

「この石岡さんの場合は、顔だけじゃなくて、権力とお金があります。お給料だけじゃなくて、津久井さんは持っていなかった裏の交際費がある。パテックフィリップを買ってやれるだけのお金があるんです。女によっては、乗り換えようという気になります」

「妻子もある相手に?」

「水村朝美も、正式結婚するつもりはないでしょう。でも、この部長が在任中の何年か、お小遣いをもらって遊べるなら、それでもいいやと考えたのかもしれません」

小島百合は、ふと思いついて言った。

「もしかして、何かちがうことで、ふたりの相性がとてもよかったのかもしれません」

佐伯が、首を傾けて言った。

「相性？　セックスのってことか？」

「ええ」

「わからん。男と女のことは、まるで窺《うかが》いしれんな」

「水村の交際相手がわかったことで、事件は複雑になりましたか？」

「単純になったのかもしれん」

「現場が、水村と石岡部長の逢《あ》い引《び》きの場だったとしても？」

「谷川五郎が、部屋からテレビを盗み、水村の腕時計をいただいていったのは確実なんだ」

小島百合は、自分でも言葉をまとめきれないままに言った。

「わたしは、谷川五郎の確保で終わらない事件のような気がしてきました」

佐伯は、唇をきつくかんでから、小島百合のそばを離れていった。小島百合の言葉に同意したようでもあり、そんなことはないと否定したようにも見えた。

またバックミラーにライトが見えた。

「車です」言いながら、新宮昌樹は意識をミラーに集中した。

小型車、あるいは軽自動車だ。アパートの前で減速し、直角に向きを変えて駐車場に入った。

新宮は身体《からだ》をひねり、サイド・ウィンドウから駐車場を見た。車が停まったのは、一〇二、谷川の部屋の真ん前である。

「行くぞ」

諸橋が助手席のドアを開けて外に出た。

新宮も運転席のドアを開けて、車から降りた。ドアを閉じずにそのままにして、駐車場へと向かった。

車の脇で、男が振り返った。街灯の薄明かりのせいで、ぼんやりと姿は確認できる。谷川かどうか、顔までは判然としないが。

男は新宮たちに気づいて、緊張を見せた。素早く左右に目をやった。

歩きながら、諸橋が言った。

「谷川、ひさしぶりだな。諸橋だ。覚えているか」

相手が驚愕《きょうがく》したのがわかった。谷川で間違いないようだ。新宮は足を速めた。

谷川らしき男は、いま一度左右に目をやってから、車のドアを開けて運転席に身体を入れた。新宮は駆けた。車から、引きずり出さねばならない。

ブルンとエンジンが始動した。あと十歩の距離を、新宮は跳躍するように走った。運転席のドアノブに手をかけたときだ。その軽自動車は急後退した。新宮は素早く身を引いた。駆けてきた諸橋が、横に飛びのいて逃れた。その拍子に諸橋は足をもつれさせ、尻餅《しりもち》をついた。

谷川は、いまきた通りのほうに軽自動車を向けると、再発進した。タイヤの擦過音が、夜のアパート街に耳障りに響いた。

新宮は自分も車に戻ろうとした。

「大丈夫ですか！」

諸橋に声をかけると、諸橋は自分で立ち上がって答えた。

「車に乗れ！」

新宮は自分の車に向かって走った。

そのとき、軽自動車の行く手で、ふいに自動車のヘッドライトが点《つ》いた。大森という交通課警官の車だろう。真正面から突っ込んでくる。軽自動車は急停車した。大森の車も急停車した。

新宮は自分の車の運転席に飛び込み、ドアを閉じて発進させ、道を塞《ふさ》ぐように停めた。急後退してきた軽自動車が、向きをふいに変えた。後尾が駐車場のほうに入った。大きく鈍い音が響いた。脱輪したのだ。側溝の隙間《すきま》に、後輪を落とした。車は地面に腹這《はらば》いになる格好となった。もう動けない。後輪が空《むな》しく空回りしている。

諸橋が軽自動車の運転席側に駆け寄って、ドアノブに手をかけた。しかしロックされているようだ。開かない。諸橋は窓ガラスをどんどんと叩《たた》いた。

正面の車からも、町田と植村が駆けてくる。そばの家々の窓で、いくつかカーテンが開いた。外を窺うシルエットが見えた。

新宮は車を降りて、諸橋の横に立った。町田と植村は、助手席側だ。

ようやくエンジン音が停まった。

新宮は車のマグライトを運転席に向けた。写真で覚えた谷川五郎の顔だ。不貞腐《ふてくさ》れたような顔で、ステアリングを握っている。冷汗なのか、額やこめかみに汗が光っていた。

諸橋がもう一度、窓を叩いた。

谷川が諸橋に顔を向けた。

「おとなしく出てこい」と諸橋が言った。「逃げられない」

谷川は、三十秒ほどためらっていた。用件については、想像がついているはずだ。四年前、自分を挙げた刑事がこの場にいるのだ。煙草の火を貸して欲しい、という用事ではないことは、とうに承知している。

新宮たちは黙ったままでいた。この場合、彼を落ち着かせてやったほうがいいのだ。公務ではないから、いま誰も武器を携行していないし、手錠も持っていない。暴れられたら、厄介なことになる。

ようやく諦《あきら》めたようだ。谷川はドアのロックをはずすと、運転席のドアを半開きにした。新宮は町田と並んで、ドアの外で身がまえた。

谷川はゆっくりと降りてきた。手には何も持っていない。作業用ジャンパーにスウェットシャツ、だぶだぶの作業ズボン姿だった。谷川がドアの外に完全に降り立ったところで、新宮は飛びかかって右腕を取った。ほとんど同時に町田も左側の腕を取った。

谷川は抵抗しない。しかし、不服そうだ。頬を膨らませ、口をとがらせている。データベースの写真と同じ表情だった。たぶん彼は、生まれてからこのかた、大部分のときをこの顔で過ごしてきたのだろう。なぜ、こうなる？　なぜ自分の人生はこうでしかないのだ？　と、繰り返し問うてきた日々。あいにくと、自分たち警察官は、お前のその問いには答えてやることはできない。その答を知らない。おれたちが答えられるのは、この場合お前の責任の取りかただけだ。こうなった以上は、お前はこれを受け入れる以外にはないのだと諭してやることだけだ。

諸橋が谷川の真正面に立って言った。

「同行してもらうぞ」

谷川が言った。

「勝手にしてくれ」

「植村さん」と、諸橋は植村を呼んだ。「こいつに縄をかけてやってくれませんか。車のダッシュボードの中に、縄が入っている」

植村が諸橋に言われたとおり、縄を取り出してきて、谷川五郎の両手を後ろ手に縛りあげた。縄の扱いは器用だった。

谷川はふしぎそうな声で言った。

「手錠はどうした？」

諸橋が答えた。

「縄を使うときもあるさ。ときと場合だ」

「おれは、ぱくられたんだよな？」

諸橋は直接には答えなかった。

「自分が何をやったか考えろ。おれたちが、お前さんを料亭にご招待するためにきたと思うのか？」

谷川は黙りこんだ。

新宮は町田と一緒に、谷川を自分の車の後部席に押し込んだ。町田と諸橋が両端を固めた。少し窮屈だが、我慢してもらわねばならない。

植村が、携帯電話を取り出した。

「おれだ、植村」佐伯にかけたようだ。「ああ。いま、谷川の身柄確保」

「いや、まだ何も訊いていないし、向こうもしゃべっていない」

「そっちに連れて行けばいいんだな。場所はあるんだな？」

電話を切ると、植村は新宮と大森に言った。

「戻るぞ」

新宮は自分の車の運転席に身体を入れた。

発進させてから思った。

容疑者の特定から身柄確保まで、ずいぶんあっさり進んだような気がする。強盗殺人の捜査というのは、いつもこんなものなのだろうか。自分たちの前に、まっすぐに高速道路が延びていたようなものだ。

いささか拍子抜けだ、というのが、いまの偽らざる気持ちだった。だいたい、谷川が自分の住居にすんなり帰ってくること自体が、意外だった。佐伯はどう予測していたのかわからないが、明日の百条委員会の開催までに谷川の身柄確保ができるかどうかさえ、自分は危ぶんでいたのだ。

諸橋に、そのあたりの感想を訊いてみたいところだった。ステアリングを握ったまま、新宮は後部席を振り返ろうとした。

諸橋が、敏感に新宮の気持ちを察した。

「黙ってろ、新宮。着くまで、余計なことは一切言わなくていいからな」

「あ、はい」

新宮は視線を戻した。バックミラーを見ると、大森と植村の乗る車があとを付いてくる。ほぼ二十メートルほどの間隔を取っていた。

交差点にかかったところで、左手から警察車が突っ込んできた。回転灯を点けてはおらず、サイレンも鳴らしていない。ただし、急いでいる。二台続いていた。

この近所で事件？

新宮は警察車が反対方向に走り去って行ってから、交差点を左折した。この通りは幹線道路だ。ナビゲーターを確かめると、苗穂丘珠《なえぼおかだま》通りである。

町田が、後ろで言った。

「いまのパトカー、あたしたちの捕り物で、住人が一一〇番したんでしょうかね」

諸橋が言った。

「それにしては早すぎるぞ。おれたちとは関係がないことかもしれん」

「偶然ですか？」

諸橋は、答にとまどったようだ。

「何かな。わからん」

新宮は、交通量も少なくなった夜の苗穂丘珠通りで、自分の車を加速した。


佐伯が電話を切ったので、小島百合は確かめた。

「谷川五郎、確保ですね」

「ああ」佐伯はわずかに安堵《あんど》の表情を見せて言った。「こっちに向かってる。意外にあっさりだったな」

「ひとつ、気になることがあるんですが」

「なんだ?」

　小島百合は、少しためらった後に言った。

「わたしたちがやっていること、公務ではありません。わたしたちが谷川五郎から自供を引き出しても、供述調書は証拠としては採用されないでしょう。検事側の申請は却下です。となると公判維持はできません。谷川は結局無罪放免になるのでは?」

　佐伯は、その点は検討済みだとでも言うように、明瞭《めいりょう》な口調で言った。

「この場合、大事なのは、ひとりの警官が冤罪《えんざい》で撃ち殺されるのを止めることだ。真犯人を刑務所送りにすることじゃない」

「水村朝美殺しは、解決しなくてもいいということですか?」

「解決する。ただ、谷川を罪には問えなくなるということだ」

「でも、それで、その」小島百合はもう一回ためらってから言った。「この場合、津久井さんを助けることが、最優先ということになるんですね?」

「究極の二者択一だ」と佐伯は言った。「もうひとり殺される人間が出るのを止めるか、殺人犯の刑務所送りは見送るか」

「後々、このことが明らかになったとき、その選択、わたしたちのその選択は、世間の支持をもらえるでしょうか」

「知らん。だけど、おれの本音を言えば、これは二者択一の問題でさえない。ひとひとりを救うことのほうが優先する。もし」

佐伯が言葉を切ったので、小島百合は首を傾けて先を促した。

佐伯は言った。

「もし、正義のためには警官がひとりふたり死んでもかまわないってのが世間の常識なら、おれはそんな世間のためには警官をやっている気はないね」

小島百合は、佐伯の言葉の強さにいささか驚いて言った。

「正義よりも大事なことがあるってことですね」

佐伯は首を振った。

「ひとの生命より大事な正義なんてないってことだ」

小島百合は、納得してうなずいた。

たぶん自分が心配したように、このような不法な身柄確保と取り調べでは、谷川五郎の公判は維持できないだろう。このあともし自分たちが谷川を正式に大通署の刑事課に引き渡したとしても、身柄確保と取り調べ自体が違法行為であったということになり、検察も起訴を見送るかもしれない。その結果、谷川五郎を水村朝美殺害の被告人として裁判にかけることは、ほぼ無理となる。

しかし、佐伯がいまこの自分たちの「独自捜査」の目標を、津久井巡査部長射殺阻止に置いているなら、それはそれでよい。佐伯が言うとおり、自分にも、もうひとつの殺人か、水村殺し犯人の不起訴か、どちらかひとつを選べと言われたならば、答は決まっているのだ。どちらも嫌だ、と駄々をこねることはできない以上、谷川五郎の犯行については違法捜査・違法逮捕として指弾されることは受け入れる。

小島百合は、先ほどの佐伯の電話を聞いていて、気になったことを訊《たず》ねた。

「谷川五郎からの事情聴取、どこでするんです？　この部屋ですか？」

佐伯は言った。

「さっき、下の店に降りたときに、決めてきた」

「ここですか？」

佐伯は窓のほうを指さした。

「駐車場の端に、工事用のスーパーハウスがある。覚えているか？」

そういえば、あったような気がする。クレーンで吊《つ》り下げて設置する、簡易事務所だ。

「あれが空いている。借りることにした」

さすが、と小島百合は、胸のうちで佐伯に賞賛の拍手を贈った。

新宮は苗穂丘珠通りから苗穂駅前で北二条通りに入った。

後部席の谷川は黙ったままだ。諸橋も町田も、先ほどからもうひとこともしゃべっていない。沈黙が続いている。

創成川を越えると、札幌市街地のオフィス・ビル街である。そのまま直進すると、駅前通りを渡って一ブロック先の左手に、札幌方面大通署がある。しかし新宮は、西三丁目で左折、南向きの一方通行に入った。それから南大通りの西向きの一方通行へ。

車が西五丁目の通りを渡ったとき、谷川が不思議そうに言った。

「大通署に行くんじゃないのか?」

諸橋が言った。

「行きたいのか?」

谷川は、何を言われているのかわからないという調子で言った。

「おれは、ぱくられたんだろう?」

「任意同行だよ」

「任意なのか」

「オーケーしたじゃないか」

「ぱくられたんじゃないのか?」

「だったら何だっていうんだ?」

「どこに連れてゆくんだ?」

「べつのところだ」

「おい」

谷川が後部席でもがいたようだ。町田と諸橋が、谷川を押さえこんだ気配があった。バックミラーを見ると、谷川がきょろきょろと左右に視線を動かしていた。

諸橋が言った。

「おとなしくしてろ。お前のためだ。大通署に行ってみろ。お前は取り調べ室で撃ち殺されるんだぞ」

谷川が訊いた。

「どうしてだ？」

「警官を甘く見るな。同僚の婦人警官を殺されてるんだ。お前を裁判所に送ってぐずぐず公判をやらせると思うか。ぐずぐず言わずにその場で撃ち殺すのが、警察の伝統ってものだ」

「ちょっと待て。婦人警官を殺されたって、何のことだ？」

「しらばっくれるな。お前さんが殺した女、婦人警官だったんだ」

新宮はまたバックミラーをのぞいた。谷川の反応を確かめたかったのだ。

谷川は、目を大きくみひらいて、諸橋を見つめている。眼球が、飛び出してきそうなほどに驚いていた。

「あの女、婦人警官だったのか？」

「そうだ。お前は、婦人警官を殺したんだ」

「まさか」

「まさかって、どういうことだ？　殺した自覚はあるんだろう」

「あの程度で、まさか死ぬか」

「あの程度って、首の骨を折ったろう」

谷川がまたもがいた。

町田が激しく怒鳴った。

「暴れるな！」

腹に拳骨《げんこつ》の一発もくらわせたのかもしれない。谷川は短く呻《うめ》いた。

諸橋が訊いた。

「ひとは、首の骨を折られたら、ふつうは死ぬぞ。貴様は、死体から腕時計を盗んだろうが」

「ちがう」谷川の口調は切迫したものになった。「死んでいない。生きていた。息はあった。おれは頭の後ろを殴っただけだ。倒れて意識なくしたみたいだったから、それ以上のことはしていない」

諸橋は、鼻で笑って言った。

「当たりどころが悪かったんだろう」

「やっていないって。おれは殺していない。テレビを持ち出そうとして、突然帰ってきたんで、あわてて隠れて、後ろからごつんとやっただけだ。殺していない。死んだことも知らなかった。死ぬはずはないと思ってた」

その口調には、新宮も不誠実さや狡猾《こうかつ》さを感じなかった。もっとも、これまで犯罪者の取り調べの経験はない。容疑者の言葉を聞いて、その口調から真偽を判断する訓練も受けてはいないのだが、でもこいつのこの言葉は、嘘には聞こえない。

諸橋も同じように感じたようだ。

「後頭部を殴っただけ？　首に手をかけていないか？」

谷川の返事は、必死だった。

「いない。首の骨を折るとか、そんなことはしていない」

「頭の後ろを殴っただけでも、当たりどころ次第で死ぬぞ」

「だけど、それ以上のことはしていないって。倒れたときは、息はしていた」

諸橋は口調を変えた。

「じっくり聞かせてもらうさ」

「どこに行くんだ？」

「臨時の取り調べ室だ。言っておくが、こっちは同僚を殺されているんだ。ぐだぐだ時間を稼ぐようなら、大通署に連れて行くからな」

谷川五郎は、おとなしくなった。

ちょうど、西八丁目の交差点にかかった。新宮はステアリングを切って、車を左折させた。

佐伯宏一は携帯電話のオンボタンを押した。

「いまどこだ?」

新宮が答えた。

「駐車場に入りました。どうしましょう」

「植村さんたちも一緒か」

「べつの車です。あ、いま到着です」

「その駐車場の隅のほうに、工事現場用のスーパーハウスがある。わかるか」

「ああ。はい」

「そのスーパーハウスを使え。ドアはロックされていない。中にはテーブルとパイプ椅子《いす》がある。カーテンを閉めて、事情聴取だ。おれもいま行く」

「はい」

佐伯は、イヤホン・マイクをはずし、小島百合に顔を向けて言った。

「戻ってきた。下の店に電話して、またコーヒーをポットでたっぷり作ってもらってくれ」

はい、と答えて、小島百合は立ち上がった。

佐伯がビルを出て、駐車場の隅の工事用事務所に近づこうとすると、諸橋と新宮が近寄ってきた。ふたりの表情から察するに、何かトラブルが起こったようだ。誰か怪我《けが》でもしたか。

諸橋が、佐伯の正面に立って言った。

「谷川は、自分は殺していないと言ってる。室内物色中に女が帰ってきたんで、後頭部をごつん。倒れたところで腕時計を奪い、テレビを持って部屋を出たと言うんだ」

佐伯は訊いた。

「水村の死因は、町田の見たところ、頸椎《けいつい》骨折でした。だけど、首には手をかけていない？」

「ごつんも首をへし折るのも大差ないと言えば言えるが」

「何かの拍子で死んだのでしょう。傷害致死でいいんじゃないですか」

諸橋は首を振った。

「あっさりあいつの身柄確保ができたことも気になるんだ。谷川は、自分が女を殺したという自覚はまったくなかった。殺人事件になったとは夢にも思っていなかったらしい」

佐伯は、胸騒ぎを感じながら言った。

「もしかして、これはまるで想像とちがう事件だってことですかね。とにかく顔だけ見せてください」

佐伯は、諸橋たちと一緒に、その工事用事務所へ入った。

ちょうど奥のほうで、植村が町田の手を借りて、谷川五郎をパイプ椅子に縛りつけているところだった。谷川五郎は、キツネにつままれたような顔をしている。佐伯たちが入ってきたのを見て、激しくまばたきした。事情がよく呑《の》み込めていないという様子である。

植村の縄を扱う手際はよかった。縄目も、逮捕術の教科書にも採用したいほどの美しさになっている。

佐伯は谷川の前に進んで、顔を見つめた。

谷川が不思議そうに佐伯を見つめ返してくる。てめえは何者だ、とでも訊いているような目だった。

なるほど、と佐伯は思った。この男にはたしかに、粗暴な印象が強い。何かあったとき、言葉よりも先に確実に拳《こぶし》が出てくるタイプだろう。諸橋が、水村殺しの現場の様子を聞いて、掬《すく》い取りの手口を使うほかのふたりの前科者ではなく、谷川を連想したというのは、ある意味で正しい。パニックに陥ったとき、この男ならまず間違いなく、暴力で対処することだろう。

だが、と佐伯は同時に思った。水村朝美の首には鬱血《うっけつ》の跡があり、さらに首が不自然にねじれていたという。頸椎の骨折が死因ではないか、と町田は言っていた。この谷川という男、絞殺や頸椎骨折というかたちでの殺人を犯すだろうか。自分の経験から言って、この雰囲気の男に似合うのは、殴打による脳挫傷《のうざしょう》とか外傷性ショックが死因の殺人事件だ。絞殺ではない。あるいは、首の骨をへし折るという種類の殺人事件ではなかった。

谷川が、佐伯に言った。

「おれは殺していない。何度も言ったけど、首には手をかけちゃいねえぞ」

佐伯はうなずいて言った。

「ああ。言い分は全部聞く。だから、正直に話してくれ」

植村が、緊縛を完成させて谷川から離れた。

佐伯は植村と諸橋のふたりを交互に見ながら言った。

「じゃあ、聴取のほう、よろしく頼みます。記録は必要ありません。吐いたら、連絡してください」

それから新宮と町田、それに大森に言った。

「逃がさないでくれ。婦人警官殺しなんだ。逃げようとしたら、撃て」

もちろんこれはブラフだ。だいいち、みないま拳銃《けんじゅう》は携行していない。撃てと言われたところで、撃ちようがない。しかし、谷川に対しては、多少の脅しになるだろう。

携帯電話が震動した。

耳に当てると、小島百合だった。

「コーヒーが出来ました。そちらへ持ってゆきましょうか」

「いや、いい」と答えてから、佐伯は植村たちに言った。「コーヒー、交代でいかがです？」

植村が言った。

「いただこう」

佐伯は、植村、諸橋、新宮の三人と一緒に、部屋に戻った。

小島百合がすぐに四人のためにカップに熱いコーヒーを注《つ》いだ。

新宮が、コーヒーをひと口すすってから言った。

「植村さんは、縄の使いかたが上手ですね。あの縛りかたって、芸術的ですね」

植村も、コーヒーをひと口飲んでから、苦笑したように言った。

「おれの若いころは、警察学校でたっぷりこれを教え込まれた。お前さんたちはどうなんだ?」

「手錠がない場合の緊急用に、一応、講習はありましたが」

「縛りが趣味になっちまう警官もいる。警視庁にはいっとき、緊縛の同好会まであって、外の講師についていろいろ縛りかたまで研究していたそうだ」

「その緊縛って、意味がちがうんじゃないですか」

植村は、にやりと歯を見せた。

「そのとおりさ。同好会には、縛られ役を志願する警官も何人もいたそうだ」

「どういう意味です?」

「緊縛を勉強してるうちに、縛られるのが快感になるって警官もいたのさ」

諸橋が言った。

「危ない話だな」

　佐伯は諸橋に訊いた。

「谷川の自供、どう思います?」

「なあに、取り調べの最初だ。こっちが何を握ってるか、探りにかかってるんだ。小出しに自供してくる」

「我々には、朝までしか時間がありません。朝までになんとか落として、津久井射殺のための非常線を解かなきゃならない」

「だからといって、荒っぽいことはやるわけにはゆかんのだろう?」

「できません。ただ、殺しを認めさせることさえできれば、それで十分なんです」

「盗品を売ったっていう、明白な物証もあるんだ。時間はかからない。二時間で、認めるさ」

　諸橋たち三人は、コーヒーを飲み終えると部屋を出ていこうとした。小島百合が新宮を呼びとめて、町田や大森にもコーヒーを持っていってくれと頼んだ。新宮は部屋に残った。

　諸橋と植村が部屋を出てドアを閉じた。

　新宮が、ふと思い出したように佐伯に言った。

「そういえば、谷川五郎を確保した直後、二台のパトカーとすれ違いましたよ。サイレンは鳴らさずに、谷川のアパートの方に走っていった。まるでそこで何かあるのを予測してたみたいな感じだったたな」

佐伯は訊いた。

「アパートのそばに停まるところを見たのか？」

「いや、そこまでは」

「じゃあ、谷川の一件とは無関係なんだろう。偶然だ」

「ならいいですが」

新宮は、ステンレスのトレイにポットとコーヒーカップを載せて、部屋を出ていった。


いま、部屋の壁には、四枚の模造紙が貼《は》られている。みな新聞紙の大きさだった。左端の模造紙には、事件現場の見取り図が描かれている。町田が記憶している部屋の什器《じゅうき》類のリスト。

二枚目の紙は、すでに不要になった情報だ。諸橋が名を挙げた、三人の窃盗犯に関してのデータである。小林と中田の名は、二本の線で消されている。

三枚目の紙は、殺人現場となった部屋の使われかたと鍵《かぎ》についての情報。佐伯が津久井から聞いた話も含まれている。

現場六一一は生活安全部銃器対策課がアジトに使用。津久井がキーを一本。

一昨年四月以降、津久井は水村との逢い引きに部屋を使用するようになる。水村がスペアキーを持つ。

昨年六月か七月、水村がキーを紛失。郵便受けから消えた。津久井がスペアキーを作って渡す。

十月。津久井は課長命令でキーを引き渡す。津久井はこれ以降、部屋には入っていない。

今年三月末、現場付近のマンションで、空き巣被害が二件。

そしてきょう、殺人事件発生。

四枚目の模造紙には、昨日の事件発生以降の事実が、時系列に記されている。

昨日午後五時半過ぎ。水村朝美、勤務先道警本部ビルを退庁。そのあとの足どり不明。

津久井は通常勤務。六時過ぎに退庁。その後ＪＲタワー内レストランで、弁護士・共産党道議員と会う。

昨日、夜八時三十分ころ、谷川五郎、薄野の質屋に盗品の液晶テレビと腕時計パテックフィリップ、ＭＤプレーヤーを売却。

きょう、水村は無断欠勤。

津久井は非番。

午前十一時半ころ、六一一下の部屋から、水漏れの情報。集合住宅の管理人、部屋に入って水村朝美の死体を発見。

午後十二時過ぎ、大通署刑事課・町田捜査員ら現場到着。

午後十二時二十分。本部機動捜査隊・長正寺捜査員ら、鑑識員と共に到着。

午後十二時五十分、大通署・町田捜査員ら現場を退去。

午後二時四十分、本庁は津久井卓巡査部長を水村朝美殺しで本部内手配。覚醒剤《かくせいざい》を使用し、拳銃も不法所持の可能性大とのことで、射殺指示。

この模造紙には、あと数時間で、谷川五郎の自供内容がつけ加えられるはずである。昨日の夕刻のあたりに、赤いフェルトチップ・ペンで、谷川五郎、六一一で水村朝美を殺害、と。

佐伯がその模造紙に記された情報を見つめていると、小島百合が言った。

「石岡警視長と水村との関係、その紙に書き出す必要はありませんか?」

佐伯は、振り返って言った。

「確認が取れたわけではないんだろう? まだ職場の噂話の段階だ。何か意味があるか?」

小島百合が言った。

「もし水村朝美と石岡警視長との関係が事実だとしたら、水村朝美がその場にいたことの説明がつきます」

佐伯は思った。もしそうだとしても、谷川五郎さえ殺害を自供するなら、それは些末《さまつ》な問題だろう。水村朝美の新しい相手は石岡警視長であり、あの部屋はふたりの密会場所として使われていたのかもしれない。それはそれで、いま佐伯たちが問題にすべきことではない。石岡警視長の不倫それ自体は、違法行為ではないのだ。もし問題があるとしたら、生活安全部のアジトを待合代わりに使ったという点か。しかし、部屋の家賃は外郭団体持ちだというなら、そのことの違法性も低くなる。問題にすべきは、裏金でパテックフィリップを買った点かもしれないが、道警本部は石岡が裏金を手にしていたとは絶対に認めないだろう。

佐伯は、さほど意味を認められないままに小島百合に言った。

「書いてみてくれ」

「はい」

小島百合が、メモ用紙と黒いフェルトチップ・ペンを持って、三枚目の紙の前に立った。一昨年以来の部屋の使われかたと鍵にまつわる問題について記された模造紙である。

小島百合は、前後の時間を確かめてから、手早く書き込んでいった。

まず一昨年四月のスペースである。

水村朝美、本部生活安全部防犯総務課に配属。

津久井との交際始まる。

次に、去年四月のスペース。

石岡警視長、本部生活安全部長に着任。

九月、津久井と水村との関係、冷える。

十月、津久井、部屋の鍵を課長に返却。津久井、現場の部屋には立ち寄らなくなる。

秋頃、石岡、パテックフィリップの腕時計購入。水村、パテックフィリップの腕時計をするようになる。

同僚、このころから水村と石岡の関係に気づく。


小島百合は、そこまで書いてから、自分のノートパソコンの前に戻った。

佐伯は新たに書き込みのあった模造紙を眺めて言った。

「水村が昨日あの部屋にいたのは、石岡と密会するためだってことか？」

小島百合は言った。

「あの部屋は生活安全部が引き続き会議などに使っていたのでしょう？　津久井さんから鍵は取り上げたけど」

佐伯はうなずいた。

「おかしな話でもない。津久井は、郡司事件の発覚後、生活安全部の地雷になっていたんだ。奴《やっこ》さんをはずして、銃器薬物対策課が動いていたってことはありうる」

「そんな部屋に、生安総務課の婦人警官まで出入りしますか」

「会議のとき、ホステス代わりに使われていたのかもしれない」

「会議といったって、そのためのテーブルもない部屋です」

「何が言いたいんだ？」

「まだよくわかりません。でも、谷川五郎が殺人を否定していると聞いて、こっちのことが妙になっているんです」

「あれは時間稼ぎだ。朝までには、吐くさ」

そのとき、佐伯の携帯電話が鳴った。

佐伯は電話本体のモニターを見た。番号非通知だ。佐伯はオンボタンを押して、イヤホン・マイクを耳につけた。

「はい」

佐伯が短く応《こた》えると、相手もぶっきらぼうな調子で言った。

「本部機捜、長正寺だ」きょう、現場にきたという警部か。「佐伯さんだな？」

「そうです」

佐伯は、この長正寺という名の警部とは直接の面識はなかった。

「この番号、つてを頼って調べた。少し話せないか。いろいろ聞きたいことがあるんだ」

意外な申し出だった。長正寺は、今度の事件で佐伯が動いていることを承知しているようだ。大森にも噂は伝わっていたのだ。長正寺がこの件を耳に入れてもおかしくはないが。

それでも、佐伯はとぼけた。

「何の話でしょうか」

「全部知ってる。影の捜査本部を作っているそうだな。真犯人は津久井じゃないと、べつの男を追っているとか」

佐伯が黙っていると、長正寺は言った。

「どうなんだ？」

佐伯は言った。

「捜査は本部の受け持ちなんでしょう。わたしはべつに何もしていませんが」

「追っている男の名は、谷川五郎というのだと聞いた。薄野の客引きたちのあいだに流れてる情報だ。大通署は、そいつを追っているって」

やはり期待どおり耳に入っているのだ。あの情報屋を使ったことで、現場の捜査員や動員されている制服警官たちが混乱しているなら、それは佐伯の目論見《もくろみ》通りだということになる。津久井を撃つことには、ためらう警官も出てくることだろう。

長正寺が言った。

「どうだ。会えないか？　話せないか？」

「それは、個人的にという意味ですか？」

「警官同士が、個人的にだ」

「会う目的は？」

「情報交換」

「交換するような情報なんて、持っていませんよ」

「おれには、ある。あんたにもあると思う」

「ひとつ確かめますが、長正寺さんは水村朝美殺しの捜査本部のメンバーなんですね？」

「いいや。きょうのこの件では、捜査本部は設置されていない。被疑者特定がすんなりできたということで、捜査一課が担当している。機動捜査隊のおれは、支援しているだけだ」

それが不服だ、と言っているように聞こえた。

佐伯は訊いた。

「その情報交換は、ひとりずつで？」

「ああ」

「個人的に？」

「そう言ったろ」

「場所は？」

「あんたが指定しろ。どこにでも行く」

佐伯はかまをかけた。

「ここではどうです？」

「どこなんだ？　どこにいる？」

芝居かどうか、判断できなかった。長正寺は、この影の捜査本部の所在地を把握しているのか。それとも、佐伯が関《かか》わっているということだけを知っているのか。

佐伯は言い直した。

「大通公園七丁目広場。真ん中。十分後に」

「いいだろう。七丁目広場の真ん中だな」

「個人的に会うってことでいいんですね」

「何度も言わせるな。じゃあ、十分後に」

電話を切ってから、佐伯は小島百合に言った。

「ひとに会ってくる。新宮の車で行く」

小島百合が訊いた。

「下のお店じゃないんですか」

「ちがう」

佐伯は、イヤホン・マイクを頭からはずすと、部屋を出た。


新宮が、すぐに自分の車を通りに出してきた。

佐伯は助手席のドアを開けて身体を入れ、新宮に言った。

「大通公園の七丁目に行ってくれ。そこでひとに会う」

新宮は、はいと応えて車を発進させた。

西八丁目通りに出たところで、佐伯は訊いた。

「谷川五郎、どうだ?」

新宮は横目で佐伯を見て答えた。

「言ってることは同じです。殺していない。首も絞めていない。自分が腕時計を奪って部屋を出たときは、確実に息があった。すぐに息を吹き返しそうに見えたと」

「諸橋さんは、何と？」

「じんわりとやってますよ。町田さんと諸橋さんのコンビで。町田さんが脅し、諸橋さんがすかして」

「おれが訊いたのは、諸橋さんの判断だ」

「谷川の言葉を信じてはいないと思います」

答えながら、新宮は車を加速した。大通公園七丁目広場まで、ほんの二分で着く。しかし、この場合は相手より先に行っているべきだろう。


八丁目通り側に車を停めて待っていると、暗がりの中にひとつ、人影が見えた。六丁目側から歩いてきて、七丁目の広場の真ん中に立ったのだ。

佐伯は新宮に、待っていてくれと指示して車を降りた。

公園の中に入って、広場の真ん中を目指した。周囲には、ほとんどひと影はない。ほんの二つ三つの男女の影があるだけだ。酔いでも覚ましているのか、行くところがないのか、所在なげにベンチに腰掛けている者もいる。

佐伯が近づいてゆくと、相手も気づいた。ダスターコートを着た四十男だ。両手をコートのポケットに入れて、傲慢《ごうまん》そうに煙草をくわえていた。典型的な刑事の空気を漂わせている。ひとりだけと見えた。周囲に、ほかの捜査員たちが張り込んでいる様子は見当たらない。

相手も佐伯に気づいて、こちらに向き直った。

「佐伯さんだな」と相手は言った。視線が素早く佐伯の背後や左右に走った。「わざわざすまない。長正寺だ」

佐伯は長正寺の五歩ほど前で足を止め、名乗ってから訊いた。

「どんな情報を交換すると言うんです?」

「今朝、小樽で手入れがあったな」

「ええ。本部に取り上げられた」

「理由を知っているか?」

「いえ」

「あの被疑者は、本部の生活安全部のエスだ」

エス。つまり協力者ということだ。

「見当はついていました」佐伯は言った。「今朝、自分が逮捕されるとは、夢にも思っていなかったようだ」

「本部はおとり捜査を進めているんだ。でかくて、点数になる事件だ」

「盗難自動車の密輸が、それほどの点数ですか?」

「そんなものじゃない。相手は北朝鮮。覚醒剤が動いてる。前島は、もう少しで相手を引っかけるところまできている」

「代わりに、盗難車の密輸はお目こぼしですか。郡司警部も、拳銃とのバーターで、やりましたね」

「こんどは北朝鮮と覚醒剤。点数がひとけた違う。生活安全部長の実績としては、大きい」

佐伯は、生活安全部という名詞が出たので思いついた。

「ということは、かっさらったのは、石岡警視長ですか」

長正寺は、いくらか落胆したように言った。

「知っていたのか」

「確信はありませんでしたが」

嘘だ。いまこの瞬間まで、石岡警視長のことは考えてもいなかった。

長正寺は訊いた。

「どうだ、この情報?」

「ひとつ腑《ふ》に落ちましたよ」

次は佐伯が情報を出す番だ。長正寺は訊いた。

「水村朝美殺し、真犯人は谷川五郎という男だそうだな」

「容疑濃厚です。昨晩、あの部屋に忍びこんでいた。共同郵便受けから、掬い上げで、鍵を持っていたんです」

「身柄は確保したのか？」

佐伯は正直には答えなかった。

「いえ。まだです」

「ほんとに物盗《ものと》りなのか」

「パテックフィリップって時計、知っていますか」

長正寺は首を振った。

佐伯は言った。

「水村朝美がしていた腕時計です。高級ブランド。谷川五郎は、その時計を昨日、質屋に持ち込んでいるんです」

「おれは現場を見てる。物盗りがあったようには見えなかった」

「テレビがなかったでしょう？」

長正寺は、驚いた顔を見せた。

「たしかに、なかったけど」

「仲間の刑事が、テレビの保証書を見つけた。テレビも谷川五郎が盗んでいったんですよ」

長正寺は首を振った。

「そんな部屋には見えなかった」

「郡司警部の事件で、ベテラン刑事が全部飛ばされた。その弊害ですよ」

「わかりやすい現場に見えた。部屋の鍵を持っている顔見知りの犯行だ。本部で水村朝美が殺されたと口にしただけで、すぐに津久井の名前が出てきたんだ」

「顔見知り、っていう最初の思い込みが強すぎたんでしょう」

「その谷川五郎って野郎、確保の目処はついたのか」

佐伯は正直には答えなかった。

「いえ、まだです」

「じゃあ、まだ谷川五郎って男だと決まったものでもないな」

「だけど長正寺さんも、もう被疑者が津久井じゃないってことは、わかってるんでしょう？　だからわたしと情報交換にきた」

「そういうわけじゃない。だけど気になるんだ」

「何がです？」

「津久井への射殺許可さ。覚醒剤に拳銃。だからといって、射殺は短絡だ。誰でも否応《いやおう》なく、郡司事件のときの銃器対策課長の自殺を思い出す。本部にとっちゃ都合のいいときに、事情をよく知る人物が死んでくれたんだ」

「射殺許可が出た理由について、もうひとつ話があります」

長正寺が、知っているとでも言うようにうなずいた。

「あいつ、明日、うたうんだって?」

「そういう噂ですね」

「本部じゃ、津久井が道議会に取り引きを言い出したんだって話をしてるぞ。水村殺しから目をそらすために、道議会に証人で出ると言い出したのかもしれないと。公判になったら、冤罪を主張する気なんだと」

その見方は、現実とは時系列が逆だ。しかし現場の捜査員たちには、よく納得できる話なのかもしれない。「うたう」という振る舞いは、警察官にとってはそれほどまでに、心理的障壁の大きいことなのだ。よっぽどのことがないと、障壁を踏み越えることはできないと、多くの警官が信じている。たとえば殺人事件との取り引きのようなことでもない限りは、と。

長正寺が言った。

「もしお前さんが、津久井の居場所を知っているなら、おれと取り引きしないか」

「居場所は知りませんが、どういう取り引きなんです?」

「津久井の身柄をおれに渡してくれるなら、安全は約束する。きちんと公判にかける。射《う》たれりゃそれまでだが、公判となれば無実が証明される」

「長正寺さんが約束したって、相手は道警の組織全体です。とても守りきれるものじゃありませんよ。明日の証言も、できないってことなんでしょう?」

「うたわずにすむ、というのは、こっちの好意のつもりなんだが」

「津久井は、それを好意とは感じないかもしれません」

「なら、谷川五郎の情報を、全部おれにも教えないか。道警の組織を挙げて追えるぞ」

「谷川五郎が、公判前に殺されかねない」

「本気でそれを心配するのか？」

「津久井への射殺許可が出た以上、同じことは谷川にあったって不思議はありませんよ」

長正寺は溜《た》め息をついて夜空に目をやった。

佐伯は思いついて、もうひとつ口にした。

「おれたちのやっていること、本部はどのくらい把握しているんです？　何十分かあとには、おれたちの溜まり場にも護送車ですか」

長正寺は顔を佐伯のほうにめぐらしてきた。一瞬前まで、べつのことを考えていたという顔だった。

佐伯が、いまの言葉を繰り返そうとすると、長正寺はそれを遮って言った。

「ぽつりぽつりと、お前さんたちの情報は入っているみたいだな。警備部は、津久井の潜伏先って場所を急襲したようだ。がせねただったと聞いたが。お前たちが匿《かくま》っているんだろ？」

「知りません」

「お前さんたちのチームがどれだけのものか知らんが、サインはかなり盗まれているのかもしれんぞ」

「用心します」

長正寺は、佐伯を止めることはなかった。黙ってうなずいただけだ。佐伯は広場を出て、八丁目通りに停まる新宮の車に向かうあいだ、ずっと長正寺の視線を背中に感じていた。サインが盗まれている。

佐伯は歩きながら、長正寺の言葉の意味を考えていた。チームの中に、我がビッグバンドの中に、誰か向こう側と通じている者がいるのか。谷川五郎身柄確保の現場にも、パトカーが向かっていたようだと新宮が言っていた。小島百合の弟の家の一件だけであれば、岩井が自分たちを売った、と考えてもいい。だけど、谷川五郎の件も、となると、内通者はいまもまだこのチームの中にいることになる。

それとも、佐伯の電話が盗聴されているのか。

携帯電話の盗聴には、デジタル信号をアナログ信号に変える手順が必要だ。じっさいの場合、裁判所の捜査令状を持って携帯電話会社の施設内で傍受する以外に方法はない。この場合、事件とは無関係のこのおれの携帯電話について、裁判所は捜査令状を出すだろうか。

もしいま携帯電話会社に捜査員が入っているとしたら、それは津久井の携帯電話の交信会話を傍受するためだ。それ以外に人手は割いてはいまい。

いや、本部はやりかねないか。携帯電話会社も、警察本部の圧力には弱いかもしれない。大事を取るか。

佐伯は、もう一回いいやと首を振った。

おれの電話が盗聴されていたとしたら、やつらは小島百合の弟の集合住宅に突っ込んだりはしなかった。また、谷川五郎のアパートに向かうのではなく、まっすぐあの影の捜査本部のある古いビルに向かったことだろう。それができたはずだ。つまり、自分の携帯電話は盗聴されていない。考えられるのは密告者の存在だ。いま新しい密告がないようなのは、谷川五郎の身柄確保で、事態が少し動いたせいだろう。密告者も様子見に入っている。

新宮の車の助手席側にまわって広場の中央を見た。もう長正寺の姿は消えていた。

携帯電話が震えた。

ポケットから取り出してモニターを見ると、知らない番号だった。

「はい」と用心深く答えた。

「西署の柳沢《やなぎさわ》と言います」相手は言った。「水村朝美殺しの件で、佐伯さんたちが中心になって真犯人を追っていると聞いたんですが」

佐伯は訊いた。

「誰から？」

「大通署の大森」

「親しいのか？」

「ええ。警察学校が同期だし、寮も一緒なんです。こんどの件、どうもおかしいと思ってたら、やっぱりきちんと捜査しているひとたちがいると知って、ほっとしてるんです。おれ、協力できませんか」

「いま、非番か?」

「明日は日勤です。今夜はなんとでもなります」

「協力、頼むことになるな。電話待っていてくれ」

「はい」

この分では、協力を志願してくる警官は、今後続々と現れることだろう。


車を降りると、佐伯は駐車場を奥へと歩いた。隅には、いま取り調べ室となっている工事現場用の事務所がある。窓のカーテンは閉じられているが、中に明かりがついているのはわかった。非公式の聴取は続いているはずである。

佐伯は、入り口のドアの前に立ってノックした。

はい、という声がした。佐伯はドアの外から名乗った。

ドアが開いた。顔を出したのは、町田だ。申し訳なさそうな目で佐伯を見つめてくる。

ちらりと中をのぞいた。パイプ椅子に縛りつけられた谷川五郎が見える。その両脇に、諸橋と植村が立っていた。谷川五郎の顔には、まだ戸惑いとも驚愕ともとれる色が見える。不貞腐れたり、完全に拒絶的になっているようではなかった。

佐伯は諸橋たちに黙礼してから、町田を外に促して訊いた。

「どうだ？」

町田が出てきて、ドアを後ろ手に閉じた。

「自供していません」と、町田は小声で言った。「殺していない。あの程度では死なないはずだと」

「聞かせてくれ」

ビルの二階、影の捜査本部に入ってから、佐伯はあらためて訊いた。

「詳しい状況はげろしたのか？」

町田は答えた。

「おおまかには。鍵はやはり、去年、郵便受けから掏って、いつか使う機会を狙《ねら》っていたそうです」

「当日の様子は？」

「仕事の終わったのが、七時過ぎ。いつもより三十分以上早く終わったので、ならばあの部屋だと、南八条通りからカーサ・ビアンカ円山に向かったそうです。ふだん八時前後まではは明かりがついていないことを知っていたので、まず大丈夫な時間だと読んでいたとのことでした」

町田は、谷川五郎が供述したことを要約して教えてくれた。

鍵を使って部屋に入り、居間に立ったところで、谷川五郎は失望した。生活臭がなく、ろくに金目のものはないと直感でわかったからだ。見渡すと、液晶のテレビがある。それだけはいただこうと、電源を抜いた。ソファの下に、段ボールの箱もある。谷川五郎は手早くその箱にテレビを収めた。宅配便のドライバーの制服を着ていれば、段ボール箱を持って歩いても不自然には見られない。

そのほか金目のものはないかと、ベッドのある隣室に入って押し入れに手をかけた。そのとき、ドアで鍵を使う音が聞こえた。谷川五郎は襖《ふすま》の後ろで身を固くした。

女は、誰かひとの名を呼びながら部屋に入ってきた。いるの？　とも言ったようだ。女が寝室に一歩足を踏み入れてきた。顔は谷川五郎の反対側を向いていた。

顔を見られる前に。

谷川五郎は両手を握り合わせて、これを女の後頭部、というか首の後ろのあたりに叩きつけた。その一発は見事に効いた。女の身体はぐらりとよろめいた。倒れぬように手を出して支えた。ぐったりしていた。抵抗しない。谷川五郎は、女をゆっくりと床におろした。頭がリビングルームにかかる格好である。

そのまま逃げようとしたが、女の腕時計が目に入った。高級品とすぐわかった。谷川五郎は女の腕から時計をはずした。ついでにハンドバッグの中身もぶちまけ、財布から現金とMDプレーヤーをいただいた。通報が遅れるよう、携帯電話も自分のポケットに収めた。

そのあいだ、女はショック状態のようだった。息は感じられるが、身体全体はこわばっている。しかし、死にゆく途上とはとても見えなかった。

谷川五郎は、段ボール箱に入れた液晶テレビを持ち上げ、玄関を出て、持っていた鍵で外から鍵をかけて、現場を後にした……。

そこまで聞いて、佐伯は確かめた。

「谷川五郎は、現場には土足か？　ほかに何も物色しなかったのか？」

町田は答えた。

「土足。でも、ほとんど物色もしていない」

「そいつは、空き巣の手口としては普通なのか？　諸橋さんは何か言っていたか」

「諸橋さんも、その点を確認していましたよ。谷川五郎の答は、とにかく空き巣に入ったと一発でわかるような真似《まね》はするなと、泥棒仲間から教えられていたそうです。室内を荒らすな。タンスを開けっ放しにするのも駄目。部屋の住人が、何日も空き巣に入られたことに気づかないようにするのが、利口なんだそうです」

「泥棒も、進歩したのか」佐伯は苦笑して言った。「昔は、金目のものがないと、腹いせに脱糞《だっぷん》してゆく空き巣もいたらしいけどな」

「水村朝美の死因、確認してみる必要がありますね。死体発見がきょうの昼間ですから、司法解剖は明日回しになっているかもしれませんが」

佐伯は言った。

「解剖はまだでも、検視の所見は出ているだろう。お前さん、あたってみてくれるか」

「かまいません」

佐伯は小島百合に目を向けた。

「監察の医者は、北大の法医学教室の教授のはずだ。なんと言ったっけ」

小島百合が、素早くキーボードを打った。二分後に、彼女はモニターを示して言った。

「福地稔《ふくちみのる》教授」

「電話番号はわかるか」

「教室だけです。自宅や携帯はわかりません」

町田が訊いた。

「自宅住所はわかる?」

小島百合は答えた。

「ええ。市内、北大病院に近いところです。北区北十八条西二。ライオンズ・コート五〇二」

町田は佐伯に言った。

「直接行って、確かめてきますよ」

佐伯は腕時計を見た。一時三十分だ。市民社会では非常識な時刻ではあるが、検視医ともなればこれまでも警察の非常識は何度も経験してきたことだろう。ひとひとりの生命がかかった非常事態でもあるのだ。訪問するしかあるまい。

佐伯は言った。

「新宮の車で行け」

福地稔教授は、不機嫌そうな顔で玄関のドアを開けた。パジャマ姿だ。銀髪が乱れて、立っている。

町田は、あらためて身分証明書を見せ、名乗ってから言った。

「こんな夜分に恐縮です。きょうの検視の所見について、直接説明を受けたほうがよいという事情になっておりまして」

六十がらみの教授は、捜査本部の捜査員だと誤解してくれたようだ。低い声で言った。

「上がりなさい。ここで立ち話はできない」

町田と新宮のふたりが戻ってきて、佐伯に報告した。

司法解剖は本日午後からの予定だが、福地教授の暫定的な所見としては、頸椎骨折が直接の死因である。おそらく犯人は、うつぶせの被害者の背に馬乗りになり、自分の左手を被害者の首に回したうえで、右手で被害者の頭を右に倒して、頸椎を折った。かなり力の必要な殺害方法である。また犯人は格闘技の心得がある者とも想像できる。被害者が抵抗した様子はほとんどみられないので、殺害時、被害者は眠っていたか、気絶していたか、あるいは泥酔していたということが考えられる。刃物が使われた様子はなかったが、後頭骨の下部に内出血があった。殺害される前、まず棒のようなものが叩きこまれた可能性がある。

佐伯は、監察医のその所見を聞くと、新宮に言った。

「諸橋さん、植村さんをここに呼んでくれ。お前さんは、大森と一緒に、谷川を見張っていてくれないか」

「はい」

新宮が部屋を出て行き、代わりに諸橋と植村がやってきた。

町田から監察医の所見を聞くと、植村が言った。

「何の矛盾もない。谷川五郎がやったんだ。頭のうしろに一発、水村が倒れたところにのしかかって、首をひねった。それだけのことだろう」

諸橋は、慎重な言い回しで言った。

「おれは少し気になってる。もし、谷川五郎が殺しまでやったのだとしたら、被害者の身体がいじられていないことだ。引っかかる」

植村が訊いた。

「やつは、毒食わば皿までのタイプってことですか」

「殺しまでやってしまったんなら、最後の抑制もはずしちまうだろうってことだよ。屍姦《しかん》までやったっておかしくない」

佐伯の視界の隅で、小島百合が顔をしかめたのがわかった。

植村が言った。

「被害者は、いるの、とか、いる、とか声を出して部屋に入ってる。そこに誰かいてもおかしくないと思っていたんだ。谷川はそれを聞いたから、誰かこないうちにとあわてて逃げ出した」

「腑に落ちんな」

佐伯は言った。

「おふたりは、いま一度谷川五郎から供述を取ってくれませんか。捕まってまだ二時間もたっていない。何もかも正直には言っていないでしょうから」

植村が言った。

「これだけ証拠が挙がってるんだ。すぐに全部吐くさ。いまは駆け引きだよ。ただ、な」

佐伯は先を促した。

「何です？」

「こいつはやっぱり、大通署に引っ張って吐かせたほうがいいかもしれんぞ。あのスーパーハウスじゃ、威圧感が足りないんだ。大通署の取り調べ室に放《ほう》りこめば一発だ」

「正規の逮捕にしろということですか」

「ああ。もう警察の仕事にしたほうがいいように思うぞ。谷川五郎の取り調べはきちんと手続きを踏む。真犯人が出たとなれば、本部も津久井の射殺命令は引っ込めるさ」

佐伯は少し考えて言った。

「もう少し時間をかけましょう。どうせなら、ここで吐かせて、大通署に引っ張ってゆきたいじゃないですか」

「時間を区切るというのはどうだ？　ここであと一時間埒《らち》があかないようなら、ほんものの警察に委《ゆだ》ねる」

諸橋が皺《しわ》の多い顔をいっそうくしゃくしゃにして笑った。

「おれたちだってほんものだ。非番ってだけだ」

植村は首を振りながら言った。

「貧乏ひばんなし」

諸橋と植村は、部屋を出ていった。


佐伯が手近のパイプ椅子に後ろ向きに腰を下ろすと、小島百合が視線を向けてくる。何か言いたげな顔だった。

「どうした？」と、佐伯は訊いた。

小島百合は、ためらうような表情を見せてから言った。

「谷川五郎の、自分はやっていないって供述、佐伯さんは信じてはいないんですね？」

佐伯はうなずいた。

「これだけ状況証拠が揃《そろ》っているんだ。ほかを疑う理由もないだろう」

「わたしはどうしても、水村朝美の交際相手のことが気になります。谷川五郎の供述とこの時間経過。ここに出てこなければならない人物がいます」

「何が言いたい？」

小島百合は、真正面の模造紙を指さして言った。

「水村朝美は、昨日、現場で誰かと会うことになっていたんです。待ち合わせていたなら、その人物は第一発見者か、第一通報者になっているのが自然です。なのに、登場していない」

「遊びの拠点だったとしたら、相手があそこにこなくてもいいんだ」

「現場がいくら警察関連のアジトだって、ぺえぺえの婦人警官がひとりで自由に使えるはずはありません。あの部屋を自由に使える警官がいたんです。津久井さんのときがそうだったように。彼女は津久井さんと別れたあとも、その部屋のビジターだった」

佐伯はあえて反論してみた。

「その警官というのが、生安の部長だと言っているのか？　その名前を出したのは、いまのところ中館真理だけだ。裏は取れていない」

「だけど、パテックフィリップはつながりました」

「あそこはアジトとして使われていた。捜査用具が置かれていたんだ。ほかの警官が使うこともあったんだろう。そんなところで逢い引きって、落ち着けるものか？」

「コンドームの箱がありました」

「さっきも言った。生活安全部は風俗も取り締まり対象だ。ときには、余禄《よろく》にあずかるけしからん警官もいるんじゃないのか」

「もう一度部屋の什器や遺留品のリストを見てください」

佐伯は、小島百合の言葉の真意がわからないまま、一枚目の模造紙を眺めた。町田が確認した物品を、一点ずつ書き出してある。

この数時間のあいだに、何度も、何十度も眺めてきたリストだ。何も新しい思いつきは得られなかった。

「わからん」佐伯は降参して言った。「何かおかしいことがあるのか」

小島百合は、模造紙に視線を向けたまま言った。

「捜査用具や警察官携行品が揃っています」

たしかに、アジトであればあって不思議のない品々があった。双眼鏡、暗視装置、盗聴器に手錠、捕縄などだ。ふたつのケースに収まっていたという。

小島百合は言った。

「ひとつのケースには、縄。手錠。鎖。革ベルト。ベッドは鉄パイプ製。婦人警官の制服。何かべつのことを想像できませんか」

佐伯は思わず声を上げていた。

「あ」

小島百合は、まばたきする佐伯に顔を向けてきた。

「この推理、見当はずれですか？　アジトとして使われていた、というのは名目だけで、ほんとうは特定個人しか使っていなかったのでは？」

佐伯は小島百合を見つめ返して首を振った。

「じゃあ、この部屋は、特別な好みのための部屋ってことか？」

「キャリア警察官にとって、ノーマルじゃない性癖は、絶対に隠したほうがいい。ラブホテルを使えば、身元がばれてゆすられる可能性があります。たしか何年か前、そういう事件もありましたね」

たしかに、最近もよその県警であったらしい。風俗店経営者と懇意になった幹部警察官が、風俗店利用の件で便宜をはかってもらった。その際、彼の特異な性的嗜好《しこう》が、ひそかに写真に撮られたのだ。その後、彼がやむをえず求められるままに取り締まりに手心を加えているうちに、二進《にっち》も三進《さっち》も行かなくなり、癒着の件は周囲にも知られるところとなった。その幹部は最後には退職を余儀なくされた。

あのケースも、もしその幹部警察官がノーマルな性的嗜好の持ち主であったのであれば、けっして恐喝の材料にはならなかったと言われている。いまどき警察官が風俗店を利用したぐらいでは、たとえそれが妻子持ちの警察官であったとしても、スキャンダルにはならない。

佐伯は、考えを整理しきれないままに言った。

「おれたちはいま、とんでもない疑いを、本部の幹部にかけてしまったんだぞ」

「この際、きちんと名前を出したほうがいいんじゃありませんか？　石岡警視長。生活安全部長」

「警視長。本部の部長」佐伯はオウム返しのように言ってから首を振った。これは想像していた以上に複雑な事件だったということになる。「だけど、手錠なんて使うセックスというのは、どっちがどっちなんだ？」

小島百合は佐伯から視線をそらして言った。

「津久井さんは、水村朝美の性的嗜好について、たしか何も特別なことは語っていませんでした。となれば、手錠をかけられていたのは、男のほうです。水村朝美は、さほどSっ気はなくても、サービスすることはできた」

「となると、昨日、水村朝美は、石岡警視長と現場で密会することになっていたのか」

「特別な趣味の時間が予定されていたんでしょう。ですから、石岡警視長、昨日はまちがいなく現場に足を踏み入れたはずです。でも、死体の発見はきょうです」

「もう昨日のことになった」

小島百合は言いなおした。

「昨日の昼ですね。でも石岡警視長は、一昨日死体を発見したはずなのに、通報していない。なぜです？」

「一昨日は行かなかったのかもしれない。死体はなかったのかもしれない」

「谷川五郎の供述を考えると、いちばん自然なのは、そのあとで何か通報できない事情ができた、ということです」

「警官が死体を発見して、通報しないなんてことを想像できないぞ」

「キャリアは警官ですか？　警察官僚です。でも官僚だって、不可解なことはするでしょう」

もう佐伯にも、小島百合の言わんとしていることについては想像がついていた。ただ、自分の口からそれを言葉にするのはためらわれた。それって、あってよい話だろうか。

佐伯はひとつ深く溜め息をついてから言った。

「石岡警視長が、水村を殺して立ち去ったというのか？」

「そう考えると、辻褄《つじつま》が合いません？」

「つきあっている女を殺したってことだぞ」

「もしかすると、谷川五郎の暴行がひどすぎて、警視長が部屋に入ったときは死んでいたのかもしれません。それでも、通報しないのは不自然です。警視長は救急車さえ呼んでいないんです」

「まだ警視長がそこに行ったと決まったわけじゃない」

「いまのところ、警視長以外に現場で水村朝美と会う人物は想像できません」

「でも」一番問題なのは、その相手が水村朝美を殺す動機だ。「どうして男が水村を殺す？　どういう理由が考えられる？」

小島百合にも、その点は答の用意がないようだった。彼女は、言葉を選びながら言った。

「男と女のあいだって、いったん過激なエッチの仲となったら、どんどんお互いへの要求がエスカレートしてゆくんじゃありません？　その要求が、キャリア官僚である石岡さんには耐えがたいものになったか」

「その要求ってのは、セックスの種類のことを言っているのか？」

「いいえ、それだけじゃないでしょうね。水村朝美のほうが、たとえばお金とか、結婚とか、無理なことを言い出したのかもしれない」

「過激なエッチの代償にか」

「代償というよりは、弱みを握ったとか、そういう理由もあるかもしれない」

佐伯は、小島百合には離婚歴があることを思い出した。私生活のことを聞いたことはないけれど、彼女の離婚には、性生活も理由として挙げられるのだろうか。性の不一致。どちらかが要求をエスカレートさせたが、相手はその要求には応えられなかった。結果として、離婚ということになった。

一瞬のその想像を振り払って、佐伯は言った。

「水村朝美は、それほど悪辣《あくらつ》な女かな」

「少なくとも、イケメンの巡査部長から、金と権力を持ったキャリア官僚に乗り換えました。ヤンキーの正反対にいる婦人警官だと思います」

佐伯は壁の前まで歩き、時間経過を示す紙を指さしながら言った。

「となると、警視長が現場に入ったのは、谷川五郎が逃げ出した直後だ。水村朝美がまだ気絶しているころに部屋に入り、倒れている水村朝美を発見した」

小島百合が、佐伯のためらいを察したのか、あとを引き取ってくれた。

「警視長は、それが強盗傷害の現場だとひと目見てわかった。水村朝美にはまだ息があった。警視長は、自分の手で水村朝美を殺した。そのまま放っておけば、まず間違いなくその盗犯が殺人犯として指名手配される。本人の否認にも拘《かかわ》らず、有罪判決が出る。そこまで計算した」

「そのときは、津久井のことは思い浮かべなかったってことだな」

「一昨日の段階では、津久井さんは、うたう警官だと疑われていたんですか？」

「いいや。まだだったろう」

「では、うまいことに昨日になって、津久井さんが道警本部の厄介者だということになった。偉いさんたちの誰もが津久井さんの排除を考え始めたとき、水村朝美の死体が発見された」

こんどは佐伯があとを引き取った。

「報告を受け、被害者の上司として現場に行ってみると、素人の捜査員たちはそこが空き巣強盗の現場とは見抜けなかった。水村朝美と交遊関係のある者の犯行と思い込んだ。津久井の名が出る。本部のほかの関係者たちにとっても、その名はとびきりのプレゼントだった。津久井の犯行、と信じて悪い理由はない。排除のためのきれいなストーリーができた、ってことになる」

小島百合がかすかに微笑して言った。

「わたしたちは、想像力が飛び過ぎてますね。証拠もないのに」

「いいや」佐伯は言った。「とうとう核心まできたんだ」

「問題は、動機だけ。警視長が水村朝美を殺さねばならない動機がわかれば、このストーリーは完成しますね」

部屋のドアがノックされた。

佐伯は、いましがたまでの表情を消して、開くのを待った。入ってきたのは、大森だった。駐車場の隅の工事用事務所の中で、諸橋たちと一緒に谷川五郎の相手をしていたはずである。

大森は言った。

「谷川五郎、しぶといですよ。絶対に殺しは認めようとしない」

佐伯は言った。

「お前さんの印象はどうだ?」

大森は、コーヒーポットの置いてあるテーブルに歩き、カップにコーヒーを注ぎながら言った。

「殺したつもりはなかった、というのは、本当なんじゃないかという気がします。殺したあとも逃げていなかったんだし、身分証明書まで出して、盗品を売ってる。殺したという自覚があれば、こんなにのんびりしてはいないでしょう。でも」

佐伯は、あとを続けろと言ったつもりで、大森を見つめた。

大森は、コーヒーカップからひと口コーヒーを飲んで言った。

「でも、谷川五郎がやっていないとなると、真犯人はやっぱり津久井ってことになるんですかね」

その点については、自分と小島百合はひとつ、いい仮説にたどりついた。だけど、それをいま大森に話す必要はないだろう。

佐伯は言った。

「交代で、少し休んでくれ。谷川にも、少し考える時間をやったほうがいいかもしれん」

「おれと新宮さんのふたりで見張ってます」

「そうしてくれ」

大森は、コーヒーカップを持って部屋を出ていった。

10

小島百合は、リダイアルで先ほど電話した相手を呼び出した。この時刻だが、かまやしない。それだけの事態だ。

佐伯が、誰《だれ》に電話だ？　とでも訊《き》くような顔で見つめてくる。すぐわかる。

「はい？」と、不機嫌そうに相手が出た。眠っていたのだろう。

小島百合は言った。

「中館さん？　何度もすみません。水村朝美事件のことで、もうひとつ確認させてくれません？」

「またですか」

「こっちに来てもらうまでもないことだと思うから」

「何でしょう？」

声の調子がかすかに変わった。ベッドの上で背を起こしたのだろう。

「このところ、水村朝美と石岡部長とのあいだはうまくいってたのかしら。何かトラブルがあったとか、聞いていません？」

「そんなに詳しいわけじゃないんです。相談を受けてるわけでもないし」

「本部では、何かあったはずだと考えているんです。それがこんどの事件の遠因じゃないかと。そのトラブルがわかると、パーフェクトな供述調書ができるんだけど。本部一同、あなたに賭《か》けているってところがあって」

「警視長に訊くのが一番かもしれない」

「男と女の仲については、本人は言いにくいこともあるでしょうから」

「ほんとによく知らないけど、水村は今年、ヨーロッパだかに旅行する予定だった。さりげなく、それでいて自慢げに言っていた。でも、最近はヨーロッパの話をしなくなったわ。石岡部長が連れてってくれなくなったんでしょう」

「彼女、海外旅行好きなの？」

「彼女の好きなものは、ヨーロッパとブランドものと取り巻きよ」

「取り巻き？」

「そう。自分を王女さま扱いしてくれるひとが好きなの。津久井さんは、イケメンだけど、女性にかしずくタイプじゃなかったものね。ちょっと野暮だったし」

　となると、性的にも石岡警視長はかしずくタイプということになるか。やはり手錠をかけられたり縛られて欲情していたのは、石岡警視長なのだろう。

　小島百合は確認した。

「最近、外国旅行のことで、トラブルがあったって言うのね。でも、それって、ふたりが一緒に旅行するってことなの？」

「石岡警視長が海外出張のときに、水村朝美も有休休暇取って、向こうで落ち合ってるってこと。去年、一回やってるはずですよ。どっちみち水村の旅費は裏金から出る。ただ、キャリアにしてみれば、ばれるのは怖いでしょうね」

「今年も、そういう予定があったのね」

「詳しくは知らないんです。だけど、連れてく連れてゆかないで、何かあったんじゃないかな」

小島百合は礼を言って、電話を切った。

佐伯が、電話の中身を教えてくれと顔を向けてくる。小島百合は首を振った。

「中館真理です。石岡部長と水村朝美とのトラブルのことを訊《たず》ねたんですが、たいしたことは知っていませんでしたね」

「旅行がどうとか言ってなかったか」

小島百合は、中館真理が教えてくれた情報をすっかり佐伯に伝えた。

佐伯は得心がいったような顔とはならなかった。

「それで殺すというのは、ちょっと弱いな。何か、そうとうのことがあったはずだけど」

「ふたりの性的嗜《し》好《こう》を考えても、女性のほうが着衣のまま、首を折られるというのは妙ですよね」

「おれたちは、見当ちがいのことを想像したんだろうか」

そこまで言ってから、佐伯はイヤホン・マイクの位置を直して、携帯電話本体のオンボタンを押した。

小島百合が見つめていると、佐伯は二、三度うなずいてから電話を切った。

「谷川五郎が、面白いことを言い出した。行ってみる」

佐伯は、小島百合ひとりを部屋に残して、出ていった。


佐伯が工事現場用の事務所の中に入ると、諸橋ら五人のチームメイトが一斉に顔を向けてきた。五人のちょうど中央には、パイプ椅子《いす》に縛られた谷川五郎がいる。目にははっきりといらだちが見えた。この状況が、そろそろ我慢ならなくなってきているようだ。諸橋の話ではかなり切れやすい質《たち》のようだから、沸点間近と考えるべきだろう。

いま電話をくれた諸橋が、谷川五郎に目を向け直して言った。

「もう一度、言ってみてくれ」

促されて、谷川五郎は佐伯に視線を向けてきた。

「一昨日、女の部屋から出たときに、男とすれ違ってる。いまならわかる。女を殺したのはそいつだよ。おれのあとから、あの部屋に入ったんだ」

植村が教えてくれた。

なんでも谷川五郎はいましがた、殺人が自分の犯行ではないことの証明として、その男のことを思い出し、明かしたというのだ。谷川五郎は、水村朝美を殴り倒したあと、液晶テレビの箱を手にして部屋を出た。廊下を歩き、エレベーターの前まで歩いて、下がる、のボタンを押した。耳を澄ますと、モーターの音が聞こえてきた。ボタンに反応して動き出したように思えた。つまり、いま昇ってくる箱には、ひとは乗っていないはずである。

ドアが開いた。中は無人だった。谷川五郎は箱に入って、一階のボタンを押した。エレベーターは下がり始めた。

一階に着いて、ドアが開いた。外に、男がいた。スーツ姿の四十がらみの男だった。谷川五郎の姿を見て、ぎくりとしたようだった。箱に誰か乗っていることなど、まったく想像もしていなかったようだった。何か考え事をしていたのかもしれない。

谷川五郎は段ボール箱で半分顔を隠していた。相手からは、谷川五郎の片目しか見えていないはずである。しかし谷川五郎は相手の顔をきちんと見ていた。谷川五郎が箱から出ると、男は入れ違いで箱に乗った。

エレベーターのドアが閉じられてから、部屋のことが気になった。自分には、逃げるためどれほどの余裕があるだろう。女が意識を取り戻して警察に電話をかけるまで、どのくらいの時間があるだろう。

廊下の奥のほうから、住人と見える老人が歩いてきた。建物の外に出るところのようだ。谷川五郎は、老人の前を駆けて外に飛び出すような真似《まね》はしなかった。それでは、自分を相手に強く意識させてしまう。谷川五郎はエレベーターの前に立ったままでいた。いまこれから配達にゆくようなふりをしたのだ。一階にはエレベーターの位置を示すランプが点いている。エレベーターが六階で停《と》まったのがわかった。

老人が谷川五郎の後ろを通り過ぎていった。

谷川五郎はその後ろからゆっくりと建物を出て、駐車スペースに停めたトラックに向かった。盗品は、その日のうちに換金するつもりだった。かなり危ない闇《やみ》金融に借金があった。その日のうちにどうしても返済しなければならなかったのだ。テレビと時計、MDプレーヤーとで、合わせて十万ぐらいにはなって欲しいと願った。身分証明書を出すことになったのは誤算だった。しかし、背に腹は換えられなかった。いずれ足が付くとは予想していたが、しかしこうも早く手が回るとは思っていなかった……。

そこまで聞いてから、佐伯は谷川五郎に訊いた。

「殺したのがそのスーツの男だ、って思うのはどうしてだ?」

谷川五郎は、ふんと鼻で笑いながら言った。

「直感だよ。あ、こいつどこかいかれてるぞ、って感じるやつっているだろ。どこかおかしいぞって」

諸橋が笑った。

「お前にそれを言われたくないって男も多いだろうな」

佐伯はさらに訊いた。

「その男、どういうふうにいかれてると思った? 何か危ないことをやりそうに感じたのか?」

「いや」谷川五郎は首を振った。「冷たいのさ。鳥肌が立つくらいに冷たい感じがあった。そばにいると、生きているのも嫌になってくるんじゃないかって思うみたいな、そんな冷たさだ」

佐伯は、携帯電話を取り出して、小島百合に言った。

「さっきのIさんの写真をプリントアウトしてくれないか。写真の部分だけでいい。いま、新宮をやる」

十分後、佐伯は新宮が持ってきた写真を谷川五郎に示した。

谷川五郎は、ひと目見るなり言った。

「こいつだよ。こいつがエレベーターに乗ってきた」

佐伯が顔を上げると、町田が呆然《ぼうぜん》とした表情だ。そうか、と佐伯は思った。町田は現場で、石岡生活安全部長と顔を合わせている。写真を見て、これが誰であるかわかるのだ。ほかの面々は、本部のキャリアにはなじみがない。

諸橋が佐伯に訊いた。

「そいつは、誰だ?」

「いや、まだ言えません」

佐伯は、写真を畳んで上着の内ポケットに入れると、町田に言った。

「ここで見張っていてくれ。諸橋さんたちに説明する」

谷川五郎が言った。

「さあ、真犯人を教えてやったぞ。おれじゃないってことはわかったろう。釈放しろ」

佐伯は言った。

「朝まで辛抱してくれ。小便がしたいなら言え」

「朝には釈放なのか？」

「もっと居心地のいいところに連れてってやる」

「いまだ」

「もう少しだって」

そう言いながら、佐伯はその工事現場用事務所を出た。

佐伯は、部屋で諸橋、植村、新宮、大森の四人を前に、写真の人物が誰なのかを説明した。

その名と地位を出すと、四人ともあんぐりと口を開けた。

佐伯はさらに、水村朝美はじつは津久井ではなく石岡とつきあっていたこと、現場がふたりの密会と情事の場所であると推測できると伝えた。

諸橋が、まるで合点がゆかぬという顔で言った。

「ふたりがつきあっていたとしても、石岡が水村朝美を殺す理由は何だ？　その点の説明はつくのか？」

「いいえ」佐伯は正直に答えた。「正直言うと、わかりません。ただ、このとおりの状況証拠です。真犯人が石岡部長であることは、ほぼ間違いなかろうと思います」

「そう言い切るには、おれは証拠不十分だと思うがな」

「第一発見者であることは確実です。でも、部長は通報せずにしらばっくれて、津久井指名手配にも異議を唱えていない。こちらの心証としては、明度ゼロに近い黒ですよ」

植村は、ごま塩の頭をかきながら言った。

「ほんとかや、って話になってきたな。こうなると、いよいよおれたちの手には負えなくなってきたんじゃないか。谷川五郎だから、非合法な身柄確保もできた。だけど、キャリア相手に、それはできんぞ。キャレはキャリア」

佐伯は、苦笑もせずに言った。

「非合法の身柄確保はできないかもしれない。だけど、説得ならできるでしょう」

諸橋が訊いた。

「どういう意味だ?」

佐伯は答えた。

「会って、話しますよ」

「証拠もないのに?」

「これは、正規の捜査活動とはちがいますからね」

植村が言った。

「谷川五郎は解放してやるべきかな。津久井にも、真犯人が出たって、教えてやったらどうだ。やきもきしてたはずだ」

佐伯は言った。

「谷川五郎は、よそに移しましょう。縛っておかなくてもよいところに。津久井には、朝までに事件が解決する目処《めど》がついたとでも言ってやりましょう」

新宮が訊いた。

「谷川五郎を移す先、当てがありますか？」

佐伯はうなずいた。

「ある。ちょっとここから離れているが。そこを使わせてもらおう」

「すべて終わったあとに、人権侵害で訴えられそうですね」

「素直に認めて謝るさ」

植村が言った。

「谷川を放《ほう》り込んでおく場所、簡単に逃げ出せるような場所だとまずいぞ。どこだ？」

佐伯は言った。

「丘珠リース」と、佐伯はその社名を出して言った。「あそこの資材倉庫は手頃です。どんなに騒ごうが、外に音が漏れる心配はない」

佐伯はコーヒーポットに手を伸ばした。中はもう空だった。一階のブラックバードはまだ営業しているだろうか。マスターは、また追加分を淹《い》れてくれるだろうか。

小島百合とふたりきりになったところで、佐伯は長正寺に電話した。

長正寺はすぐに出た。

「何だ？　どうした？」

佐伯は言った。

「ひとつ教えてください。生活安全部長の携帯の番号」

長正寺は、怪訝《けげん》そうな声を出した。

「石岡警視長のことを言っているのか？」

「ええ。被害者・被疑者双方の監督責任者ですよね」

「責任者になるのかどうかは知らんが、上司であるのは確かだ。携帯の番号がどうした」

「直接連絡を取りたいんです。いますぐ」

「何時だと思っているんだ？」

「非常事態ですからね。道警本部にとっても、関係者全員にとっても」

「見返りはあるんだろうな」

「情報をひとつ」

「どこだ？　津久井はどこだ？」

「残念ながら津久井の情報じゃないんです。谷川五郎、窃盗の前科一犯。これが、現場への侵入と水村朝美への殴打を認めました」

「ということは、確保したのか」

「ええ」

「悪いことは言わない。警察組織に引き渡せ。事件を解決しようと思っているなら、調べはこちらにまかせろ」

「このどたばたさえ収まれば、それは考えます。いまは、とにかく谷川五郎という男の自供内容を伝えますよ。津久井がやったという線は、これで否定されたと思います。指名手配と射殺指示、撤回できませんか」

「おれの権限じゃない。おれは駒《こま》で動いてる」

それは承知している。伝聞情報であるから、長正寺がいまそれを捜査のシステムの中で上に上げることはない。しかし、この情報を耳にした以上、長正寺もそれを周辺の関係者の誰かに語らずにはいられないだろう。その情報はほどなく、捜査員や現場に動員されている警官のあいだに、広まる。そのうちまた、大森久雄巡査のように、津久井を救おうとする警官も出てくるのだ。

佐伯は言った。

「この情報で、石岡部長の携帯、緊急連絡番号、教えてもらうわけにはゆきませんか」

ほんの少しの間のあとに、長正寺は言った。

「待て。おれも登録してるわけじゃない」

二十秒後、長正寺は言った。

「メモしろ」

佐伯は小島百合を見ながら、長正寺の言う電話番号を繰り返した。小島百合が、手早く自分の携帯電話にその数字を登録した。

「ありがとう」佐伯は長正寺に礼を言って電話を切った。

小島百合が、佐伯の携帯電話にその電話番号をあらためて登録した。

その番号に、佐伯は発信した。時刻はそろそろ午前三時となる。長正寺の言うように、非常識と言える時刻ではあるが、石岡警視長にとっても、人生のかかった夜だ。これ以上の非常時はないはずである。携帯電話の電源は入れっぱなしのはずだ。津久井射殺の報告を聞くために。

コール一回で、はい、と警戒気味の声が出た。

佐伯は名乗った。

「札幌方面大通署刑事課の佐伯警部補です。石岡警視長でしょうか」

「そうだが？」

「水村朝美殺害事件で、情報を入手しました。ぜひ石岡警視長に確認をいただきたく、お電話した次第ですが」

「情報？」石岡は、狼狽《ろうばい》したのか激昂《げっこう》したのか、判別しがたい高い声を出した。「組織を通せ。きみのことは知らない」

「組織に通す前に、警視長にお話しすべきことかと判断しました。水村朝美の交遊関係について、です」

少しの沈黙のあとに、石岡が訊いた。

「きみは、この事件でどういう立場なんだ？　事件は本部の捜査一課が直接担当している。大通署の刑事が、いったい何をやっているんだ？」

「本来これは大通署管轄の事件です」

「被疑者も被害者もともに本部の警察官という特異ケースだ」

「そのとおりです。被疑者も被害者も、ともに本部の生活安全部所属です。となると余計に、捜査は本来の大通署が担当すべきではないでしょうか。事件を見るのに、バイアスがかかりません」

「何を言いたい？」

「申し上げているのは、先ほどからひとつのことだけです。情報を入手しましたが、石岡警視長にこの情報を確認願いたいということです」

「わたしが関係することか」

「はい」

こんどの沈黙は長く続いた。欠伸《あくび》ひとつ出るほどの長さだ。

その長い沈黙のあとに、石岡が言った。

「どうすればいいんだ？」

「お目にかかれませんか。ふたりだけで」

「場所は？」

「お迎えにあがります。その車に乗ってください。かまいませんか」

「きみがくるのか?」

「いいえ。べつの警官が」

「情報を知っているのは、きみだけじゃないのか?」

「すでに何人かは知っています。いまご自宅ですね」

「そうだ」

「二十七丁目官舎ですか」

「ちがう」石岡は苛立《いらだ》ったように、ある集合住宅の名と所在地を告げた。「市長公邸の南側だ」

「失礼しました。十分後に、エントランスの前で車がお待ちしています。乗ってきてください」

「もしくだらない情報だったら、きみは処分だぞ」

「ご安心ください。非常に重大な、文句のつけようのない情報です」

電話を切ってから、佐伯は小島百合を見た。小島百合の顔には、いまははっきりと緊張が表れている。事件はようやく全体が見えてきた、というところまできた。そしていま、容疑濃厚な当事者とこちら側が直接接触となったのだ。小島百合が、さきほどまでと変わって緊張を見せているのも当然だ。

佐伯は小島百合から視線をそらすと、こんどは新しい相手に電話をかけた。少し前に電話をかけてきた西署の警官である。

　相手が出たところで、佐伯は言った。

「佐伯だ。さっきの件だ。さっそく協力をお願いしていいだろうか」

　西署の柳沢が言った。

「かまいません。どんなことです?」

「事件に関連ある男がいる。消される心配があるんで、所轄の留置場に入れることができない。西署で、保護室に入れてもらえないだろうか」

　保護室は、泥酔者を保護するための部屋だ。どの署にも、適当なスペースをやりくりして、簡素な保護室ができている。留置場とはちがうから、管理はうるさくない。保護した泥酔者が嘔吐《おうと》などで死亡することがないよう、いちおう絶えず様子を見ている必要があるだけだ。

　佐伯は続けた。

「監視はあんたがやってくれるとありがたいが、あんたからきょう当番の誰かに頼んでもらうのでもかまわない」

「いいですよ。おれが西署に出ます。当番とは話がつくでしょうが、おれが責任持ってやります。それだけでいいんですか」

「ああ。明日、朝まで、本人が言うことにはいっさい取り合わずに、ただ逃走にだけ気をつけてくれ。ご本人は、自分が逮捕されたものだと思い込んでいる。殊勝にしているはずだ」

「了解。連れてきていただけるんですね」

「大森が行く。こいつも明日まで監視を受け持つ」

「わかりました」

電話を切ってから、駐車場の工事現場用事務所の中にいる大森に電話した。

「大森、お前さんと町田さんに仕事だ。谷川五郎を運んでくれ。とりあえず、西方向に向かってくれないか。目的地は、五分後に指示する」

大森が訊いた。

「谷川を朝まで監禁しておくんですよね?」

「そう。とにかく車に乗せて、出発してくれ」

つぎに新宮に電話した。

「新宮、お前さんにはまた運転手を頼む。石岡警視長だ」

新宮は驚いた声を出した。

「石岡警視長、くるんですか?」

「ああ。下の店に案内してくれ」

「認めたんですか」

「まだだ。直接話をする」

「はい。いま、車を出します」

新宮との電話を終えると、なぜかぶるりと身体《からだ》が震えた。

警視長というキャリアと直接話す機会など滅多にないせいだ。警察庁のキャリア警察官は、全国でおよそ五百人。道警にはいま、多く見ても十人ほどしか出向してはいまい。多くの現場警察官にとって、キャリア警察官を目の当たりにすること自体が、そもそも珍しいことなのだ。ましてや、中間の管理職抜きで直接話す場面など、その職業人生で一度あるかないかだろう。これは、それほどに稀有《けう》な機会ということだった。

五分たったところで、佐伯はあらためて大森に電話した。

「いまどこだ?」

大森は答えた。

「南一条通り。西に向かってます。先の信号が、西二十五丁目通り」

「町田さんが一緒だな?」

「ええ」

「よし。そのまま西署に向かってくれ。西署の保護室を使える」

「西署の?」

「そうだ。柳沢が待ってる。そこで朝まで、谷川本人には、自分は逮捕《ぱく》られたんだと思わせておく」

はい、という返事を聞いてから、つけ加えた。

「お前さんも、トラになったふりをして、保護室に一緒にいてくれないか。逃げ出さないように、そして証言前に消されないよう、何かのときはやつをかばってくれ。大丈夫か」

「大丈夫です」と、大森は愉快そうに言った。

11

ブラックバードは当然ながらすでに閉店している。客はひとりもおらず、カウンターの中でマスターの安田が黙々とカップを洗っているところだ。照明は、営業していたあいだよりもいくらか明るくなっている。小さな音量で、アート・ペッパーが流れていた。椅子《いす》はすべてテーブルの上にさかさまに載せられている。いや、ひとつのテーブルだけはちがう。窓際の丸テーブルでは、佐伯が椅子に腰を下ろしていた。

佐伯は腕時計を見た。午前三時十五分になっていた。そろそろだろう。

そう思ったところで、ドアが開いた。最初に姿を見せたのは、新宮だった。店の中に佐伯がいるのを確かめてから、脇《わき》によけた。ひとりのスーツ姿の男が入ってきた。不審気に店内を見渡してくる。

佐伯は立ち上がって言った。

「夜分にお呼びたて、失礼とは思いましたが。佐伯です」

石岡は、なお左右に目をやりながら、佐伯のいるテーブルに向かってきた。ここに、どっきりカメラでも仕掛けられてはいないか、それを心配しているという表情だった。

石岡は、濃紺と見えるスーツに、白いシャツ。驚いたことにタイまで締めている。電話したとき、もしかするとまだこの格好のままだったのかもしれない。それとも、パジャマから素早くスーツに着替えてきたのだろうか。どちらにせよ、トラッドなスーツが板についている男だ。佐伯のような、何を着ても安売りショップの定番スーツを着ているようにしか見えないという種類の社会人ではない。

髪にも、寝癖はなかった。脂気のない髪を額に垂らしている。かすかに無精髭《ぶしょうひげ》が伸びていた。もちろんこの時刻であれば、この程度に髭が目についてもおかしくはない。

石岡の顔を初めてじっさいに見て、佐伯は先ほど小島百合が言った言葉を思い出した。

ゲイってことはありませんか？

小島百合は写真にそう反応したのではなかったか。理由までは言わなかったが。

谷川五郎は、べつの言いかたをしていた。

こいつどこかいかれているぞ、って感じる奴。

佐伯自身も、似た印象を持った。端整な、頭のよさそうな顔だ。でも、どことは指摘できないが、何かが少しだけ崩れているという印象がある。あるいは、はずれている、という印象。かすかに粘っこさを感じさせるその目の光のせいだろうか。それとも唇のぬめりのせいか。

石岡は、椅子に腰を下ろすと、背もたれに背を預け、右手をテーブルの上に置いた。

ドアの脇でこちらの様子を見守っていた新宮は、そこでドアを閉じて消えた。

石岡が言った。

「IDを見せろ。何をやっているって？」

　尊大そうな声だが、語尾がかすかに震えた。佐伯はきょうは日勤であるから、いま警察手帳は持っていない。個人用の名刺を取り出して、テーブルの上で押しやった。

　石岡は、その名刺に目を落としてから言った。

「公務員職権濫用罪になるぞ。正規の捜査活動じゃない」

「捜査なんてやっていません。ただ、真犯人についての情報を個人的に集めているだけです。このまま津久井を射殺されてはたまりませんから」

「覚醒剤《かくせいざい》常習で、拳銃《けんじゅう》を持ってる。ひとも殺した。危険極まりない警官なんだ」

「同意できません」

　佐伯はテーブルの上に少しだけ身を乗り出し、両手を握り合わせてまっすぐに石岡を見つめた。石岡は、こんどはそらすことなく佐伯を見つめ返してきた。

　佐伯は言った。

「谷川五郎という男が、現場で空き巣を働いていたことを認めました」

　石岡はふいにカウンターのほうに顔を向けると、怒鳴るように言った。

「音楽を止めてくれ」

　安田が、一瞬呆気《あっけ》に取られたような顔となった。まさかこの時刻、客でもない男からそう要求されるとは思っていなかったのだろう。安田はボリウムを下げた。

　石岡は佐伯に向き直って言った。

「それで？　事件はその谷川っていう男がやったことだと言うのか？」

「一部は。谷川五郎が室内を物色中に、水村朝美が現場に入ってきた。誰か知り合いがいるのかと勘違いしたようだと、谷川は言っています。谷川五郎は後頭部を一撃して水村朝美を倒し、腕時計パテックフィリップを奪って現場を出ました」

佐伯がパテックフィリップと言ったとき、石岡の右手がぴくりと動いた。

佐伯は続けた。

「エレベーターで一階まで降りたとき、入れ違いに乗ってきた男がいました。スーツを着た男性でした。谷川五郎は、そのエレベーターが六階、現場のある階まで昇って止まったことを確かめています。失礼ながら、部長、部長の写真を見せたところ、谷川はそのすれ違った男性が部長であることを確認しました」

石岡は、鼻で笑った。

「知らん。わたしは、昨日」

「一昨日」と佐伯は訂正した。

石岡は言い直した。

「一昨日、現場には行っていない」

「水村とつきあいがありましたね」

「訊問《じんもん》じゃないんだし、答える必要もないことだと思うが。それより、きみが持っているという情報を出してくれないか」

「部長は水村とつきあいがあった。やや過激な性交渉があった証拠も摑《つか》んでいます。一昨日も、部長は水村とあの現場で会うつもりだった。おふたりのあいだで起こっているトラブルについて、話し合う予定だったのでしょう？　現場に入ると、水村朝美が倒れていた。近寄ってみると、息はしている。生きていました。ただ、動けない。部長は、救急車を呼ぶこともせず、水村の背に馬乗りになり、水村の頭に手をかけて力を入れた。首の骨が折れた。部長は素早くその場から立ち去った。外からロックしたのは、津久井に罪をおっかぶせるためだ。

昨日になって、鍵《かぎ》のかかった部屋で水村の死体発見の報が入った。同時に昨日は、本部所属の警官が議会の百条委員会で証言するとわかって、本部は大騒ぎだった。水村朝美が殺されたと知って、捜査一課はすぐに、交際相手だと思われていた津久井を容疑者と考えた。生活安全部のトップとして部長も現場に出ていった。現場を見て、捜査員たちもほとんど吟味することもなく、津久井が犯人と決めつけた」

そこまで言ってから、佐伯はひと呼吸した。石岡は身じろぎもしない。黙ったまま、佐伯を睨《にら》み据えている。

佐伯は言った。

「いまの情報、まちがっている部分があれば、指摘してくれませんか」

石岡はもう一度鼻で笑った。いましがたの笑いよりも、いくらかわざとらしく聞こえた。

「全部だ」石岡は言った。「全部でたらめだ」

「目撃証人がいるんですよ」

「わたしじゃない」

「現場には、部長の指紋だらけだった」

これは、ブラフだ。佐伯は、鑑識の結果を知らない。あてずっぽうで言っているだけだ。

「現場には入ったことがある。あそこは、生活安全部のアジトだったんだ」

「そこで部長たちは、かなり過激な性交渉を続けてきた。手錠、縄、革ベルト、婦人警官の制服。水村は、まわりには津久井とつきあっていると見せながら、じつは部長とそういうセックスを楽しんでいた。楽しみかたも、少しずつエスカレートしていったのでしょうね」

頬《ほお》がかすかに赤らんだ。何かを思い出したのだろう。いくらかは恥ずかしくも感じられるようなことを。それとも、佐伯の言葉に怒ったのか。

佐伯はたたみかけた。

「わたしたちは、このとおりの事実を調べ上げてしまった。知っているのはもう、わたしひとりじゃないし、記録も証拠も押さえてある。部長、諦《あきら》めて出頭すべきだ。そして、津久井の射殺命令を取り消してくれませんか。そのほうが、あなたのためでもあるでしょう」

石岡は言った。

「上級職に向かって何を言っているのか、わかっているんだろうな。それ以上の口をきくと、きみの警察官人生は終わりだぞ」

佐伯も、居直って言った。

「かまやしませんよ。部長がのうのうと生き残るような組織なら、こっちから縁を切ります。これでわたしの警察官人生が終わるのだと言うなら、わたしは部長と刺し違えます。こっちは腹をくくってやっているんです。どうします？　明日の朝には、証拠と供述、一切合切ひっくるめて、大通署の組織に正式に上げますよ。新聞にも流す。朝には、あんたたちの作ったシナリオは、ガラガラと足もとから崩れて消えるんです」

「きみが言っていることこそ、虚構だ。そんな事実は、きみの妄想の中にしかない」

「いいですか、部長。この事件が解決したとき、世間が知りたいのは、最後の一点です。警察庁キャリア官僚ともある男が、なぜそんな愚かな真似《まね》をしたのか。女のほうに、殺されるだけの理由があったのではないか、ってことです。それが明らかになるなら、部長も慰めになるでしょう。遠因は、女のほうにあったと、世間だけじゃない、判事もそう判断してくれるかもしれない。だけどそれを期待できるのは、出頭した場合だけだ。いまのままでは、部長の馬鹿さ加減と悪辣《あくらつ》さだけがひとの記憶に残る。それでもかまわないんですか？」

佐伯は、テーブルの上の石岡の手が、細かに震えているのに気づいた。いつからこの震えは始まっていたのだろう。自分の言葉のどの部分に反応して、震えが始まったのだろう？

佐伯はカウンターの中の安田を振り返った。彼はもう食器洗いをやめていた。帰るタイミングをはかっているのかもしれない。

佐伯は安田に頼んだ。

「安田さん、恐縮だけれど、スコッチをロックで二杯もらえないだろうか」

安田は佐伯に顔を向け、承知したというようにうなずいた。

石岡は背を起こし、寒けでもするかのように両手を胸に抱え込んだ。

安田がふたつのタンブラーを運んできた。タンブラーには、たっぷりダブルサイズの薄茶色の液体。砕いた氷が浮いている。

どうぞ、と佐伯は石岡に勧め、自分もタンブラーを口もとに近づけた。

石岡は慎重に右手をタンブラーに伸ばした。やはり手が震えている。持てなかった。石岡は左手を添えてタンブラーを持ち上げると、ひと口すすった。

佐伯は石岡を見つめた。石岡は、タンブラーの中の氷に焦点を合わせている。いや、視線こそ氷の上にあるが、焦点は微妙だった。氷の上にあるようでもあり、どこにも合っていないようでもあった。

もうひと口すすってタンブラーをテーブルに置くと、石岡はとつぜん両手で顔を覆った。てのひらで、顔中の皮膚を一点に集めようとしているように見える。疲労困憊《こんぱい》の男が、よくやるような仕草だった。

佐伯が石岡を見守っていると、やがて石岡は顔から両手を離した。目縁を揉《も》んだのかもしれない。目の周囲が広く赤くなっていた。頰からこわばりが失《う》せている。いましがたまでの激しい緊張が消えていた。

「このやりとり、録音しているのか？」

石岡が訊《き》いた。

佐伯は言った。

「ありません。何もしていません。誓いますよ」

石岡は、あえてそれを確認はしない、という目で佐伯を見つめてから、ほとんど唇を動かさずに言った。

「わたしには、応じきれない要求が出てきたんだ」

それまでの尊大さのかけらもない、弱々しい声だった。

佐伯はその言葉を吟味して訊いた。

「水村は、何を要求したんです？」

「セックスの奴隷となれということだ」石岡の声には、張りがなかった。疲れきった男の声だった。「ハプニング・バーに連れてゆけ、三人プレイをしたいと、どんどん要求が過激になっていった。そして、わたしの赴任地には自分も必ず付いてゆく、と言うんだ。最後は東京が望みだという。六本木でも赤坂でもいい、お店を持たせてくれと言うんだ。裏金で、それができるはずだと」

佐伯は、水村朝美の父親が警察官であったことを思い出した。ひと昔前の警察官には、権威主義的な男が多かった。娘を時代錯誤と言えるほどの厳しく躾けて育てるのがふつうだった。警察官のあいだでは、よく言われている。模範的な警官の娘は、なぜか跳んでしまう。性的に暴走する女は、案外父親が警官だったというケースが多いのだ、と。水村朝美も、例外ではないのか。

佐伯は訊いた。

「Mはどちらなんです?」

石岡は、ちらりと顔を上げて言った。

「わたしだ。根っからの、というわけじゃない。ちょっとした好みの偏りだ」

佐伯はまた想像した。本物の婦人警官が実際に婦人警官の制服を着て、石岡をいたぶっている光景。そのとき石岡は、ふたつの手錠で鉄パイプ製の寝台に拘束されているのだ。石岡は、東京大学法学部に進んで警察庁を目指したとき、そんな場面をひそかに期待したのだろうか。警察庁に入るなら、いつかそんな夢がかなうかもしれないと。

佐伯は訊いた。

「部長は、要求を突っぱねたんですね」

「ああ」石岡はまたタンブラーに口をつけた。「ハプニング・バーに行くことも、複数プレイもできない。できるわけがない。先日は、海外出張に連れてゆけとも要求された」

「すでに経験があるんでしょう?」

「国内旅行だ。去年、東京に出張したときに、連れていった。だけど、海外は無理だ。同行する連中の目をごまかせない」

「断ったら、水村朝美は激怒した？」

「いいや。ただ、だんだん傷ついた様子を見せるようになった。傷ついたふり、というだけだ。実際は、怒りを募らせていたんだろう。そして、その」石岡はまた目を伏せた。「セックスのときのわたしへのいたぶりが、強いものになってゆくんだ。ほんとに怪我《けが》をするほどに」

「生命の危険を感じるほどに？」

「そう」

「そして、一昨日の夜がきた」

「そうだ。きちんと決着をつけようと思っていた。別れ話を切り出すつもりだった」

「それがすんなりゆかないことも承知していた」

「ある程度は」

「どうするつもりでした？」

「金でなんとかなることなら、金を支払うつもりだった。生涯かかっても」

佐伯は気になって訊いた。昨日、本部から横取りされたあの事件のことだ。

「北朝鮮の覚醒剤ルート摘発で点数稼げば、次はどこになる予定でした？」

石岡は、またひとロウィスキーをすすった。

「北朝鮮相手で実績を挙げれば、たぶん警視庁出向だろう。公安部だ」

「警察庁長官コースに乗ったということになりますね」

石岡は否定しなかった。

「ああ。かなり近くなる。ならば、店ひとつ出すくらいの手切れ金なら、借りたってなんとか支払ってゆける」

今度は佐伯が鼻で笑う番だった。自分たちは、こいつの愚かさの跡始末と、こんなせこい計算のために、振り回されてきたということか。道警の現場警察官全部が、この程度のキャリアのこんな人生設計の踏み台になっているのか。

佐伯は憤りを押し殺して訊いた。

「そしてうまいことに、現場で気を失っている水村朝美を見つけた」

「そうだ。だから、計画的なことじゃないんだ。息を吹き返そうとした水村を見て、ふいに思いついた」

「あいにくでしたね。手が反射的に伸びていた。強盗殺人で処理できるって」

「それだって、計画したわけじゃない。津久井を巻き込む、って手が、やりすぎだった」

「それだって、計画したわけじゃない。わたしが仕向けたわけじゃない。水村の死体が発見されたとき、津久井で処理するというシナリオを書いたのは、警備だ。わたしじゃない。出るとき外からロックしたのは、動転していたせいだ。津久井におっかぶせようとしたわけじゃない」

石岡はまたタンブラーに手を伸ばした。タンブラーの中で氷が傾いて、カチンと硬い音を立てた。ウィスキーがもうなくなりかけている。

「どうします？」と佐伯は訊いた。

石岡は、タンブラーに残っていた最後のウィスキーを喉《のど》に流しこむと、唇をなめてから言った。

「きみは、どうする気だ？」

「きょうの朝、正式に大通署の組織に上げますよ。正規の捜査が始まります」

「警察組織のことを考えれば、津久井に引き受けてもらうのが合理的だと思わないか。百条委員会での証言もないから、道警本部は守られる。殺人事件も解決する。どこも損するところはない。わたしは正直に話したんだ。あんたの気も済んだだろう？」

「馬鹿な！」佐伯は思わず吐き捨てる口調となった。「無実の罪で始末される津久井はどうなるんです？」

「うたう警官は、無実と言えるか？　組織を売るんだぞ。道警だけじゃない。警察機構全体を敵に回すんだぞ」

「津久井がうたうのは、組織の実情についてだけですよ。誰もが知っている不正について、そのとおりですと認めるだけだ。偽証するわけじゃない。警察組織を敵に回すわけでもない。不正で肥え太る幹部が痛手を負うだけです」

「警官としてあるまじきことをやろうというんだ」

「部長のやったことは、道警の幹部にふさわしいことだ、とでも言うんですか？　裏金で高級時計を買っただけじゃない。ひとを殺しているんです」

「あの女は色情狂だ。警察官であるべきじゃない女だった。いずれ、大きな犯罪を犯していた。少しスパンを長く取って見るなら、これは緊急避難だったし、婦人警官による破廉恥罪を防ぐための予防措置だった」

「それが言い分だって言うなら、わたしはいまから大通署に行きますよ。上司にいまのことをすっかり話す。証拠も揃《そろ》えて出す」

「きみは、警察官なんだぞ」

「ええ、わたしは警官です。警官がやるべきことは、はっきりしている」

「どうしてもか」

「ええ」

佐伯は立ち上がった。

あまり明るいとは言えない照明の下で、石岡が蒼白《そうはく》になったのがわかった。彼はいま、本気で自分の説得が、あるいは脅しが、効くと信じていたのだ。

ドアへ向かって歩き出そうとすると、石岡は手を伸ばして佐伯のスーツの裾《すそ》を摑んだ。

「待て。座れ」

命令と言うよりは、それは懇願と聞こえた。

佐伯は椅子に腰を下ろし直した。

石岡は、深く溜《た》め息をついてから言った。

「時間をくれ。朝まで」

「朝までに、何をするんです？」

「気持ちの準備だ。それから出頭する。大通署に」

本気だろうか。信じてよいか？

一瞬後に佐伯は答を出した。彼の立場だ。もう逃げることはできない。彼は観念したのだ。未来を自分本来の目で冷徹に見通すことができたのだ。すべての要素を吟味比較しての計算もし終えたはずである。信用してよいだろう。

佐伯は言った。

「八時半、大通署。刑事課の町田警部補を訪ねてください。それでかまいませんか」

「九時。いったん本部に出て、デスクを整理する。それから大通署に出頭する」

「津久井の射殺命令も取り消してください」

「だから」石岡は苛立《いらだ》ちを見せた。「あれは、わたしがやってることじゃない。警備か、九階に言え」

九階というのは、本部ビル九階のことだ。本部長室がある。総務部長室もこの階だ。道警の中枢のフロアである。

石岡は続けた。

「わたしが自首すれば、射殺許可は自動的に取り消される。心配するな。百条委員会は、十時からだろう？　間に合う」

佐伯は譲歩して言った。

「大通署、九時。その時刻に出頭がない場合、わたしが義務を果たします」

「かまわないよ」

石岡が、のっそりと椅子から立ち上がった。腰に鉛の重しでも巻き付けているかのような、緩慢な動作だった。

「送らせますよ」

佐伯は自分も立ち上がって、携帯電話を取り出した。新宮に、いま一度運転手をやってもらわねばならない。


部屋に、チームのメンバーが集まった。

もっとも、西署に行った大森はこの場にはいない。彼は谷川五郎を保護するため、一緒にトラ箱に入っているのだ。いま部屋にいるのは、佐伯と小島百合のほか、諸橋、植村、町田、新宮の六人である。新宮は石岡を送っていって戻ってきたばかりだ。

植村が、佐伯に訊いてきた。

「谷川、たしかに保護したのか？　丘珠リースだかの倉庫に？」

佐伯は答えた。

「ええ。大森がついているはずです」

「大森は中途から入ってきた男だ。信用できるのか」

「本物の警官だと思いますよ」

全員の顔が揃ったところで、佐伯は石岡が水村朝美殺しを認めたことを伝えた。朝九時に大通署の町田のもとに出頭すると約束したことも。

諸橋が、やれやれという顔で首を振った。

「こいつは、郡司事件以上のスキャンダルだぞ。現職キャリアが殺人事件か」

植村が言った。

「スキャンダルは好かんだる」

町田は、ちぇっと舌打ちした。

「そらとぼけた顔で、現場にきたんだ」

新宮は無言だ。事件のあまりにもめまぐるしい展開に、ついていけないようだ。ぽかりと口を開けている。

佐伯は、みなを見渡してから言った。

「奴《やっこ》さんが自首を約束した以上、この件では、九時まではわたしたちも動かないようにします。石岡警視長が約束を果たすなら、津久井も安全に議会に入れるはずですが」

植村が訊いた。

「委員会は何時からだ?」

「十時から。でも、十分くらい前には、議会ビルの中に入っていたほうがいいでしょうね」

町田が言った。

「射殺命令の撤回を確認してから入ったほうがいい。道庁前広場は、機動隊で固められるはずだ。議会の裏の道警本部ビルの屋上には、スナイパーも配置されるんじゃないか。議会ビルに入るのは容易じゃない」

　諸橋が言った。

「議会の中に入ったって、逮捕しようと思えばできる」

　佐伯は言った。

「それでは証言封じの意図がばればれです。中に入ることができたら、半日時間が稼げる。そのあいだに、津久井の無実がわかる」

「問題は、議会ビルに入るときだな」

「もしものことを考え、委員会のメンバーに、同行を頼みましょう。射殺命令が撤回されていなかったとしても、まさか衆人環視の中で、狙撃《そげき》はしないでしょう。その算段は、わたしがやってみます」

　植村が訊いた。

「津久井には、石岡の自白の件、伝えたのか」

「まだです」

「早く教えてやれ」

「そうします」佐伯は、声の調子を変えて言った。「腹が減ってきていませんか。じつを言うと喉も渇いた。ほか弁とお茶で、とりあえず真相に到達を祝ってもいいかと思うんですが。そのあとは、ここで朝まで仮眠ということにしましょう」

「賛成だ」と諸橋が言った。「九時には、おれも大通署にいたいもんだ。出頭を見届けるぞ」

佐伯は新宮に顔を向けて言った。

「頼む。適当に買ってきてくれ。四丁目のほうなら、二十四時間営業のコンビニがあるはずだ」

新宮が出てゆくと、佐伯はあらためてイヤホン・マイクをつけ、携帯電話から発信した。

「はい」と津久井の声。眠ってはいなかったようだ。「どうなりました?」

佐伯は言った。

「短く言うぞ。事件解決。真犯人は石岡生活安全部長だ。水村は、お前さんに気を持たせながら、部長とつきあっていた。その仲がこじれて、部長はあの部屋で水村を殺したんだ。きょうの朝、九時に大通署に出頭する。お前さんは、これから朝まで、ぐっすり眠ってろ。いいな」

部屋にいる全員が、佐伯を注視している。

電話の向こうで、津久井が呆然《ぼうぜん》としたような声で言った。

「水村は、ほんとうに部長と?」

「そうだ。お前さん、おめでたかったな」

「まさか。いつからなんです?」

「お前さんが、部屋の鍵を取り上げられたころからだろう」

「信じられません。水村は」津久井はそうとうに衝撃を受けているようだ。言葉をまとめるのに苦労している。「終わった、とも言ってはくれなかったんです」

「詳しいことは明日話す。きょうは、もう眠れよ」

「眠れそうにありませんよ」

「切るぞ」

電話を終えると、植村が訊いた。

「津久井は、何だって?」

「ショックを受けていましたよ」と佐伯は答えた。「相手が上司だったとは、夢にも思っていなかったらしい」

「上司はジョウシ・キ知らず」

佐伯は苦笑してから言った。

「わたしは、ちょっと失礼」

長正寺は、電話の向こうで不機嫌そうに言った。

「今度は何だ?」

佐伯は、深夜の狸小路八丁目の通りで、夜空を見上げながらマイクに言った。

「お礼を言おうと思いまして」

「何の?」

「石岡部長の携帯番号を教えていただいた。おかげで、水村朝美事件、解決しました」

「何かいい情報でももらったのか」

「ええ。部長が、自白したんです。水村朝美を殺したと」

長正寺は、声にはならない呻《うめ》き声を洩《も》らした。

佐伯は続けた。

「今朝、部長は九時に大通署に出頭します。津久井の容疑は晴れましたよ」

「ほんとに?」長正寺は疑わしげに訊いた。「ほんとに、自分がやったと言ったのか」

「ええ。認めました」

「どうして、また」

「部長は、水村朝美と深い仲だったんです。でもこのところ、水村が部長にいろいろ要求をエスカレートさせていった。部長は清算を考えるようになったけれど、水村のほうは嫌がった。思い余って、部長は手をかけた。ありふれた話ですよ」

「信じられないな。キャリアが殺しまでやってしまったのか」

「それだけじゃない。おまけに、現場の警官に罪をなすりつけようとした。津久井は射殺されようとしてます」

「それだけは止めなきゃならないな。本部の上には、おれから伝えようか」

「部長は、九時に大通署に出頭すると約束しました。わたしも、それまではこれを組織の捜査にはしないと約束しています。待ちましょう」

「いいだろう。ところでいま、まわりにひとはいるか?」

「いいえ。どうしてです?」

「警備は、津久井の居場所を突きとめようと躍起だ。ドコモにも傍受班が入ってる」

「見当はついていますよ」

「もうひとつ。津久井の居場所について、警備は、それがどこか連絡があるはずだと確信している。その通報があり次第、急行する気だ。どう思う?」

「こっちのチームに、情報を流してる誰かがいるってことですね」

「チームには、コウモリが混じってるんだ。気をつけろ」

「ええ。注意します」

「機動隊や特急はどうする? 連中は道庁前広場を固めて、てぐすね引いて待ってる。正式の撤回命令がなければ、きょう、議会前でも本気で撃つぞ」

「最悪の場合、協力してもらえますか。津久井を無事に議会ビルまで送りこんでやりたい」

「おれにできることがあるか?」

「もちろんです。朝、受令器に入る指令を教えてください」

「それだけでいいのか」

「いまのところは」

「やるよ」

佐伯は、電話を切った。

12

すっかり朝となった。

日の出からもう一時間もたってはいるが、街が動き出したのは、この十分ほど前からだ。車の走行音が聞こえだし、あちこちでシャッターを上げる音も聞こえる。通りにぽつりぽつりとひとの姿も目につくようになった。

新宮が、近くのコンビニエンス・ストアで買ってきた新聞を手にして、部屋に戻ってきた。ちょうど小島百合が、ブラックバードの店の調理場で淹《い》れたコーヒーのポットを持って、部屋に上がってきた直後だった。

みなが新聞に手を伸ばした。

佐伯は、地元ブロック紙の社会面を開いた。すぐにふたつの記事の見出しが目に入った。ひとつはこういうものだ。

「婦人警官死体で発見。交遊関係にある男性は行方不明」

事件は、昨日の夕刊には掲載されていない。道警記者クラブでの発表は夕刻であり、夕刊の締切り後のことだったのだ。

もうひとつはこうだ。

「きょう道警裏金問題で百条委員会。隠し玉証人出席か」

コーヒーを飲みながら、佐伯はすべての新聞記事に目を通した。新聞記事には、どれにも津久井の名は出てこない。水村朝美殺害事件についても、道警本部はいまのところ、津久井を公開指名手配とはしていない。あくまでも本部内手配の扱いなのだ。ただし、その姿を消した交際相手が覚醒剤《かくせいざい》中毒者であり、拳銃《けんじゅう》を不法所持している、とは発表していた。道議会百条委員会のほうも、証人として招致したもうひとりの警察官の名を発表してはいない。与党委員から道警本部にリークされたことであるが、表向きは与党委員も、マスメディアの前では発表できぬで通しているということである。あくまでもまだ津久井は、匿名証人であった。

新聞を読み終えたところで、佐伯はみなに言った。

「さあて。きょう日勤のひとは、遅刻せずに出たほうがいいだろう。八時半に、また大通署に集合しよう。それまで着替えに自宅に戻るでもよし、朝食を食べるでもよしだ」

諸橋が言った。

「おれも、もう少し札幌にいる。石岡警視長が出頭するところを見たい」

植村も言った。

「おれはいったん帰ってシャワーを浴びてくるかな」

「では、後ほどまた」

小島百合が訊《き》いた。

「この部屋、撤収しますか」

佐伯は小島百合に顔を向けて言った。

「片づけよう。助かった。ご苦労さま。きみには何かお礼をする」

「イタリアン、キャンティ、四十三度」

「それは、何だ?」

「夏のボーナスでご馳走《ちそう》してください」

「四十三度っていうのは?」

「藻岩《もいわ》山の中腹のバーの名前です。眺めのよいところです」

「誰と行ったんだ?」

「前の亭主と」

佐伯は、わかったと答えて腕時計を見た。午前七時十八分だった。


大通署の刑事部屋に入ると、刑事課長と目が合った。嫌なものを見てしまった、というような不快気な顔だった。

黙礼すると、デスクに呼ばれた。

刑事課長は言った。

「余計なことをしていたようだな。処分を覚悟しておけ」

佐伯は相手を見つめて言った。

「同僚殺しという事件なんです。黙っているわけにはゆきませんでした」

「そっちの件じゃない。もうひとつのほうだ。うたう警官を匿《かくま》っていることだ」

「つながっていることですよ」

そのとき、課長のデスクの電話が鳴った。課長は電話に出ると、小さく溜《た》め息をついて立ち上がった。会議の招集でもあったようだ。

課長は言った。

「きょうは、許可を受けずに外出するな」

佐伯は頭を下げて自分のデスクに戻った。

刑事部屋の全員が、自分を注視しているようだ。いや、自分だけではなく、植村や新宮たちにも、同じ視線が注がれている。佐伯はその視線にこめられた意味を探ろうとした。非難か？　嫌悪なのか？　敵意か？

少しずつ、どれも当たっていそうだった。しかし、かすかに賞賛の目もあるように感じた。おれたちは必ずしも、道警の警官すべてを敵に回したわけじゃないのだ。

盗犯係長は、ポーカーフェイスだ。刑事部屋の雰囲気などまるで意識に入っていないかのような顔で、きょうの引き継ぎを始めた。完全中立というアピールのようだ。少なくともこの中間管理職は、部下からの反発を心配している。係が機能不全になることは避けるべきだと計算できる程度の判断力は持っている。

どうでもよい業務連絡と訓示があって、すぐにきょうの日勤者の勤務が始まった。

引き継ぎのあと、廊下のコーヒーの自動販売機に向かうと、佐伯の知らない番号から電話があった。

出ると、本部自動車警邏《けいら》隊の狩野《かりの》という巡査部長だった。その名であれば知っている。警察学校が同期だ。

「長正寺警部から聞きました」と、狩野は言った。「水村朝美の殺しと、津久井の百条委員会の件、佐伯さんのやっていることがほんとうです。協力させてもらえませんか」

警察学校当時のことを思い出せば、無条件で信用していい男だ。

それでも、念のために言った。

「協力って?」

「おれも、津久井さんには、証人としてしゃべってもらいたい。郡司事件の背景も、いまの裏金作りのシステムについても。津久井さんを、無事に議会まで送り届けようとしているんでしょう?」

「たしかに。水村殺しでは、もうじき真犯人が自首して出る。問題なく証人にはなれると思うんだけどな」

「でも本部は、うたうことは大犯罪だと考えてますよ。百条委員会の始まる前に射殺する腹だって聞いてます」

「真犯人が出たら、射殺命令も取り消されるさ」

「どうでしょうか。時間差もある。先に射殺。それから、真相発表という順序だっていい。何かおれにやれることがあるといいんですけどね」

佐伯は逆に訊いた。

「ほかには、誰か手伝ってくれそうな警官はいるかな」

「きょうのわたしの三号車。久保《くぼ》っていう、信用できる若いのとチームです。ほかに、五号車も」

自動車警邏隊の隊員がチームに加わってくれるなら心強い。狩野ならテストも必要あるまい。加えて、長正寺も大丈夫だと判断して情報を洩《も》らした相手なのだ。

佐伯は言った。

「じゃあ、もしもの場合、協力してください」

「喜んで」


九時三分前になったところで、佐伯は大通署の一階ロビーに出て、石岡の出頭を待った。彼は道警本部に近い裏手通用口から大通署に入ってくる可能性もある。しかし、正面から入って受付を通すことのほうが、石岡にふさわしい行動様式に思えた。裏からこそこそと出頭してくることはあるまい。

植村と諸橋も、ロビーの隅のソファに腰を下ろした。町田と新宮は、その脇に立っている。いつのまにか、制服姿の小島百合もロビーに出ていた。佐伯はチームの面々とうなずき合った。

　ロビーの壁時計が九時ちょうどを指した。石岡はまだ現れない。やつは、さほど秩序を好む男ではなかったのだろうか。基本的な性格について、自分は誤解していたろうか。

　みなの顔を見た。どの顔もかすかに自信なげになっている。焦《じ》れる思いで、正面玄関の外を見つめ続けた。やがて時計は九時五分を示した。

諸橋も植村も立ち上がり、佐伯のそばに近寄ってきた。佐伯は携帯電話を取り出して、長正寺を呼び出した。

　つながったところで、佐伯は言った。

「石岡部長が、まだ出頭していません。まだ本部でしょうか」

　長正寺は言った。

「本部にもまだ出ていない。さっき生安に確かめた。きていないんだ。行方不明だ」

「了解」

　チームの面々が佐伯を取り囲んだ。どうしたと訊いてくる。

　佐伯は言った。

「部長は、本部にも出ていない。所在不明です」

　新宮が言った。

「じゃあ、津久井さんのほうは」

佐伯はうなずいた。

「危ない。出てゆけない。新宮、お前さんは車で津久井を迎えに行け。議会に送り届けるんだ。細かいことはあとで指示する」

「はい」

新宮がロビーから通用口のほうへ駆け出していった。

佐伯は小島百合に言った。

「百条委員会の委員の名と連絡先、それに市民オンブズマンの弁護士の氏名連絡先、調べてくれ」

「調べてあります」

小島百合は、コピー用紙を手渡してきた。

そこまで読んでいてくれたか。

佐伯は感嘆する思いで、そのコピー用紙を受け取った。

諸橋が訊いた。

「どうするんだ?」

「津久井を、無事に議会ビルに入れます。ビルに入れば、待ったです。時間が稼げる。そのあいだに石岡が自首して出れば」

佐伯は津久井のプリペイド携帯電話に発信した。

「まだ隠れ場所だな?」と佐伯は確認した。「いま新宮が迎えにゆく。お前さん、弁護士か百条委員会のメンバーと一緒に道議会に行ってほしいんだ。石岡はまだ自首していない。射殺許可は生きている。警備は、あくまでもお前さんを射殺するつもりでいる」

津久井が訊いた。

「ほんとにやりますかね?」

「人目がなければやるさ。覚醒剤と拳銃不法所持。新聞に発表になっている。射殺するための布石だ。だから、誰かセンセイと一緒に議会に行くんだ。おれの言うとおりにしてくれ。いいな」

「はい」

「迎えに行く車で、まずJRの桑園《そうえん》駅に行け。そこでセンセイの誰かと落ち合わせる。そこからまた車で移動だ」

「わかりました。誰かセンセイと一緒ですね」

「そうだ。お前さんが三日前に会ったセンセイは誰だ? 三日前だ。一昨日じゃなく」

「四人いました。自民、公明、民主。それに独立の会」

道警に証人・津久井の名を密告したのは、このうちの誰かだ。道警の裏金問題では、自民党、公明党、民主党、どれも道警側に立ってきた。となると、消去法では信用できる相手はひとりか。

佐伯はいま一度念を押すように言った。

「JR桑園駅」

電話を切って、時計を見た。午前九時八分だ。

諸橋も植村も町田も、心配そうに佐伯の顔を見つめてくる。

佐伯は、もの問いたげなチームの面々を無視して、いま小島百合が渡してくれたコピー用紙を広げた。七つの人名と肩書、連絡先電話番号が書かれている。四人が北海道議会の議員。百条委員会の委員の一部だ。あとの三人は、市民オンブズマンの弁護士だった。

佐伯は議員の中から、独立の会、という議会内会派のメンバーの事務所に電話した。

秘書に代わって議員の野島《のじま》という男が出たところで、佐伯は言った。

「野島先生、道警本部札幌大通署の佐伯警部補です。きょうの百条委員会の道警の証人のことでお話があります」

「は？」

相手は警戒している。

佐伯は手早く事情を説明して言った。

「というわけで、津久井巡査部長との同行をお願いできないでしょうか。桑園駅で待ち合わせて、一緒の車で議会ビルの前へというのではいかがでしょう」

「わかりました」相手は言った。「そういうことであれば、一緒のほうがよいでしょうね。でも、ほんとうに津久井巡査部長は無実なんですね？」

「もうじきわかります」

「では、九時四十分に。わたしの車で参ります。秘書が運転する」

「車種はなんです？」

「白いステップワゴン」

「お願いします。桑園駅南口で」

佐伯は電話を切った。

そのとき、スピーカーからアナウンスが流れた。

「刑事課・佐伯警部補。佐伯警部補。至急、四階B会議室においでください。至急四階B会議室においでください。繰り返します」

幹部たちが、佐伯の昨夜来の所業について、訊問《じんもん》するということだろう。へたをすると、そのまま拘束される。

いま、拘束されるわけにはゆかない。

佐伯は町田に向かって言った。

「あんたは、石岡の出頭を待ってくれ。遅れているだけかもしれん」

町田はうなずきながら言った。

「佐伯さんは？」

「やることがある」

それだけ言って、廊下を通用口のほうに向かって駆け出した。駆け出す直前、諸橋と植村が呆気《あっけ》に取られたような顔となったのがわかった。

廊下を走って、通用口から表に飛び出した。ここから半ブロック北に、北海道庁の敷地がある。塀に沿って一ブロック西に駆ければ、南門だった。道議会のビルは、その南門のすぐ内側である。

歩道を駆けながら、ちらりと後ろを確かめた。小島百合があとを駆けてくる。植村もだ。植村は、携帯電話を耳に当てたまま走っていた。

北二条の通りに出て、歩道を左に折れた。左手に、地元放送局のビルがある。佐伯はその放送局のビルの中に駆け込み、警察手帳を開きながら、受付のカウンターへと走った。

「大通署の者です」佐伯は息せき切って言った。「北側を向いた会議室は何階？」

受付の若い女は、まばたきしながら答えた。

「五階にありますが」

「五階ね」

今度はエレベーターに向かって駆けた。

受付係が、あわてて呼んだ。

「あ、待ってください。警察のかたは」

ロビーには、小島百合と植村も駆け込んできた。佐伯が開いたエレベーターの箱に飛び込むと、ひと呼吸遅れてふたりも身体《からだ》を入れてきた。

植村が、ぜいぜいと荒く息をしながら言った。

「何をやる気なんだ？」

佐伯は五の階床ボタンを押して言った。

「津久井をなんとか、議会ビルに入れてやるんです」

五階で扉が開いた。

佐伯は廊下に出て、手近の会議室とプレートのかかった部屋のドアを開けた。豪華な革張りのソファの置かれた部屋だった。真正面がガラス窓だ。窓に近寄ると、北二条の通りをはさんで、すぐ目の前が道庁だ。二ブロック四方が完全に塀で囲まれ、東西南北四つの門を抜ける以外に入る方法はないという敷地である。この道庁敷地内に、赤レンガと呼ばれる旧庁舎、近代ビルの道庁本庁舎、そして北海道議会ビルと議会事務棟がある。

窓から見下ろして左手、西六丁目の通りが道庁敷地にぶつかったところに南門があった。門を入ってすぐ左手にあるのが道議会ビル。道議会の前の広場の北には、赤レンガだ。

南門の横には、機動隊の警備車が停《と》まっていた。十数人の機動隊員と、数人の制服警官の姿が見える。

植村が、佐伯の隣りに立って言った。

「特等席だな。とくとご覧あれ」

ドアがノックされて、中年の男が姿を見せた。不審気な顔だ。この放送局の職員なのだろう。

職員らしき男は言った。

「どういうことでしょうか。警察の方？」

佐伯はその男に目をやってから、植村に言った。

「事情を説明して、納得してもらってくれませんか。長い話になってもしかたがないですが」

植村はうなずいて、男に近づいていった。

「こちらの責任者さんかな。大通署なんですがね」

植村は、男を押し出すようにして、一緒に廊下へ出た。ドアが閉じられた。

佐伯は、津久井にリダイアルした。

「佐伯だ。さっきの指示を取り消す。桑園駅には行かない。新宮の車に乗ったら、北一条通り、中央体育館の駐車場を目指せ。お前さんの携帯電話を忘れるな。つぎの指示を待て。新宮にもそう伝えておく」

津久井は、事情の見当がついたようだ。

「敵さんの裏をかくんですね」

「ああ。言うとおりにしてくれ。協力してくれるって同僚が何人も出ている。ありがたく思えよ」

「はい」

つぎは新宮に電話だ。

「新宮、いまどこだ?」

新宮は答えた。

「いま、着きました。パチンコ屋の駐車場に入ったところです」

「よし。津久井を拾ったら、北一条通り、中央体育館の駐車場に向かえ。桑園駅というのは取り消しだ。中央体育館の駐車場で、ちょっとやってもらうことがある」

「中央体育館の駐車場ですね。了解」

狩野に電話した。

「狩野さん、お願いすることがあります。中央体育館に向かってください。駐車場。動けますか?」

狩野が答えた。

「動くよ。それよりいま、通信指令室から、何台かに桑園駅へ向かえという指令があったぞ。これって、この件じゃないのか」

やはり、桑園駅の情報が洩れた。となると、通報者は誰だ?

佐伯は平静を装って言った。

「そのとおりです。でも大丈夫。無視してください」

「この車に指令がきたって無視するさ。こっちが最優先だ」

「無線車への指令、その都度わたしに報《しら》せてもらえますか」

「ああ」

「ところで、相棒は身長何センチ?」

「何?」狩野は面食らったような声を出した。「百八十くらいだと思うけど」

「また電話します」

もう一本、電話する余裕はあるだろうか。

佐伯は、大森の携帯電話に発信した。

「大森、いまどこだ?」

大森は言った。

「いま、西署の保護室ですよ。ずっと指示を待ってたんです」

「谷川を、そこの柳沢に引き渡せ。カーサ・ビアンカ円山での空き巣の件、自首させるんだ。お前さんは、いますぐ桑園駅に向かってくれ。野島という道議が着く。その議員と一緒に、道議会にきてほしいんだ」

「野島という道議。桑園駅ですね」

「白いステップワゴンでくる」

植村が戻ってきた。

佐伯は、大森に繰り返した。

「そうだ。野島という議員の車だ。それに乗るんだ」

「承知」

佐伯は携帯電話を切って言った。

「津久井は、野島議員の車できます」

植村は、もうそのことには関心はない、とでも言うような顔で言った。

「とりあえずわかってもらった。放送局は、警察と癒着していると見られちゃならないんだと」

「この部屋を、十時くらいまで借りるだけなんですけどね」

　そこに電話が入った。佐伯が携帯電話のモニターを見ると、長正寺だ。佐伯は携帯電話を耳に当てた。

　植村も小島百合も、佐伯を見つめてくる。

「何をやってるんだ！」長正寺は、佐伯を叱《しか》るように言った。「いま、警備から、関係班は桑園駅に向かえと指令が出たぞ。津久井が桑園駅に現れるのか？」

「そうだ」佐伯は、目下の者にでも言うような調子で言った。「苗穂駅の南口だ。頼む」

　JR苗穂駅は、札幌駅をはさんで桑園駅とはちょうど反対側だ。

「何だって？　苗穂？」長正寺は、佐伯の言葉に戸惑ったようだ。しかし、すぐに察した。

「そうか。わかった」

「ええ」

「切るぞ」

　長正寺も、人目を避けての発信だったようだ。

　植村が、どうした？　と訊いてきた。

　佐伯は答えた。

「新宮から、ランデブー場所の確認です。苗穂駅南口でいいのかどうかと」

「苗穂？」

「ええ。あいつ、勘違いしていた」

「桑園じゃないのか?」

「苗穂ですよ」

ふうむとうなずいて、植村は窓の外に目をやった。つられて佐伯も見た。議会ビルの前には、ひとの数が増えてきている。警備員や、議会関係者と見られる男たちだ。新聞記者だろうかと思える男女の姿も目につくようになった。

植村が言った。

「飲み物でも買ってこよう。自動販売機ぐらい、あるよな」

植村が部屋を出ていったところで、佐伯は小島百合に言った。

「植村さんが戻ってきたところで、あんたが外に出てくれ。そして、おれの携帯に電話してくれ」

「はい」

小島百合がかすかに微笑した。

植村は、缶コーヒーを三つもって部屋に戻ってきた。

「ひとりにひと缶。ひと缶向けたい男」

小島百合が、ちょっと失礼と言って部屋を出ていった。

佐伯が缶コーヒーのプルトップを引いたとき、携帯電話が震えた。小島百合からだった。

「はい、電話です」と小島百合。

佐伯は言った。

「え。はい。総務に？　書類？　はい。はい」

電話を切ってから、佐伯は植村に言った。

「この部屋のことで、書類をひとつ書けって話になりましたよ。この部屋を使うんなら、手続きが必要なんだとか。ちょっと行ってきます」

部屋を出ると、エレベーターの前に小島百合が立っていた。あれでよかったですか、とでも聞くように首を傾けてくる。佐伯はうなずいてエレベーターに乗った。

ロビーに降りたところに、狩野から電話があった。

「いま、新しい指令だ。桑園駅急行指令は取り消し。苗穂駅南口に急行。無視する。中央体育館に向かう」

「お願いします」

ずばりだ。通報者はここにいた。

佐伯は新宮に電話した。

「中央体育館の駐車場に、警邏隊のパトカーがくる。狩野さんが乗っている。話は狩野さんにしておくから、指示に従ってくれ。津久井を、パトカーに移すんだ。お前さんは、津久井の携帯を受け取って電源を入れ、適当に走れ。道庁を大きく迂《う》回《かい》するようにだ」

いったん電話を切ってから、今度は狩野に電話した。

「中央体育館の駐車場に、津久井が行きます。ひとつお願いがありますが」

佐伯は、狩野に計画を伝えた。

「わかった」狩野は愉快そうに言った。「楽しい仕事だな」

それから百条委員会の委員、野島に電話した。

「いまどちらです？　桑園駅に着くところですか。ちょっと変更です。そこに、大通署の警官がいます。私服です。向こうから声をかけてくるでしょう。議員は、そいつと同じ車で道議会に向かってください。北一条通り、道庁南門から入って欲しいんです。五分後にまたわたしから電話します。ええ。津久井の身の安全のため、ちょっと神経質になっています。よろしく、お願いします」

会議室に戻って、また窓際に寄った。議会前のひとの数は、かなりのものになっている。これだけのひとの目があるところでは、さすがに本部もここで射殺というわけには行かないのではないか。相手は拳銃を持ち出そうとした、とでも説明をつけるにしても、持っていないという証拠写真も撮られかねない。ここではとにかく身柄拘束、口封じはべつの場所で、ということになるかもしれない。

腕時計を見た。九時三十五分だ。

植村が落ちつかない。いつもとちがって、妙に顔がナーバスになっていた。

四十分になったところで、佐伯は野島に電話した。

「先生、いまどちらです？」

野島は言った。

「車の中です。大森という警察官が一緒です。桑園駅で乗ってきました。道議会に向かっていますよ」

佐伯は言った。

「南門から入って欲しいんですが。わたしも迎えに上がります。先生とわたしとで、そいつを議会ビルに案内しましょう」

「そいつって、この大森さんのことか?」

「そうです。その警察官を、わたしたちがあいだにはさんで」

「津久井さんはどうなる?」

「大丈夫です。わたしたちがいれば。安心してください」

「百条委員会の部屋に行くには、西門のほうがいいかと思うが」

「南門で」

野島は、話が理解できた様子ではなかった。しかし説明している状況ではないし、わからないならわからないで、それでもよいのだ。いまの電話の意味は、べつのところにあるのだから。

佐伯は携帯電話をポケットに収めると、小島百合と植村に言った。

「わたしは、南門で津久井の到着を待ちます。やっと一緒に議会の玄関まで歩きますすよ」

「おれも行こう」と植村が言った。

小島百合は、もうドアに向かっていた。

放送局のロビーを駆け抜け、自動のガラスドアを出て、北二条通りに飛び出した。

歩道を左手に歩き、西六丁目との交差点で、南門を見た。機動隊員と制服警官の姿のほかに、濃紺や濃いグレーのスーツ姿の男たちの姿も目につく。七、八人いるようだ。イヤホンを耳にしている男たちばかりだ。私服刑事たちだろう。制服警官たちは、その南門のそばからカメラマンやテレビクルーを追い払っていた。もっとも、取材陣もここで何か捕り物があるとは知らないのだ。彼らは、議会ビルに現れる匿名証人の映像を狙《ねら》っているはずである。

小島百合が佐伯に追いついて、隣りに立った。

「大変な警戒ですね」小島百合は、南門の様子を見て、心配そうに言った。「ここを突破するんですか」

「ちがう」

佐伯は携帯電話を取り出しながら放送局のほうを振り返った。建物から出てきた植村が立ち止まったところだった。彼も携帯電話を耳に当てている。

佐伯は狩野に電話した。

「一緒か?」佐伯は名乗らずに訊いた。「いまどこ?」

狩野は答えた。

「一緒。隣りに乗ってますよ。北三条通りを西に向かってます。いま創成川にかかるところ」

「道庁の北門を目指してください」

「オーケイ。いま、警邏の車三台に、サッポロ・ファクトリー方面に向かうよう指令があった」

切ったところに受信だ。長正寺だった。

携帯電話をまた耳に当てると、長正寺が怒鳴った。

「馬鹿野郎。津久井に携帯電話使わせてるのか？ 電源を入れたから、微弱電波が追跡されてるぞ。いまパトカーの大半は、サッポロ・ファクトリーに向かってる」

佐伯は言った。

「陽動です。計算ずみ。いまどちらです？」

「捜査員はみな、道庁に配置された。おれは西門だ」

「いちばん警備が堅いのは？」

「ここだ。議会事務局に近い」口調が変わった。「ちょっと待て。いま新しい指令だ」

少しのあいだ沈黙があって、また長正寺の声。

「一部を残して、南門に移動だ」

「警部は？」

「このままここだ」

電話は切れた。

佐伯は北二条通りの南側から、道庁の塀の西側に目を向けた。どたどたと靴音が響いてきて、角から出動服姿の機動隊の一隊が現れた。その横を、制服姿の警官たちも七、八人、追い抜いてくる。

植村が隣りにきて言った。

「ほんとにここに現れるのか？」

佐伯は、植村を見つめて言った。

「もうすぐわかります」

また携帯に受信だ。大森からだった。

「いま北二条通り。植物園にかかります」

「まっすぐきてくれ」

「何か問題は？」

「なし」

オフにして、すぐに狩野に電話した。

「いまどのあたり？」

「北四条に入った」

「まっすぐお願いします。二分後に門の前、どうでしょう」

「たぶんぴったりくらいだ」

植村が、佐伯のやりとりを注視している。

「何か?」と佐伯は訊いた。

植村は、あわてて首を振った。いつもの駄洒落《だじゃれ》も出ない。彼の緊張のほどがわかった。

道庁の敷地の並び、道警本部前の交差点を、ダークスーツ姿の男たちが四人渡ってきた。顔まではわからないが、道警本部の幹部たちと見えた。

大森から電話が入った。

「いま、道警本部前交差点。あ、赤か」

佐伯は左手の交差点を見た。ちょうど白いミニバンが、交差点で停まったところだった。あれが、野島議員のステップワゴンのようだ。

「停止線のところの車だな」

「ええ」

「南門の前で停めろ。おれがお前さんと議員を迎える」

「津久井さんは?」

「べつの門だ」

横で訊いていた植村が、べつの門、という言葉に反応した。

「べつの門から、誰がくるんだ?」

佐伯は植村を見つめて答えた。

「津久井」

植村の顔がこわばった。すべてを理解したという顔。すべては知られていたと、それに気づいた顔だった。

佐伯は植村を凝視した。たぶんその目の色には、激しい非難と侮蔑《ぶべつ》がこもったのだろう。

植村は、弁解じみた口調で言った。

「うたうことだけは、許せないんだ」

佐伯は交差点を見た。信号が青に変わり、白いミニバンが発進してくるところだった。

佐伯は携帯電話を取り出して、狩野に指示した。

「五秒後。門を入って。議会議事堂前まで」

携帯電話を畳むと、佐伯は北二条通りの車の通行を無視し、南門に向かって通りへ踏み出した。ちょうど通りかかった乗用車が、急ブレーキの音を立てて停まった。

小島百合が、佐伯を追いかけてくる。佐伯は思った。彼女はこのあと、何を手伝ってくれるというのだろう。あとおれたちにできることは、身を張って津久井の身代わり役を引き受けるだけなのだが。

植村が、佐伯の脇を駆けて追い抜いてゆく。

彼は両手を頭の上で大きく振り回しながら叫んでいた。

「ちがう。ここじゃない。津久井はここじゃない」

南門を固めていた警官たちの何人かが、いぶかしげに植村に目をやった。しかし、誰も取り合おうとしていない。植村が警官であると知っている男はいないようだ。情報提供の相手かたは、この場にはいないのだろう。

佐伯は南門の真ん前で立ち止まり、走行してくる白いミニバンに身体を向けた。後部席にふたりの男が乗っている。

佐伯は両手を身体の前で広げた。ここで停まれという意味のつもりだった。

警官たちが、いっせいに緊張した。彼らの意識も、その白いミニバンに集中したのだ。

植村が怒鳴っている。

「ちがう！　それじゃない。ここじゃない」

ミニバンが停車し、スライド式の後部席左側から、ひとりのスーツ姿の男が降りた。野島道議会議員のようだ。もうひとり、奥から大森が降りようとしている。

私服の刑事たちと制服警官たちが動いた。ミニバンに向かってどっと駆けてきた。佐伯はミニバンの後部左側のドアの前に立って、大森と野島をかばうように立ちはだかった。

大森が身体を後部席から出した。

十数人の刑事たち警官たちが、佐伯たちの前に殺到した。カチャカチャと金属音がせわしなく響いた。全員が拳銃を取り出したのだ。両手で構えている。佐伯たち三人は、半円形の二重三重の輪に取り囲まれた。佐伯の身体と銃口まで、近いものは十センチも離れていなかった。

その包囲の輪にあぶれた警官たちは、ミニバンの反対側にまわった。たちまちミニバンはすっかり警察官の制服で囲まれた。

誰かが、囲みの後ろのほうで、妙に甲高い声で言った。

「津久井卓。水村朝美殺害容疑で逮捕する」

大森が、佐伯の後ろでゆっくりと両手を上げながら言った。

「おれは津久井じゃない」

佐伯は、左手を上げながら、右手で警察手帳を取り出し、身分証明書と警察バッジを掲げた。

「札幌方面大通署・刑事課・佐伯宏一。公務中だ」

囲みが、また少し縮まった。

ミニバンの反対側で、小島百合も叫んだ。

「ひと違いよ。津久井じゃない！」

佐伯はちらりと振り返った。小島百合も、自分の警察手帳を取り出して、包囲の警官たちに言っているのだ。

「警官よ。誰も津久井を知らないの？　ひと違いよ！」

警官の輪の後ろのほうで、誰かが言っている。

「津久井はどこだ？」

「ほかにはいないぞ」

佐伯たちを睨《にら》んでいるいくつもの顔が、妙に不安そうなものになった。

警官たちの人垣の後ろで、植村の声がする。

「ちがう。津久井はべつの門です。騙《だま》された。裏をかかれた！」

しかし、相手にされていない。妙なことを叫んでいる中年男がいる、と思われているだけのようだ。

さきほどの甲高い声が、いっそう癇《かん》に障るものとなって聞こえた。

「津久井じゃない！　乗っていないぞ」

向けられていたいくつもの拳銃が、おそるおそるという調子で引っ込んでいった。包囲の輪が崩れた。

私服刑事たちが何人か、西門の方角へ駆け出していった。その場の警官たちがざわつき始めた。

包囲の輪が崩れて、輪の後ろに立つ男の姿が露《あらわ》になった。濃紺のスーツを着た、不機嫌そうな顔立ちの四十男だ。これが、道警本部の警備部長だろうか。津久井逮捕の指揮を執っているはずの男だ。浅野忠雄警視長。

その警備部長らしき男は、佐伯を憎々しげに見つめて言った。

「お前が佐伯か」

佐伯は答えた。

「そう。警官だ。あんたは？」

「道警本部・警備部長の浅野だ。津久井をどこに隠した？」

浅野の背後、ちょうど議会ビルの正面エントランスのあたりで、カメラマンやテレビクルーたちのひとだかりが移動している。

携帯電話が震えた。

佐伯はモニターを見た。狩野からだ。

耳に当てると、狩野が言った。

「ただいま、津久井は議会ビルに到着」

佐伯の視線に気がついたか、浅野は振り返った。その瞬間に察したようだ。

浅野は口をあんぐりと開けて、佐伯を見つめ直してきた。

「あれか？」

佐伯はうなずいた。


津久井卓は、パトカーがガードマンに制止されたところでドアを開け、助手席から降り立った。借りた制服も、ほぼぴったりだ。北海道警察の、濃紺の制服。かぶっている白いヘルメットは、自動車警邏隊員専用のものである。

津久井は制服姿のまま、議会議事堂の正面エントランスへと向かった。三日前、百条委員会の証言のことで打ち合わせた委員たちの姿が見える。ひとりこの場にない顔もあるが、問題はあるまい。

テレビ局のクルーたちや新聞社のカメラマンたちが、ふしぎそうな顔で津久井を見ている。

委員たちの前まで進んで、昨夜も使った変装用の眼鏡《めがね》をはずした。委員のひとりが津久井に気づき、目を大きくみひらいた。津久井は、自動車警邏隊員用の白いヘルメットをはずした。

ほかの委員たちも、ようやく目の前の制服警官が津久井であることに気づいた。委員長が、にこやかに手を差し出してきた。

「よくきてくれました」

津久井はその手を握って言った。

「北海道警察本部・巡査部長、津久井卓。百条委員会証人として招致されたので参りました」

その周囲にいたマスメディアの関係者が、あわてて写真を撮り始めた。カメラのストロボがいくつも発光した。津久井の顔の前に、何個ものＩＣレコーダーが差し出された。

「証人ですか?」

「証言するんですね?」

「名前をもう一度」

委員長は、津久井の手を握ったまま、不思議そうに南門の方向を見て言った。

「それにしても、この騒ぎはいったい何だ?」

津久井も南門のほうを見た。制服警官や機動隊員たちが、南門の周辺に大勢集まっている。ただし、動きも意識もばらばらと見えた。ただの群衆と変わらぬ雰囲気しかない。その警官たちのあいだに、一瞬佐伯の顔が小さく見えた。視線が合うと、佐伯は短くうなずいてきた。ふたり、血相を変えてこちらに走ってくる男がいる。警備部の刑事たちだろうが、もう遅い。自分たちの勝ちだ。

議会ビルに入ってゆく津久井を追って、マスメディアの面々もどっとエントランスに雪崩《なだ》れこんだ。南門を固めていた警官たちは、何が起こったのかわかっていないようだ。ただし、すでに任務が無意味となったことだけは、理解しているようだ。はっきりと緊張が解けている。弛緩《しかん》し始めている。そばの警察車両から、何か指示する声、報告する声が、まるで怒鳴り声のように聞こえてくる。無線機が勝手にがなり立てているのだ。

浅野警視長が、ほかの数人のスーツ姿の男たちと額を近づけて話している。彼らもまだ、事態の全体が見えていないのだ。わかっているのは、この謀略が失敗したということだけだ。その責任逃れの弁明と弥縫《びほう》策について、いま緊急の打ち合わせが行われているのかもしれない。

東の方角から、サイレンが鳴り響いてくる。あれはたぶん、新宮の車を追いかけている警邏隊のパトカーのものだ。たぶん十台以上で、追跡しているのだろう。新宮の車の中には当然津久井は乗っていない。津久井の携帯電話が、電源を入れられて助手席に置かれているだけなのだ。

車道を駆けてくる靴音がした。

佐伯が振り返ると、町田と諸橋だった。

佐伯が町田たちに身体を向けて待っていると、町田は佐伯の目の前で足を止めて言った。

「津久井は、入ったのか？」

「いま無事に入った」佐伯は答えた。「どうなった？」

町田は苦々しげな顔となった。

「石岡は、自殺だ。いま、通報があったそうだ。マンションの屋上から、身を投げたそうだ」

まさか。

愕然《がくぜん》として、周囲を見渡した。

聞いていた小島百合が、目を大きくみひらいている。少し離れた位置に立つ植村は、さっと視線をそらした。大森は首を傾《かし》げている。

浅野が、受令器を耳に当てながら振り返り、佐伯のほうに目を向けてきた。いま浅野と話していた警察幹部たちも、佐伯を見つめてくる。佐伯たちを気にしている。たぶんいま、石岡の自殺の報告が、この面々にも伝わったのだろう。

連中は、驚いていない。つまり連中は、それを織り込みずみだったのだ。それを前提に、今朝の津久井逮捕のシナリオを書いたのだ。

浅野と視線がからみ合った。彼も、いま佐伯が思い至った中身に気づいたのだ。佐伯がこの報をどう聞くか、承知していたのだ。その目は佐伯に言っているようだった。

それがどうした？

佐伯は浅野から視線をはずして、左手、彼の背後に建つ十八階建てのグラスタワーに顔を向けた。北海道警察本部の本庁舎だ。

佐伯は九階のあたりを見つめた。ミラーガラスは札幌の四月の陽光を輝かしくはね返している。建物の内部を見ることはできない。たとえ窓ガラスのすぐ内側に誰かが立っていようと、外からはそれを窺《うかが》うことはできない。

しかし佐伯は、確実に感じた。九階のフロアに、ひと組の眼があって、道庁南門のこの場に緊張したまなざしを注いでいることを。

小島百合が、佐伯と同じ方向を見つめてから、視線を佐伯に向け直した。彼女は不思議そうに訊いた。

「何か？　誰か？」

佐伯は小島百合の視線を受け止めてうなずいた。

「ああ」

警官たちの歌に、聞き耳立てている者がいる。

道警シリーズ　新装版に寄せて

警察小説のシリーズとして北海道警察シリーズを書き始めたときは、これだけ続くことになるとは思っていなかった。この『笑う警官』を第一作目にして、十一作目『警官の酒場』がシーズン1の最終作となる。十一作目を書き終えるまで、二十年かかっている。

このシリーズを書き出すとき、かなり高めに置いた目標として、スウェーデンの警察小説「マルティン・ベック」シリーズ全十作があった（マイ・シューヴァル&ペール・ヴァールー）。スウェーデン社会十年の変遷を警察小説の様式を使って描く、というコンセプトで書かれた壮大な作品だ。

もっとも、これを目標とするといっても、あのころは十作のシリーズとすることは自分の手に余ると思っていた。ただ、「現場警察官」対「警察組織悪」との対立のドラマとしてであれば、三部作で書けるかもしれないとは思った。

書き始めた当時は、各県警の不祥事、というか組織悪の実態がどっと明るみに出たときだった。いまその組織を語るときにこれを避けて何が書けるか、と言えるほどの、執筆欲をそそられる題材が目の前に提示された。警察小説がそれを避けるのは不自然だ。

ほかの警察小説があまり扱わない警察の組織悪とはいえ、これを題材にしてシリーズを長く続けられるかどうかはわからなかった。あっちこっちでの暴露の気運もすぐにしぼむかもしれない。

もちろん、すでに報道された題材を小分けすれば、多少は多く書けるだろう。でも題材や情報を惜しんで小出しにしては、一作一作が薄味になる。持っている題材や情報は惜しみなく突っ込んだほうがいい。まずは三部作だ。こうしてシーズン1の最初の三作を書き終えたのだった。

間髪も入れず、編集部から終了への異議と助言があった。

「このチームをここで放《ほう》ってしまうんですか？　チーム佐伯なら、まだまだ道警でやれますよ。世の中には犯罪の種は尽きないじゃありませんか。チーム佐伯を、ひとつひとつに立ち向かわせてやってはいかがですか」

たしかに、警察組織が直接の相手ではなくても、チーム佐伯が相手にする「犯罪」を通じて、この日本社会の様相、変化、そしてひずみは描いていける。

ならば十作まで、と決めてその後も道警シリーズを書き続け、けっきょく『警官の酒場』で第十一作となったのだった。

シリーズ内で、主要登場人物たちが生きた時間は、じつはせいぜいが七、八年ほどである。少しずつ「物語」内の時間は、現実の時間の経緯からずれていっている。でもシリーズものの約束ごととして、登場人物たちは自然時間に合わせて歳《とし》を取らない。現実と対応するある瞬間にでも、物語の前後からもっとも適当な年齢になっているだけだ。

でも、十一作まで書くと、とうとう主要登場人物たちの年齢は、どう考えても「現在」はこのくらいだろうと想像できるものとの齟齬《そご》が大きくなった。十一作で描いてきた彼らの個人史もひと区切りついた。チームは解散し、それぞれがまた新しい個人史を歩み出す。シリーズを通して登場人物の誰かに感情移入し、伴走してきたという感覚を持つ読者も、いくらかは感慨があることだろう。

　というわけで、いまあらためて新しい読者のために、シリーズ1の新装版をお送りする次第だ。シリーズを書いている最中に微妙に変わらざるを得なかった部分などについて、全体の流れの中で整合性が取れるように修正し、一部は加筆している。

　新しくシリーズ第一作目から読み始める読者は、もしかすると以前からの読者に羨《うらや》まれるかもしれない。新しい読者は『笑う警官』を読み終えたらすぐに、まずは初期三部作を全部読むことができるからだ。

　楽しんでいただけたらと思う。

二〇二四年一月

佐々木　譲

解説

西上心太

官庁や企業などの不祥事が、これほど毎日のように報道される時代があっただろうか。会見を終えると一列に並んだ責任者たちが立ち上がり、深々と陳謝の一礼をする。それと同時にカメラのストロボをたく音と光が明滅する。下手な芝居の幕切れを飾る舞台効果のようだ。ひょっとして謝罪会見のマニュアルを作成する業者がいるのではないかと勘ぐりたくなるほど、パターン化されている。

不祥事の内容はさまざまだが、そこに共通するのは、露見しなければ都合の悪いことは隠し通して組織の安寧《あんねい》をはかろうとする隠蔽《いんぺい》体質だろう。私企業であればユーザー、官庁であれば住民の不利益を避けようという視点が、端《はな》から欠落していると言わざるを得ない。個人から組織まで、いつのまにかモラルハザードが蔓延《まんえん》した社会になってしまったようだ。

本書の内容と密接に関《かか》わる、組織の隠蔽体質を浮かび上がらせる事件が北海道で起きたのは二〇〇二年の七月だった。北海道警本部銃器対策室に所属していた現職警部のIが、覚せい剤《かくせいざい》取締法違反で逮捕されたのだ。そのきっかけとなったのは、Iが情報提供者として使っていた男が覚醒剤を持って出頭したことからだった。覚醒剤使用による幹部警察官

（警部以上の階級）の逮捕は初めてとはいえ、一警察官の逮捕では収まらない重大な問題を孕《はら》んでいた。Iは銃器対策室のエースと呼ばれ、けた違いの拳銃《けんじゅう》摘発数を誇っていた人物だったのだ。ところがその摘発の多くは、他の違法行為を見逃すかわりのバーター取引だったり、手持ちの拳銃を仕込んだヤラセや捏造《ねつぞう》によるものだったのだ。その過程で情報提供者への謝礼などの経費を得るために、Iは覚醒剤取引に手を染めていく。

問題は、次々と実績を挙げていくIの実態を、彼の上司たちが薄々承知していたことにある。一九九五年に内閣に「銃器対策推進本部」が置かれ、国費から各都道府県警察に対して対策予算が交付されることになった。そのためIは特別な予算を獲得するための実績作りに欠かせない人材であるという、上司たちの暗黙の諒解《りょうかい》があったのだ。道警の上層部は拳銃の押収状況の精査を怠り、具体的な押収数ばかりに気を取られていたのだ。当時は北海道のみならず全国で、所持者が不明のまま拳銃だけがコインロッカーなどから発見される「首なし」と呼ばれる押収事例が続く、「拳銃バブル」が起きていたのである。

こうしてIの働きにより、多くの上司たちが出世していった。ところがIの逮捕後、元上司の一人で、もっともIの実態を知っていたとされる人物が自殺する。さらに自ら出頭した情報提供者も、拘置所内で不審死を遂げていく。やがて開かれた裁判は、一個人による犯罪という、事件を矮小化《わいしょう》させようとする検察と警察のシナリオに沿って進み、Iは懲役九年という判決を受け現在服役中である。Iは裁判の行方を決める証人喚問中には、詳しい警察内部の実態に口をつぐんでいたが、最後に上司の関与を認める上申書を提出した。

翌二〇〇三年には各地の警察署で起きていた裏金疑惑が、北海道警でも浮上する。元幹部警察官の告白により、道警は大揺れに揺れるのだが、ここでもぎりぎりまで道警は事実関係を隠蔽しようと努めるのだった。

実は二つの事件は無関係ではないのだ。末端の警察官たちが捜査に必要な捜査報償費を適正に支払わず、あまつさえ偽領収書を作成させ、上層部の者たちの餞別《せんべつ》費等に充てるためプールさせていたというのが裏金事件の原因であった。Ｉが情報提供者への協力金を、非合法な手段で得なければならなかった一因がここにあるのだ。

組織の非合法な行為は、多くは内部告発によって明らかになる。その行為に犯罪性があれば、警察や検察が動きだす。だが警察という組織で起きた犯罪に対して、同じ組織の人間が捜査せざるを得ない。この二つの騒動を見ても、警察という組織は不祥事に対し、最低限の情報しか開示せず、秘密裡《り》に事を終結させようという態度をとり続けてきている。はたして警察に自浄を進めていく意思や能力があるのか、疑問に思うのは筆者だけではないだろう。この問題については第57回日本推理作家協会賞評論その他部門で候補作となった曽我部司『北海道警察の冷たい夏』（講談社文庫）や、北海道新聞取材班『追及・北海道警「裏金」疑惑』（講談社文庫）に詳しいので一読をお薦めする。

札幌市内のマンションの一室で発見された女性の他殺体。その部屋は警察が借り上げている秘密のアジトで、しかも被害者は道警本部の防犯総務課の婦人警官水村朝美巡査だった。ところが初動捜査にあたった大通署強行犯係の町田警部補が、その事実を告げたところ、所轄署の刑事たちは捜査からオミットされてしまい、道警本部が直接捜査にあたるという異例の事態になっていく。そして水村とつき合っていた銃器薬物対策課の刑事、津久井巡査部長を犯人と断定し、さらに津久井が拳銃を持った危険な覚醒剤中毒患者であるという発表がなされ、射殺命令が下されるのだった。

大通署の盗犯係の刑事佐伯宏一警部補は、道警本部の発表を信じようとはしなかった。かつて二人は人身売買組織摘発のためのおとり捜査に従事した仲だった。佐伯は組織の人間に疑われ殺されそうになったが、津久井の機転で救われたことがあったのだ。津久井を信じる佐伯は、部下の植村と新宮、そして大通署の総務係の婦警小島百合、事件を外された町田警部補ら有志を募り、秘《ひそ》かに私的捜査隊を結成し、津久井の無実を証明しようと動きだす。やがて佐伯は、翌日に迫った道議会の百条委員会で、津久井が警察の腐敗問題を証言する秘密証人に選ばれていることを知る。津久井は銃器対策課で実績を挙げながら、拳銃と覚醒剤を所持していて逮捕された郡司警部の部下だったのだ。佐伯は津久井に対する射殺命令は、彼の口封じのためのものだと確信する……。

事実と小説は別物なのであるから、素直に楽しめばいいのだが、先に挙げた『北海道警察の冷たい夏』などを読むと、本書が少しも荒唐無稽《こうとうむけい》なフィクションとは思えないことに慄然《りつぜん》とすることだろう。津久井の上司だった郡司警部のモデルがI警部であることは言うまでもない。この事件があったおかげで、一つの部署、一つの地域で長く務めることが不祥事を起こす温床になると考えた上層部は、ベテラン刑事を書類仕事に追いやったり、あるいは捜査の経験のない者を刑事に取り立てたり、個人の経験や能力及び捜査能力の低下を無視した嵐《あらし》のような人事異動を行なったのだ。

本書の主人公の佐伯や部下の新宮も、地域課から異動してきたいわば捜査の素人なのである。作者が本書の後に発表した『制服捜査』は本書とは逆で、札幌の所轄の捜査畑で活躍していた刑事が、田舎町の駐在に飛ばされてしまうという内容だった。

さて本書は、北海道警の一連の不祥事を背景にした物語であるという事実を抜きにしても、実に魅力にあふれた警察小説の傑作なのである。

第一がタイムリミットが設定されたサスペンスであることだ。佐伯が札幌の狸小路にあるジャズバーの二階にアジトを設置し、私的捜査班の活動を開始するのが、午後六時過ぎである。委員会が開かれる翌日の午前十時までのおよそ十六時間。それが彼らに与えられた時間だ。その時間内に、水村朝美を殺した真犯人を見つけ出し、大捜査網を敷いた警察から津久井を守り抜き、議会に送り届けなければならないのだ。

それがいかに困難なことであるのか、「真犯人を挙げるためには、ずいぶん短いし、津久井さんを守り通すには、けっこう長い時間ですね」と語る小島百合の言葉に集約できるだろう。

第二は、本書が異なる能力を持つスペシャリストたちがチームを組み、強大な敵と対決したり困難なミッションに挑むという「プロフェッショナル集団」ものであることだ。テレビドラマの『スパイ大作戦』や必殺シリーズ、小説ではアリステア・マクリーンの『ナヴァロンの要塞』、ドナルド・E・ウェストレイクのドートマンダーシリーズなどが、そのジャンルに属するおなじみの傑作群である。

佐伯は沈着冷静な指揮官である。先の先を読み、味方といえども油断しない。ほとんどアジトを離れることはないが、彼がいなければ津久井の命を救うことはできなかったろう。そして得意のパソコンを駆使して、警察のデータベースから情報を引き出す、小島百合の存在も忘れてはならない。

メンバー中でも印象的なのが、現在は千歳署の総務で書類仕事をしている諸橋警部補だろう。彼はかつて大通署の盗犯係に十五年を過ごした、泥棒捜査のプロ中のプロなのである。犯行現場に足を運んだ諸橋は、強行犯の町田や本部の捜査員が見抜けなかった手がかりを発見し、ある人物が事件に介在していたことをつかむのだ。

第三に、上層部の異常な命令に反旗を翻《ひるがえ》し、佐伯たちに協力していく警察官たちの思いが挙げられるだろう。上層部の命令に疑問を持ちながらも従ってきた彼らが、佐伯たちの行動に共感し力を貸していく。彼らの心の変化やその後の行動こそ、警察小説を書き続ける佐々木譲が、末端の警察官すべてに送るエールであると見るのはうがちすぎであろうか。

どうやら佐々木譲は本書を皮切りに、北海道警を舞台にした警察小説を続けていくようだ。先に挙げた『制服捜査』に続き、佐伯や津久井が再登場する『警察庁から来た男』もすでに刊行されている。この作品は道警生活安全部に監査にやってきたキャリア警察官の活躍を描いた作品だ。津久井は彼の助手に抜擢《ばってき》され、やがて佐伯が携わる捜査と交錯し、道警を覆う謎《なぞ》めいた組織の存在を浮かび上がらせていく。

映画『第三の男』で、オーソン・ウェルズ扮《ふん》するハリー・ライムは、己の悪事を旧友から糾弾された返答に、「イタリーではボルジア家三十年の圧政の下に、ミケランジェロ、ダヴィンチやルネッサンスを生んだ。スイスでは五百年の同胞愛と平和を保って何を生んだか。鳩時計だとさ」（和田誠『お楽しみはこれからだ』より）と嘯《うそぶ》いた。

この台詞《せりふ》をもじれば、北海道警の不祥事が、佐々木譲の一連の作品を生みだしたといえるかもしれない。スピード感にあふれた警察小説の傑作を読むことができるのが、そのおかげだとしたら、なんとも皮肉なことである。

だが不祥事が過去のものとなろうとも、佐々木譲渾身《こんしん》の傑作は読者の記憶に永遠に残るに違いない。

（にしがみ・しんた／文芸評論家）

本解説は、文庫『笑う警官』刊行時（二〇〇七年五月）当時のものです。

本書は、二〇〇七年五月に小社よりハルキ文庫として刊行された『笑う警官』を改訂し、新装版に寄せてを加えて、新装版として刊行しました。

Haruki Bunko
ハルキ文庫

さ 9-11

笑《わら》う警官《けいかん》 新装版

著者 佐々木《ささき》 譲《じょう》

2007年5月18日第一刷発行
2024年2月 8 日新装版 第一刷発行

発行者 角川春樹

発行所 株式会社角川春樹事務所
〒102-0074 東京都千代田区九段南2-1-30 イタリア文化会館

電話 03(3263)5247(編集)
03(3263)5881(営業)

印刷・製本 中央精版印刷株式会社

フォーマット・デザイン 芦澤泰偉
表紙イラストレーション 門坂 流

ISBN978-4-7584-4606-8 C0193 ©2024 Sasaki Joh Printed in Japan
http://www.kadokawaharuki.co.jp/[営業]
fanmail@kadokawaharuki.co.jp[編集] ご意見・ご感想をお寄せください。